**HAYMON** taschenbuch 115

Auflage:
4   3

2015   2014

**HAYMON tb 115**

Originalausgabe
© Haymon Taschenbuch, Innsbruck-Wien 2012
www.haymonverlag.at

Alle Rechte vorbehalten. Kein Teil des Werkes darf in
irgendeiner Form (Druck, Fotokopie, Mikrofilm oder in einem
anderen Verfahren) ohne schriftliche Genehmigung des Verlages
reproduziert oder unter Verwendung elektronischer Systeme
verarbeitet, vervielfältigt oder verbreitet werden.

**ISBN 978-3-85218-915-4**

Umschlag- und Buchgestaltung, Satz:
hœretzeder grafische gestaltung, Scheffau/Tirol
Cover- und Autorenfoto: www.fotowerk-aichner.at

Gedruckt auf umweltfreundlichem,
chlor- und säurefrei gebleichtem Papier.

# Bernhard Aichner
## Leichenspiele

### Ein Max-Broll-Krimi

„Ein Freund, ein guter Freund,
das ist das Schönste was es gibt auf der Welt.
Ein Freund bleibt immer Freund,
und wenn die ganze Welt zusammenfällt."

Bernhard Aichner
**Leichenspiele**

## Eins

Die Flasche in seiner Hand.

Das Bier wie ein Wildbach durch seinen Hals. Baroni neben ihm, die Füße im Sand. Seit vier Monaten hat er ihn nicht gesehen, nicht mit ihm geredet, da war nur ein E-Mail vor sechs Wochen, sonst nichts. Kein Kontakt zu dem, was war, kein Wort, nur Sand und Wasser. Nur Meer und Max.

Seit vier Monaten sitzt er in seinem grünen Plastikstuhl. Seit vier Monaten isst er Reis mit Huhn, seit vier Monaten trinkt er nicht. Keinen Schluck, seit er aufgebrochen ist, seit er sich von Baroni verabschiedet hat.

Ich muss weg, hat er gesagt.

Bleib nicht zu lang, hat Baroni gesagt.

Thailand. Max wollte ihr Grab nicht mehr sehen, nicht jeden Tag daran erinnert werden, dass sie tot war. Hanni, seine Liebe, die Frau, mit der er leben wollte, die mit ihm alt werden hätte sollen im Friedhofswärterhaus, die Frau, mit der er Kinder wollte, die ihn geheiratet hätte. Hanni, die Frau, die ihn genommen hat, wie er war.

Max Broll, Totengräber, Gemeindearbeiter, Studienabbrecher, Faulenzer, Trinker, Träumer. Sie hat ihn geliebt. Er hat sie geliebt. Bis sie tot in seinen Armen lag, tot in einer Kiste verschwand, für immer verborgen unter der Erde, unten am Friedhof, vor seinen Augen. Jeden Tag ihr Grab, das ihm weh tat, ihr Name auf dem Holzkreuz, ihr Name in seinem Kopf, ihr Lachen, ihre Hände, ihre Haut, ihre Stimme. Max wollte sie nicht mehr hören.

Er wollte weg, er wollte vergessen, was war, er wollte ein Leben ohne sie, ohne die Liebe, die er endlich gefunden hatte. Er wollte nicht mehr daran denken, an dieses Leben, das sie gemeinsam hätten haben können, an das Glück zu zweit. Hanni war einfach nicht mehr da. Da war nichts mehr von ihr. Keine Bewegung, kein Satz, kein Wort.

Hanni Polzer war tot. Für immer.

Ein halbes Jahr lang schlief er ein mit Tränen, nichts machte es besser, Baroni nicht, Tilda nicht. Seine Stiefmutter, die sich liebevoll um ihn kümmerte, die ihn zurückholen wollte in die Welt, die ihm seine Tränen nehmen wollte. Tilda Broll, die zweite Frau seines verstorbenen Vaters. So sehr sie es auch versuchte, sie konnte ihm nicht helfen, es nicht wieder gutmachen, Hanni nicht zurückbringen. All ihre Bemühungen waren umsonst. Seine Tränen gingen nicht weg, sie kamen immer wieder, von unten nach oben, heraus aus ihm, sie taten weh, immer, jede Stunde, in der sie nicht da war, nicht zurückkam, Hanni.

Auch Baroni konnte nicht helfen. Auch der Alkohol nicht, die Räusche, in die er sich flüchtete, die stundenlangen Gespräche mit seinem Freund auf der Dachterrasse, die vielen aufmunternden Worte, Baronis Scherze, seine Schulter, die immer für ihn da war. Max wollte allein sein.

Nach sechs Monaten sprach er mit dem Bürgermeister und bat ihn um eine Auszeit. Er zeigte dem Totengräber aus der Nachbargemeinde, was auf seinem Friedhof zu tun war. Max wollte weg. Er ließ seine Gräber allein, die liebevoll mit Kies bedeckten Wege, die alten, in Schwarz gehüllten Damen, die jeden Tag für Stunden über den Friedhof irrten, die Kerzen, die jeden Tag brannten für die, die nicht mehr da waren.

Weit weg, hat er gesagt und Baroni umarmt. Dann ist er geflogen. Nach Bangkok.

Drei Tage blieb er dort, dann flüchtete er in der Stille. Keine Autos, keine Straßen, keine Verpflichtungen, nur er. Im Zug Richtung Süden. Dann weiter nach Ranong und im Boot auf die Insel. Koh Chang, ein Strand mit Holzhütten, kein Lärm, keine Geschäfte, nichts. Nur einfache Restaurants und Hütten, eine Hängematte, ein grüner Plastikstuhl, vierundzwanzig Stunden Meerblick. Und Max.

Ohne Telefon, allein. Nur alle paar Wochen fuhr er zurück aufs Festland, setzte sich in ein Internetcafé und gab ein Lebenszeichen. Was zuhause passierte, wollte er nicht wissen, er wollte mit sich sein, er wollte, dass es aufhörte weh zu tun, dass ihn der Schmerz in Ruhe ließ, seine Erinnerungen, er wollte sich verabschieden von ihnen, sie aus seinem Kopf reißen, er wollte sie loswerden, sie behalten, er wusste nicht mehr, was er wollte.

Vier Monate saß er auf seiner Insel und schaute der Sonne zu. Wie sie aufging, unterging. Wie sie es wieder hell machte in ihm, wie sie ihm die Tränen nahm. Stück für Stück. Wie das Leben langsam wieder in ihn zurückfand. Wie er den Himmel anstarrte, die Wolken. Wie der Regen kam jeden Nachmittag für eine halbe Stunde, und wie er wieder ging. Wie sich der Himmel veränderte, wie schön die Wolken waren. Der Sand war warm unter seinen Füßen, die Sonne tat so gut. Das Wasser. Und Baronis Stimme, die plötzlich einfach da war. Hinter ihm. Neben ihm. Wie sie sich umarmten irgendwo in Thailand. Minutenlang, zwei Freunde am Strand. Wie Baroni einen zweiten Plastiksessel in den Sand drückte und sich zu ihm setzte.

- Wie hast du mich gefunden?
- War nicht allzu schwer, die Insel ist ja nicht besonders groß. Außerdem kennt man dich hier. Der Mann auf dem Boot hat mich direkt hierher gebracht.
- Was machst du hier?

- Das wollte ich dich fragen. Das ist das Ende der Welt hier.
- Ich schau mir den Himmel an.
- Na dann schau ich mal eine Runde mit.
- Ach, Baroni, schön, dass du da bist.
- Es schaut so aus, als würde es dir gutgehen.
- Ja. Besser. Viel besser.
- Das ist gut, Max. Das ist sehr gut.
- Es ist wirklich wunderschön hier.
- Ja, ist es.
- Und zuhause?
- Wir haben uns um ihr Grab gekümmert.
- Danke.
- Tilda sagt, ich soll dich zurückbringen.
- Wie geht es ihr?
- Sie vermisst dich.
- Ich weiß.
- Es ist viel passiert, seit du weg bist.
- Siehst du, wie sich der Himmel verfärbt?
- Die Sonne geht unter, ja.
- Das ist wunderschön, Baroni.
- Zuhause geht die Sonne auch unter.
- Das ist etwas anderes. Da sind die Berge dazwischen, das ist nicht dasselbe.
- Sonne ist Sonne.
- Nein, nein, nein. Diese Sonne hier macht mich glücklich.
- Darauf sollten wir trinken, Max.
- Nein.
- Dann trinken wir eben auf das Meer, oder auf unser Wiedersehen.
- Ich trinke nicht mehr.
- Was tust du?
- Kein Alkohol seit vier Monaten.

- Ich dachte, es geht dir besser?
- Ich brauche das nicht mehr.
- Blödsinn.
- Ehrlich, es hat mir gutgetan, darauf zu verzichten.
- Aber irgendwann reicht es, oder? Wir trinken jetzt ein schönes, kaltes Bier zusammen.
- Du kannst ja saufen, wenn du willst.
- Jetzt übertreibe es nicht, Max, vier Monate, das ist eine halbe Ewigkeit.
- Würde dir auch guttun, mal ein bisschen kürzerzutreten.
- Wirst du jetzt zum Heiligen, weil du hier stundenlang in den Himmel starrst, oder was?
- Besauf dich, wenn du willst, aber lass mich bitte in Ruhe.
-
-
- Max?
- Was?
- Kommst du mit?
- Wohin?
- Zurück.
- Warum?
- Warum nicht?
- Weil man der Sonne hier zuschauen kann, wie sie ins Wasser fällt. Weil man hier keine Schuhe braucht. Weil ich mein altes Leben nicht vermisse, Baroni, hier geht es mir gut, verstehst du? Es tut nicht mehr weh, ich muss nicht mehr Tag und Nacht an sie denken.
- Bitte, Max.
- Was ist los mit dir?
- Du musst mit mir mitkommen.
- Nichts muss ich.
- Doch, Max, du musst. Ich brauche dich.

- Ich will jetzt sofort wissen, was los ist.
- Ich sagte doch, es ist viel passiert in den letzten vier Monaten.
- Was, Baroni?
- Ich kann nicht mehr.
- Was kannst du nicht mehr?
- Ich bin pleite, Max.
- Was bist du?
- Pleite, bankrott, kein Geld mehr, alles weg.
- Was redest du da? Das kann nicht sein.
- Doch, Max, es ist alles weg.
- Was, alles?
- Die Wohnungen in Wien, die Wertpapiere, da ist kein Euro mehr auf meinem Konto, das Haus gehört der Bank. Steuerschulden, die machen mich fertig, Max.
- Nein.
- Die wollen mir das Haus nehmen.
- Scheißdreck, Baroni.
- Mehr als das, Max.
- Und La Ortega?
- Die ist weg. Sobald sie gemerkt hat, dass ich nichts mehr habe, ist sie auf und davon.
- Das war die große Liebe, was?
- Das ist jetzt mein kleinstes Problem, Max. Ich bin am Ende. Weiter nach unten geht's nicht. Ich habe es versaut, ich kann nicht mehr zurück, verstehst du? Mein altes Leben gibt es nicht mehr, es ist nichts mehr übrig, ich bin im Arsch, Max.
- Du holst uns jetzt Bier, und dann erzählst du mir alles.

Nebeneinander in Thailand. Baroni und Max.

Wie das kalte Bier in ihren Bäuchen ankommt, wie Baroni zusammenbricht. Der ehemalige Fußballstar, der Torschützenkönig, der erfolgreiche Legionär, der Mann mit der Designervilla im Dorf, Max' Nachbar und Freund seit fünf Jahren. Er erzählt, wie es kam. Wie sein Vermögen immer weniger wurde, wie er es verspielt hat.

Wetten und Pokern. Baroni beichtet, geknickt und kleinlaut erzählt er, wie das Kartenhaus einzustürzen begann vor drei Monaten, wie ein Stein nach dem anderen ins Rollen kam. Wie er sich immer noch tiefer ins Unglück ritt, wie er alles wieder gutmachen wollte und einsetzte, was er noch besaß. Möbel, Fernseher, Auto. Er hat alles verspielt, immer weiter verloren.

Bis nichts mehr da war, sagt er.

Für das Flugticket hat er die goldenen Manschettenknöpfe seines Vaters versetzt.

Ich kann nicht mehr, sagt er. Ich weiß nicht mehr, was ich tun soll, wo ich hin soll.

Du musst mir helfen, sagt er.

Was kann ich tun, fragt Max.

Baroni weiß es nicht. Er schüttelt nur den Kopf und beantwortet eine Frage nach der anderen. Er erzählt, dass sich die Boulevardmedien auf ihn gestürzt haben, dass sie ihn vorgeführt haben, dass sie sich die Mäuler zerreißen über ihn.

Fußballstar in Nöten. Der Zockerkönig. Der Fall des Johann B., Baronis Absturz. Baronis Ende.

Max trinkt. Lange, stille Schlucke. Der vertraute Geschmack wieder in seinem Mund. Sein Freund neben ihm. Er kann kaum glauben, dass Baroni am Boden liegt, dass sie ihn angezählt haben. Die ganze Welt war überzeugt davon gewesen, dass Baroni in seinem Leben nie wieder hätte arbeiten müssen, er war einer, der es geschafft hat, einer, den man beneidet. Dass Baroni ein Spieler ist, dass er alles, was er besaß, einfach verloren hat, das ist unvorstellbar.

Wie er jetzt dasitzt. Wie klein er ist. Wie sehr sich Max freut, ihn zu sehen. Und wie leid er ihm tut. Sein Freund, der alles für ihn getan hat vor knapp einem Jahr. Baroni. Wie verzweifelt er ist, wie er nach Hilfe schreit, fast lautlos, beschämt.

Thailand. Stundenlang in den grünen Sesseln, stundenlang im Paradies, verzweifelt, ohnmächtig.

Max trinkt. Er spürt die vertraute Welle, die ihn überschwemmt, die Leichtigkeit, den Alkohol, der den Himmel noch schöner macht. Die kleinen roten Wolken. Wie es dunkel wird. Wie der Sand schwarz wird vor ihnen, wie das Wasser kommt und geht. Im Hintergrund Musik. Wenn das Unglück nicht aus Baronis Mund kommen würde, wäre das Leben endlich wieder gut. Tränen, die gehen, Freundschaft, die kommt. Max und Baroni. Sein Mund. Wie er sich bewegt, wie er immer weiter erzählt, alles, was passiert ist, wie Max nicht aufhört zu trinken. Bier, Chang. Der grüne Elefant auf dem Etikett. Er überlegt nicht. Er hat es längst beschlossen, er wird mit ihm kommen, er wird mit Baroni zurückfliegen. Er wird für ihn da sein. Egal wie, egal wie lange. Egal, was kommt. Er ist es ihm schuldig.

- Mach dir keine Sorgen, Baroni.
- Doch, Max, ich mach mir Sorgen.
- Das bekommen wir schon hin, irgendwie schaffen wir das.
- Ich gehe unter, Max.
- Du kannst schwimmen, mein Freund.
- Es tut mir so leid. Dass ich hier bin. Dass ich dir zur Last falle.
- Spinnst du?
- Ich wusste nicht mehr, was ich tun sollte. Es wurde immer schlimmer.

- Ich komme mit dir zurück, und dann lösen wir dein Problem.
- Wie?
- Weiß ich noch nicht.
-
-
- Danke, Max.
- Weinst du?
- Nein.
- Doch, du weinst.
- Nein, ich habe nur Hunger.
- Und wenn du Hunger hast, weinst du?
- Das wird nicht wieder, Max. Ich habe übertrieben, ich habe alles kaputtgemacht, Max.
- Uns fällt schon etwas ein.
- Ich glaube nicht an Wunder, Max.
- Du wirst wohl wieder arbeiten müssen.
- Ich bin die Witzfigur der Nation, die wollen alle nichts mehr von mir wissen.
- Du wirst das erste Mal richtig arbeiten müssen.
- Ich bin Fußballer, Max.
- Du könntest Trainer werden.
- Zu spät. Keine Lizenz, keine Erfahrung. Mich will niemand, glaub mir.
- Kommentator?
- Glaubst du, die wollen den Zocker im Fernsehen, den Pleitenkönig?
- Was kannst du noch?
- Nichts.
- Blödsinn.
- Mein Ruf ist im Arsch. Du kannst dir nicht vorstellen, was die mit mir gemacht haben in den letzten Monaten. Die haben alles ausgepackt, was ich falsch gemacht habe in den vergangenen zwanzig Jahren.

- Und da ist einiges zusammengekommen, was?
- Das ist nicht witzig, Max.
- Tut mir leid.
- Vielleicht ist es am besten, wenn wir in Thailand bleiben. Der Himmel ist wirklich wunderschön hier.
- Ich wüsste da etwas.
- Ich werde keine Leichen vergraben, Max.
- Das meine ich nicht.
- Was dann?
- Viel besser.
- Was?
- Hannis Stand. Du kannst die Würstelbude haben. Ab nächster Woche bist du der neue Pächter, wenn du willst. Für umsonst.
- Bist du blöd, oder was?
- Ich meine es ernst, das ist die Lösung.
- Die viele Sonne hat dir nicht gutgetan. Ich verkaufe doch diesen Dorfproleten keine Würste. Nicht in hundert Jahren.
- Warum denn nicht?
- Weil ich Fußballer bin.
- Das ist ja das Problem, Baroni.
- Das kann nicht dein Ernst sein, Max.
- Doch, der Stand gehört mir, du kannst damit machen, was du willst. Einer kann gut davon leben.
- Das ist doch völlig schwachsinnig.
- Hanni würde es gut finden, wenn du für sie weitermachst.
- Ach, das bringt doch nichts, Max.
- Für Hanni hat's gereicht.
-
-
- Das kann ich nicht, Max.
- Dann gib dein Haus auf und hör auf zu jammern.

- Niemals.
- Dann wird dir wohl nichts anderes übrigbleiben.

Es ist Nacht am Strand. Max ist vor Baroni auf und ab gegangen, er hat fieberhaft überlegt, welche Alternativen er ihm noch vorschlagen könnte, wie er ihm helfen könnte, was er für ihn tun könnte, aber es bleibt nichts. Baroni will im Dorf bleiben, er muss, seine Wohnung in Wien gibt es nicht mehr, und seine Ex-Frau wird ihn auch nicht aufnehmen. Auch sie hat bereits angeklopft, sagt er, sie hat Angst um die monatliche Überweisung für die Kinder, sie verteufelt ihn. Noch mehr als sonst.

Baroni und Max. Wie sie sich auf die kleine Terrasse vor Max' Bungalow setzen und essen. Verzweifelt der Reis in Baronis Mund und der Duft von Würsten in seinem Kopf. Er ist in die stille Welt von Max eingebrochen, mit schwerer Stimme bringt er die Wirklichkeit zurück, er drückt Max die Schuhe in die Hand. Seit vier Monaten ist er barfuß, seit vier Monaten ist da nur Ebbe und Flut, kleine Wellen, große Wellen, Geckos in der Nacht. Nichts sonst.

Während Baroni den Reis hinunterschlingt, verabschiedet sich Max. Von den schäbigen Holztischen, von seiner Hütte, von seinem Plastikstuhl, von dem Blick auf das Meer, der so guttut, der ihn aus dem Loch holte, in dem er sich verkrochen hatte. Bald werden sie in einem Flugzeug sitzen, bald wird er in Schuhen über Asphalt gehen, er wird seine Wohnungstüre aufsperren. Er wird Tilda wiedersehen, sein altes Leben wiederhaben, seine Arbeit, seine Schaufel, er wird Gräber ausheben, Hecken schneiden, er wird Blumen auf Hannis Grab legen. Er wird weiterleben. Ohne sie. Und er wird versuchen, ein guter Freund zu sein.

Zwischen Strand und Wirklichkeit. Irgendwo unter Palmen.

Max und Baroni.

Du musst das nicht tun, sagt er.

Doch, ich muss, sagt Max.

# Zwei

Es war schlimmer, als Max gedacht hatte. Viel schlimmer.

Da war nichts mehr. Baronis Haus war leer, keine Möbel, keine Couch, kein Bett, nur eine alte Matratze am Boden. Einsame Marmorböden, die Designervilla war am Ende, Baronis Zuhause hatte begonnen sich aufzulösen. Baroni schämte sich, nur ungern ließ er Max Zeuge seines Untergangs werden. Widerwillig sperrte er die Tür auf, und Max schob ihn in den Fahrstuhl. Mit dem Lift nach oben in das ehemalige Reich des Fußballhelden, durch die schwere Eichentür in die Wirklichkeit.

Sie hatten noch vier Tage am Strand verbracht, dann sind sie aufgebrochen, Max voller Zuversicht, Baroni kleinlaut und verzweifelt. Dass Baroni Hilfe brauchte, kam Max gerade recht, dass er in seinem leeren Zimmer stand und ihn mit fragenden Augen anstarrte. Max hatte jetzt eine Aufgabe, es hatte ihm die Rückkehr erleichtert. Baronis Abstieg war ein guter Grund, mit dem Leben, so wie es gewesen war, einfach weiterzumachen. Wenn Baroni nicht gekommen wäre, wäre er noch geblieben, länger, er hätte Tilda nicht wiedergesehen, zumindest nicht so schnell. Er hätte auf ihre warme Umarmung noch länger warten müssen, auf ihr Lachen, auf ihr Herz, das laut war in jedem Wort und ihm sagte, dass es immer für ihn da war. Max hätte sich noch länger verkrochen, sich in Thailand versteckt, er hätte sich weiter seinem Schmerz hingegeben, hätte die Gedanken an Hanni, die mit jedem Tag kleiner wurden, immer wieder zum Leben erweckt. Er hätte die Erinnerungen immer wieder von unten nach oben geholt, er hätte mit ihnen weitergelebt, anstatt mit Tilda und Baroni, dort, wo er zuhause war. Dank seinem Freund flog er zurück.

Vor fünf Stunden kamen sie an. Tilda war am Flughafen, das Friedhofswärterhaus wartete auf ihn, seine Terrasse, seine Wohnung im ersten Stock, alles, was er zurückgelassen hatte. Jetzt ist es wieder da. Max Broll ist zurück. Der Totengräber. Er übernimmt wieder seine Aufgaben, er wird wieder Löcher graben, er wird den Friedhof in Ordnung halten und er wird in der Sauna schwitzen. Er hat die kleine Blocksauna vermisst, seine Oase im Friedhofsgarten. Vier Monate lang kein Aufguss, vier Monate lang keine Saunarunde, kein Dorftratsch, vier Monate war er allein in Gedanken.

Jetzt nicht mehr.

Sie gehen über den Dorfplatz.

Max wird Baroni davon überzeugen. Von dem Stand. Hanni Polzers Würstelstand, seit knapp einem Jahr ist er verwaist. Hannis Arbeitsplatz, ihr kleines, bescheidenes Reich, von dem Baroni immer noch nichts wissen will.

- Nein, Max.
- Wir schauen uns das jetzt gemeinsam an.
- Nein und noch hundertmal nein. Wie oft denn noch?
- Entweder du gehst jetzt mit mir, oder ich fliege wieder zurück zu meinem Strand.
- Das muss wirklich nicht sein, Max.
- Doch, Baroni, muss es. Und jetzt keine Widerrede mehr.
- Wenn du unbedingt willst. Aber das bringt nichts, ich kann dir das noch hundertmal sagen.
- Jetzt rechne doch mal, Baroni.
- Was denn?

- Im Moment verdienst du gar nichts. Du kannst ja nicht mal mehr die Betriebskosten für das Haus bezahlen. Wie stellst du dir das eigentlich vor?
- Irgendetwas fällt mir schon ein.
- Gar nichts fällt dir ein, sonst wäre ich jetzt nicht hier.
- Mit dem Stand verdient man doch nichts, das ist Zeitverschwendung.
- An guten Tagen nimmt man bis zu fünfhundert Euro ein.
- Glaub ich nicht.
- Ist aber so.
- Das ist doch Blödsinn.
- Soll ich dir Hannis Buchhaltung zeigen?
- Fünfhundert Euro mit Würsten?
- Und Bier, und Schnaps.
- Das ist völlig unmöglich.
- Der Laden ist zwar klein, aber eine ernsthafte Konkurrenz zu den zwei Gasthäusern im Dorf.
- Ich kann den Bauern hier kein Bier verkaufen.
- Du bist zu gut dafür, oder was?
- Nein.
- Was denn dann?
- Die würden sich die Bäuche halten vor Lachen, wenn ich da hinter dem Tresen stehe. Das wäre ein Fressen für die, wenn der arrogante Fußballer jetzt an der Friteuse steht.
- Und genau deshalb werden sie dir die Bude einrennen.
- Du willst mich verarschen.
- So volksnah hat dich die Welt noch nie erlebt.
- Sehr lustig, Max.
- Deine Starallüren kannst du jetzt und hier ablegen, Baroni.
- Ich hab doch keine Starallüren.

- Bescheidenheit und Demut, Baroni, das ist jetzt angesagt.
- Halt die Klappe, Max.
- Dann hör du auf, über den Stand zu lästern. Das hier war Hannis Leben.
- Und warum hast du mich jetzt hierhergeschleppt?
- Wir sperren jetzt auf und schauen uns das an.
- Und dann?
- Reden wir über den Einkauf, über Öffnungszeiten, über die Speisekarte, Getränkekarte, über Sanierung, und eventuell über einen neuen Namen.
- Bravo, Max, das Schloss klemmt, das ist ein Zeichen dafür, dass ich die Finger davon lassen soll.
- Das Schloss ist nur rostig, und du bist ein fauler Hund.
- War hier niemand mehr drin seit damals?
- Du, Wagner und ich. Wir waren die letzten Gäste.
- Und nachher warst du nie wieder hier?
- Nein.
- Und jetzt?
- Geht die Tür auf. Das ist jetzt dein neuer Arbeitsplatz.
- Und Hanni?
- Sie ist tot.
- Und es geht dir gut dabei, dass wir jetzt hier sind?
- Ich denke schon.
- Na dann, lass dir mal helfen, ich mach das, Max.
- Was tust du denn da?
- Ich suche etwas Trinkbares. Hier muss doch irgendwo noch etwas sein.
- Du schaust gar nicht so übel aus hinter dem Tresen, mein Freund.
- Ich wollte das hier nicht schlechtmachen, ich meine, was Hanni hier gemacht hat. Es tut mir leid, Max.
- Das weiß ich doch.

- Ich kann das doch gar nicht. Ich habe seit Jahren nicht richtig gearbeitet, Max.
- Dann wird's höchste Zeit. Schau mal, dass dein erster Gast nicht verdurstet, und mach den Schrank da hinten auf. Da muss noch eine Flasche sein.
- Schnaps?
- Ja, Schnaps.
- Am Nachmittag?
- Ja, scheiß drauf.

Sie reden. Sie trinken. Sie planen, was in den kommenden Wochen passieren wird. Je mehr sie trinken, desto leichter fällt es. Von Minute zu Minute freundet sich Baroni mehr mit dem Gedanken an. Er steht hinter dem Tresen, er öffnet Lade für Lade, er beginnt es sich vorzustellen, sein neues Leben. Immer wieder fragt er, ob das tatsächlich stimmt mit den fünfhundert Euro täglich. Max nickt. Er erzählt ihm alles, was er weiß, was Hanni ihm beigebracht hat, was er beobachtet hat, während er stundenlang bei ihr saß, sein Feierabendbier bei ihr trank. Max schwärmt. Die guten Gedanken sind plötzlich wieder da in seinem Kopf. Mit allem, was er hat, macht Max seinem Freund seine neue Karriere als Würstelverkäufer schmackhaft. Bis tief in die Nacht dauert es, dann gibt Baroni nach und nimmt sein Schicksal an.

Vorübergehend, sagt er und grinst.

Solange du willst, sagt Max.

Zufrieden lehnen sie sich zurück, zufrieden schlagen sie Gläser aneinander.

## Drei

Wie normal alles sein konnte.

Wie gut der Alltag tat. Wie wenig man brauchte. Max. Wie schön sein Bett war, seine Küche, sein Dielenboden, der Blick hinunter auf den Friedhof. Tildas Wohnung im Erdgeschoss, ihre Eckbank, ihre Rindsuppe. Was sie sagte. Wie er wieder zuhause angekommen war, sich einfügte. Und wie auch Baroni das versuchte. Wie er dem Spott zum Trotz den Würstelstand neu eröffnete, wie er sich auf die unterste Stufe stellte und Bescheidenheit lernte. Jeden Tag ein Stück mehr. Obwohl sie ihn auslachten, ihn provozierten, sich ununterbrochen über ihn lustig machten, er blieb ruhig, er nahm ihr Geld und lächelte. Manchmal erzählte er sogar Fußballgeschichten, er ließ die kleinen Dörfler an der großen Welt schnuppern, er erinnerte sich zurück, an die Spitzenclubs, an seine Erfolge, an die goldenen Zeiten, in denen Geld nicht wichtig war, in denen er es hemmungslos ausgab, damit um sich warf. Wehmütig sehnte er sich danach zurück, während er Kleingeld zählte.

Seit zwei Monaten sott Baroni Würste. Seit zwei Monaten war Max wieder Totengräber, alles hätte so bleiben können, nichts hätte sich verändern müssen, der Plan, Baronis Schulden langsam abzutragen und eine Weile mit wenig glücklich zu sein, war gut. Max glaubte an ein gutes Ende, an einen neuen Anfang, an ihre Freundschaft. Bis Baroni ihn anflehte, sofort aus der Sauna zu kommen.

Neunzig Grad. Wie sehr Max sich darauf gefreut hatte, das Wasser auf dem Ofen, das Geräusch, das das Holz machte. Wie es abbrannte. Einfach nur daliegen, sich spüren. Wie schön es war. Sein Garten, seine Sauna, seine kleine Welt. Wie sehr er es genoss. Wie überrascht er war, als Baroni plötzlich aufgeregt in der Tür stand.

Er redet auf Max ein, er müsse mit ihm reden, dringend, es könne nicht mehr warten, keine Sekunde mehr. Baroni zog Max einfach aus der Sauna und schubste ihn vor sich her durch den Friedhofsgarten, er ließ nicht locker, er bestand darauf, Max hatte keine andere Wahl. Baroni schob ihn die Treppen hinauf in sein Wohnzimmer und begann zu erzählen. Langsam, zögerlich, er stotterte herum, während Max in sein Handtuch gewickelt vor einem großen Karton stehenblieb.

Max verstand es nicht. Baronis schockiertes Gesicht, seine Aufregung, er ahnte nicht, was so wichtig sein konnte, er starrte Baroni nur an, er verstand kein Wort von seinem Gestammel, und als Baroni gar nichts mehr sagte, wurde Max ungeduldig. Er wollte zurück in die Sauna, er musste danach noch ein Grab ausheben, er wollte den Nachmittag genießen, allein sein, schwitzen, mehr nicht.

- Was um Gottes willen ist los, Baroni?
- Du musst mir noch einmal helfen, Max.
- Das kann warten. Ich will zurück in die Sauna.
- Kann es nicht.
- Du kannst mich mal, es reicht. Geh lieber und sperr den Stand auf, du solltest längst offen haben.
- Das ist jetzt nicht wichtig, Max.
- Doch, Baroni. Du kannst nicht einmal offen haben und dann wieder nicht, deine Fans verlassen sich auf dich, die wollen ihre Wurst, verstehst du? Also, lass mich jetzt in die Sauna gehen und leg endlich deine Würste ins Wasser.

- Es ist wirklich wichtig, Max. Sehr wichtig.
- Was ist denn? Bitte, Baroni, mach den Mund auf. Ich muss dann noch ein Grab ausheben, ich bin spät dran.
- Du musst dich jetzt hinsetzen, Max.
- Auf den Boden, oder was?
- Ja, auf den Boden, Max, du musst jetzt ganz ruhig bleiben, entspann dich, du musst mir jetzt gut zuhören. Du darfst jetzt nicht durchdrehen.
- Von mir aus. Ich sitze. Und ich höre. Jetzt hör auf, es so spannend zu machen.
- Willst du etwas trinken?
- Ich will meine Ruhe, Baroni, Sauna und graben, mehr nicht. Rede. Bitte.
- Ich habe zwanzigtausend Euro vor meiner Tür gefunden.
- Was hast du?
- Du hast richtig gehört.
- Blödsinn.
- Kein Blödsinn.
- Du hast zwanzigtausend Euro vor deiner Tür gefunden?
- Ja.
- Wann?
- Vor drei Tagen.
- Bist du wahnsinnig? Und du sagst kein Wort?
- Nein.
- Bist du blöd, oder was?
- Es tut mir so leid, Max, ehrlich. Ich weiß auch nicht, aber irgendwie ist das alles einfach passiert.
- Du verarschst mich.
- Nein, das tue ich nicht.
- Vor deiner Tür lagen zwanzigtausend Euro?
- In einem Kuvert, alles Fünfhundert-Euro-Scheine.

- Wenn du mich verarschst, rede ich nie wieder ein Wort mit dir.
- Du kannst mir wirklich glauben, Max.
- In einem Kuvert, vor deiner Tür?
- Genau.
- Und sonst nichts?
- Nein.
- Kein Brief, keine Nachricht, nichts?
- Nein, nichts, nur das Geld.
- Wo ist es?
- Weg.
- Was, weg?
- Ich dachte, das ist die Lösung, Max, das Geld, es war wie ein Geschenk des Himmels, verstehst du, ich hätte das Ruder mit einem Schlag wieder herumreißen können.
- Hast du aber nicht, oder?
- Nein.
- Du hast wieder gespielt?
- Ja.
- Das hast du nicht.
- Doch.
- Du hast die zwanzigtausend verzockt?
- Ich hatte Pech, Max.
- Du hast sie ja nicht mehr alle, Baroni. Du bist ja völlig wahnsinnig.
- Es hätte auch gutgehen können.
- Das war nicht dein Geld, Baroni.
- Das weiß ich.
- Dich kann man keine Sekunde alleine lassen. Was hast du denn nun schon wieder getan?
- Du bist nicht mein Papa, Max. Und das hier ist keine Beichte.

- Was ist es denn dann?
- Ich bitte dich um Hilfe.
- Bravo, Baroni, der Max wird's schon wieder richten, oder was?
- Tatsache ist: Das Geld ist weg.
- Und jetzt hat sich der Besitzer gemeldet, oder wie?
- So ähnlich. Gestern lag ein Brief vor meiner Tür.
- Das wird ja immer besser. Ein Brief also. Wo ist er?
- Hier.
- Gib her.
- Und heute kam dieses Paket.
- Halt jetzt bitte die Klappe, Baroni, und lass mich lesen.
- Sie wollen, dass wir das hier verschwinden lassen.
- Du sollst die Klappe halten.
- So wie ich das Geld verschwinden habe lassen.
- Ich kann lesen, Baroni.
- Sie wissen, dass du Totengräber bist, Max.
- Was soll die Scheiße, Baroni?
- Sie wollen, dass du den Karton hier vergräbst.
- Wenn du jetzt nicht sofort still bist, bin ich weg.
- Wenn die Kiste verschwindet, vergessen sie das mit dem Geld.
- Baroni, ich habe dich gebeten, kurz still zu sein. Kurz nur, ich muss nachdenken.
- Wenn du den Karton nicht vergräbst, Max, dann holen sie sich das Geld zurück. Verstehst du das. Das Geld oder meine Hoden. Das steht da.
- Das war's, Baroni. Es reicht.

Max stand auf und ging. Baroni wollte ihn zurückhalten, aber er ging einfach. Kopfschüttelnd, halbnackt über die Stiegen nach unten, zurück in den Friedhofsgarten, zurück in die Blocksauna. Zurück in die Stille, in die ruhige Welt, in der nichts ihn bedroht, in der alles wieder in Ordnung ist. Keine Träne, kein Schmerz, keine Angst. Nur Wasser auf dem Ofen, Hitze, Schweiß, und wie das Handtuch auf die Luft einschlägt. Die Polarfichte. Nur er und sein Körper. Seine Gedanken. Keine anderen. Keine Geschichten über Geld in einem Briefumschlag, kein Karton mitten im Wohnzimmer, kein Brief, keine Zeilen, die bedrohlich laut sind, die ihn warnen, die ankündigen, dass wieder etwas passieren wird. Etwas Schlimmes.

Max schwitzt. Er weiß, dass Baroni in wenigen Augenblicken wieder bei ihm sein wird, dass er ihn in etwas hineinziehen wird, aus dem er so schnell nicht wieder herauskommt. Er macht die Augen zu. Er legt die Hand auf seine Ohren. Er will nicht hören, wie die Tür aufgeht, wie Baroni sich neben ihn setzt, wie er versuchen wird, ihn zu überreden, Max will es nicht. Nichts davon. Und trotzdem ist es da. Kommt über ihn. Mit Wucht kommt es. Alles, was Baroni sagt, worum er ihn bittet. Max weiß, dass er nicht Nein sagen kann, dass er in Baronis Schuld steht, dass der verrückte Fußballer auch für ihn alles getan hat. Er weiß es. Und deshalb will er nichts hören, sich verkriechen, er will nichts wissen davon. Doch er muss. Max weiß, was kommt. Er weiß nicht, welche Farbe es haben wird, aber er weiß, dass es kompliziert wird, schwarz wird, schwierig, gefährlich. Niemand legt einfach so zwanzigtausend Euro vor eine Haustür. Die Frage, warum er das getan hat, macht Max Angst. Warum das Geld vor Baronis Tür lag. Warum sein Name in dem Brief stand. Warum er schon wieder etwas tun muss. Warum man ihn nicht einfach in Ruhe lassen kann, warum nicht. Max sehnt sich nach seinem grünen Plastiksessel, er will den Sand auf seinen Zehen spüren, das Wasser.

Er gießt auf. Er wartet auf Baroni, aber sein Freund kommt nicht. Er sitzt oben in seinem leeren Designerwohnzimmer und weiß nicht weiter. Er müsste längst hier sein, müsste längst neben ihm sitzen, ihn zum zweiten Mal aus der Sauna zerren, aber eine Minute nach der anderen vergeht und nichts passiert. Er hätte bleiben sollen, ihn nicht allein lassen dürfen, ihn nicht verurteilen sollen, mit seinen Blicken, mit der Verachtung in seiner Stimme. Weil er wieder gespielt hat, weil er das Geld einfach genommen hat. Ohne sich umzudrehen, ohne nachzudenken. Vielleicht hätte er selbst es auch genommen, wenn es einfach so dagelegen wäre, wenn ihm das Wasser auch bis zum Hals gestanden wäre. Vielleicht.

Max leert das ganze Wasser, das noch im Kübel ist, über die Steine im Ofen. Er hätte ihm weiter zuhören sollen, Baroni hätte es verdient. Das und noch viel mehr. Plötzlich tut es ihm leid, dass er nur an sich gedacht hat, an sein Leben, an seine Haut, dass er einfach gegangen ist. Schnell zieht sich Max an, geht wieder nach oben. Er wird seinem Freund helfen, egal, was passiert. Deshalb ist er hier, deshalb ist er zurückgekommen.

Max findet Baroni dort, wo er ihn zurückgelassen hat. Niedergeschlagen entschuldigt er sich, als Max den Raum betritt.

Es ist einfach passiert, sagt er.

Scheiß drauf, sagt Max.

Sie sitzen am Boden, vor ihnen bedrohlich der große Karton. Laut liest Max noch einmal den Brief vor, laut zerknüllt er den Zettel und wirft ihn in die Ecke.

- Den Arschgeigen zeigen wir's.
- Warum ich, Max? Warum?
- Weil ganz Österreich weiß, dass du Geld brauchst. Und weil ganz Österreich weiß, dass dein Freund

Totengräber ist. Wir waren ja oft genug im Fernsehen letztes Jahr.

- Was ist in dem Karton, Max?
- Ich will es nicht wissen.
- Die wollen, dass wir verschwinden lassen, was da drin ist.
- Dann machen wir das einfach.
- Was machen wir?
- Wir lassen den Karton jetzt verschwinden.
- Aber Max.
- Aber was?
- Einfach so?
- Du hast gesagt, du brauchst meine Hilfe.
- Ich befürchte, mir bleibt keine andere Wahl.
- Mit wem hast du dich da nur eingelassen, Baroni.
- Ich habe keine Ahnung, Max, ich habe doch nur das Geld genommen.
- Ja, das hast du.
- Es tut mir wirklich so leid.
- Du sollst endlich aufhören, dich zu entschuldigen, sonst müssen wir gleich darüber reden, was ich schon alles verbockt habe.
- Das wäre vielleicht eine nette Ablenkung.
- Sei still und lass uns das jetzt erledigen.
- 
- 
- Max?
- Was?
- Woher wissen die, dass du heute noch ein Grab ausheben musst?
- Woher wussten die, dass du das Geld genommen hast?
- Die sind in der Nähe, oder?
- Sind sie.
- Die meinen es ernst, oder?

- Schaut so aus.
- Und warum passiert *uns* das?
- Weil es zu uns passt, Baroni.
- Ich wollte das mit dem Stand wirklich durchziehen.
- Ich weiß.
- Wenn das vorbei ist, stehe ich wieder hinter dem Tresen, versprochen.
- Du versprichst mir jetzt etwas anderes.
- Was?
- Du spielst nicht mehr.
-
- Versprich es mir, Baroni. Keine Karten, keine Wetten, nichts. Nie wieder.
- Ist gut.
- Du sollst es mir versprechen.
- Ich hätte alles wieder in Ordnung bringen können mit dem Geld.
- Hast du aber nicht.
- Es war knapp, Max. Richtig knapp.
- Du hast es verspielt, und die wussten, dass das passieren wird.
- Aber ...
- Nichts aber, du sollst es mir versprechen. Jetzt.
- Ja, ist ja schon gut, ich verspreche es dir.
- Es ist besser so, glaub mir.
- Besser wäre es, wenn das alles erst gar nicht passiert wäre.
- Ist es aber. Und deshalb werden wir jetzt gemeinsam ein schönes großes Loch graben.
-
-
- Willst du gar nicht wissen, was in dem Karton ist, Max?

- Nein.
- Warum nicht?
- Weil ich es riechen kann.

# Vier

Das Grab ist für den Altbürgermeister.

Mit siebenundachtzig hat ihn der Krebs in den Tod gerissen. Eines der schönsten Gräber hatte er sich reserviert, für sich und seine Frau, gemietet für die nächsten fünfzig Jahre. Ein Platz in der Sonne.

Max gräbt. Schaufel für Schaufel bringt er die Erde nach oben, mit nacktem Oberkörper steht er hüfthoch im neuen Zuhause des langjährigen Dorfchefs. Er muss tiefer graben als sonst. Viel tiefer. Zwei Meter zwanzig ist Standard, heute werden es drei Meter zwanzig sein. Vorsichtig schalt er, keine Erde darf einbrechen, er darf sich keine unnötige Arbeit machen, er ist vorsichtig, Stück für Stück gräbt er sich nach unten. Langsam verschwindet sein Oberkörper, sein Kopf, man sieht nur noch, wie Erde nach oben fällt.

Ein Grab wie jedes andere, nur tiefer.

Max weiß, dass es falsch ist. Aber er tut es trotzdem, er muss. Wenn es dunkel ist, werden sie zurück auf den Friedhof kommen. Max wird die Bretter vom Grab zur Seite heben, sie werden gemeinsam den Karton nach unten werfen und Erde auf ihn schaufeln. Keiner wird etwas merken. Es wird ein Grab wie jedes andere sein, man wird den Sarg des Altbürgermeisters nach unten lassen und Max wird das Grab schließen. Was in der Kiste ist, wird für immer verborgen bleiben. Niemand wird es finden. Niemals. Weil es keinen besseren Platz gibt auf dieser Welt, um etwas zu verstecken, etwas loszuwerden, für immer. Max weiß das. Und auch die, die Baroni das Geld vor die Tür gelegt haben, wissen das. Sie wussten, dass er ihm helfen würde, dass Baroni auf Max zählen kann, woher auch immer, aber sie wussten es.

Max gräbt. Baroni hat er zur Arbeit geschickt, er sollte im Würstelstand auf ihn warten, alles sollte so sein wie immer. Nur Max war am Friedhof, nur er sollte da sein, nur er sollte den alten Damen in Schwarz zunicken, sie freundlich grüßen wie immer. Nur er.

Wie er daliegt.

Wie er unten angekommen ist und sich hingelegt hat. Kurz ausruhen am stillsten Ort der Welt, an dem Ort, an den keiner außer ihm lebend hinkommt. Der Blick nach oben, den Schalbrettern entlang, seine Augen halten das kleine Stück Himmel über ihm fest. Da oben ist die Wirklichkeit, da oben dreht sich die Welt, da oben wartet ein Karton, der verschwinden soll. Etwas, das nicht gefunden werden soll. Etwas, das nach Verwesung riecht. Es ist dieser unverwechselbare Geruch, die leichte Süße, der faulige Geruch des Todes. Max hat es sofort gewusst, seine Nase hat aufgeschrien, als er dem Karton näher kam. Was auch in der Kiste sein mag, es ist tot. Wahrscheinlich ist der tote Körper in Plastik gehüllt, nicht ganz luftdicht abgeschlossen. Max schaut in den Himmel, er versucht sich einzureden, dass ein totes Tier in der Kiste liegt, ein Tier, für dessen Verschwinden jemand bereit ist, zwanzigtausend Euro zu bezahlen. Mit Gewalt will er diesen Gedanken am Leben erhalten, aber andere Gedanken machen sich breit, verdrängen ihn, schlagen ihn kaputt, düstere Gedanken, Gedanken, die Angst machen. Kein Tier. Es muss ein Mensch sein.

Max schließt die Augen.

Es ist sein Ritual, schon immer. Er legt sich in die Gräber, die er gegraben hat, er will wissen, wie er seine Toten bettet. Oft bleibt er lange liegen, rührt sich nicht, hört nur hin. Wie still die Erde ist. Normalerweise genießt er es, jetzt aber fühlt er sich unwohl. Er ist kurz davor, etwas Dummes zu tun. Und er weiß es. Dass etwas passieren wird, noch etwas, dass es nicht damit getan ist, den Karton zu vergraben, er weiß es, er fürchtet sich davor, er malt sich das Schlimmste aus, in dunklen Farben.

Kurz überlegt er, ob er zu Tilda gehen soll, ihr sagen soll, was passiert ist, ob er sie um Hilfe bitten soll. Sie ist Hauptkommissarin, sie kann bestimmte Dinge unter den Tisch fallen lassen, und manches würde er ihr einfach verschweigen. Tilda könnte sich um alles kümmern. Max stellt es sich vor. Dann verwirft er diesen Gedanken wieder. Man würde Fragen stellen, und Baroni und ihm würde es nicht gelingen, aus der Sache herausgehalten zu werden. Die Polizei würde sie verhören, sie würden Baronis Haus und den Friedhof belagern, und die Absender des Paketes würden das Angedrohte wahr machen und Baronis Hoden abschneiden. Sie würden ihr Geld zurückwollen, sie würden es sich holen, irgendwie, mit Gewalt, sie würden seinem Freund weh tun. Mehr als das. Max ist sich sicher.

Sie haben keine andere Wahl. Baroni hat keine. Und er auch nicht. Ihm nicht zu helfen ist keine Option, keine, auch nach zehn Minuten Nachdenken in drei Metern Tiefe nicht. Max wird zum Würstelstand gehen, er wird mit Baroni warten, bis es Nacht ist, dann werden sie den Karton auf den Friedhof tragen und ihn vorsichtig hinunterlassen. Sie werden Erde darauf schaufeln, viel Erde, bis man nichts mehr sieht, nichts mehr riecht, bis alles verborgen ist, bis alles wieder gut ist. Sie werden es tun. In drei Stunden wird Baronis Problem einfach verschwinden. Hoffentlich für immer, denkt Max und klettert nach oben.

# Fünf

Acht Wochen lang war die Welt wieder gut.

Der Schmerz wurde kleiner. Seit er aus Thailand zurück war, gelang es ihm, sie gehen zu lassen, sein Herz wieder zu spüren, leicht, nicht schwer. Der Alltag tat ihm gut, da war nichts, das dieses heilsame Leben zurück im Dorf durcheinanderbrachte, die Ruhe und das Einfache waren genug, er hatte alles, was er wollte.

Max hatte sich gegen ein Leben in Wien entschieden, weil er Angst davor hatte, keine Zeit mehr für sich zu haben, seine Träume, seine Gedanken, er wollte nicht, dass Arbeit sein Leben bestimmte, eine Karriere, der er dreißig Jahre hinterhergelaufen wäre. Max wollte Ruhe, er wollte, dass die Sonne am Morgen aufging und am Abend unter, er wollte, dass alles überschaubar blieb, keine Überraschungen, die das Vertraute bedroht hätten, seine Saunagänge, seine Sonnenbäder auf der Terrasse, die gemeinsamen Abende mit Baroni. Max genoss es. Alles. Auch, dass Wein und Bier wieder in sein Leben zurückgekehrt waren. Er wollte maßvoll sein, er wollte die Kontrolle behalten. Die Monate ohne Alkohol hatten ihm gutgetan. Max wusste, dass sie übertrieben hatten in den letzten Jahren, dass er und Baroni die Grenzen des Verträglichen unzählige Male überschritten hatten. Das sollte sich ändern.

Mit Maß und Ziel, sagte Max.

Blödsinn, sagte Baroni.

Stundenlang saßen sie im Würstelstand. Manchmal begannen sie schon am Nachmittag zu trinken. Baroni wartete auf Kundschaft, Max saß seine Arbeitszeit ab, so wie es sich für einen guten Gemeindearbeiter gehörte. Der Totengräber beim Bier im Würstelstand, das wurde seit dreißig Jahren geduldet, und daran sollte sich auch nach Baronis Übernahme nichts ändern.

Ein paar gepflegte Bierchen, sagte Baroni.

Fast so wie früher, sagte Max.

Marktplatz. Früher Abend. Zwei Freunde trinken miteinander. Max ausgelassen, beinahe glücklich, Baroni nachdenklich, beinahe bedrückt.

– Was ist los?
– Nichts ist los.
– Du schaust aber so.
– Wie schaue ich denn?
– Problematisch.
– Ich schaue nicht problematisch.
– Doch, tust du.
– Trink dein Bier und gib Ruhe.
– Du musst das hier ja nicht ewig machen, Baroni.
– Um das geht es nicht.
– Worum denn dann?
– Ach, nichts.
– Baroni, du redest jetzt mit mir. Sofort.
– Können wir nicht einfach nur Bier trinken?
– Kannst du mir nicht einfach sagen, was dich bedrückt?
– Mich bedrückt nichts.
– Machst du dir Sorgen?
– Bitte, Max, lass gut sein.
– Ich kenne dich doch.
– Ich weiß.
– Und?
– Wir sollten einen Schnaps trinken, Max.
– Sollten wir nicht, Baroni, wir wollten uns mäßigen.
– Du wolltest das, nicht ich.
– Kein Schnaps, Baroni.
– Doch.

- Warum?
- Weil es notwendig ist.
- Du machst jetzt sofort den Mund auf.
-
-
- Gestern ist wieder ein Kuvert mit Geld gekommen.
- Was?
- Vierzigtausend Euro.
- Bitte nicht.
- Doch.
- Ich dachte, das haben wir hinter uns.
- Dachte ich auch.
- Wo ist das Geld, Baroni?
-
- Wo ist es, Baroni?
- Du denkst also, ich habe wieder gespielt.
- Gar nichts denke ich, ich will nur wissen, wo das
  Geld ist. Und warum es überhaupt da ist, schon wie-
  der. Das darf doch alles nicht wahr sein.
- Ich habe nicht gespielt, Max.
- Dann sag mir, wo das verdammte Geld ist.
- Zuhause.
- Sicher?
- Sicher.
- Solange das Geld noch da ist, haben wir kein Prob-
  lem.
- Doch, haben wir.
- Was denn noch, Baroni?
- Es ist auch Post gekommen.
- Was?
- Zwei Pakete, Max. Zwei, verstehst du?
- Das ist jetzt nicht wahr, oder?
- Doch, Max, leider.
- Gib mir einen Schnaps.

- Ich dachte, du trinkst keinen Schnaps.
- Halt die Klappe, halt die Klappe, halt die Klappe.
- Ich kann nichts dafür, Max.
- Nicht schon wieder, Baroni. Bitte.
- Doch, Max.
- Warum passiert mir das?
- Weil es so gut funktioniert hat das letzte Mal.
- Was redest du da?
- Das stand auf dem Zettel, der in dem Kuvert mit dem Geld war.

Max kippt das Glas. Er dachte, das Thema wäre abge-hakt, sie hatten nichts mehr gehört, kein Brief war gekommen, niemand hatte etwas gemerkt, alles war so, als wäre nie etwas passiert. Je mehr Tage vergingen, desto unwirklicher war ihnen vorgekommen, was pas-siert war. In den ersten Wochen hatten sie noch mit weiteren Briefen gerechnet, mit Erpressung, mit dem Schlimmsten. Aber nichts war passiert. Der Karton liegt seit zwei Monaten unter dem Altbürgermeister, Baroni und Max haben nicht mehr davon gesprochen. Kein Wort bis eben. Sie hatten das Gefühl, wenn sie darüber reden würden, käme das Unfassbare wieder zurück nach oben, käme die Wahrheit ans Licht, würde man sie zur Verantwortung ziehen für das, was sie getan haben. Und deshalb schwiegen sie.

Baroni und Max. Schnaps.

Max weiß nicht, wie er reagieren soll, kurz hofft er, Baroni hätte sich nur einen Spaß erlaubt, kein Geld würde in Baronis Haus liegen und auch keine Kartons auf ihn warten.

Egal, was sie sich vorgenommen hatten, egal, was Max über seinen Alkoholkonsum gedacht hatte, egal, ob es vernünftig ist oder nicht, Max trinkt. Egal, wie viel, egal, ob es Schnaps ist. Nichts anderes hilft in diesem Moment. Nichts. Nur Schnaps in einem Saftglas, und Baroni, der ihn stoppen will.

– Max, wir müssen klar im Kopf bleiben.
– Wozu denn?
– Wir müssen etwas unternehmen.
– Nichts müssen wir.
– Doch, Max. Ruf Tilda an.
– Zur Polizei können wir nicht.
– Tilda kann uns bestimmt helfen.
– Kann sie nicht. Wir haben eine Leiche verschwinden lassen.
– Haben wir nicht.
– Doch, Baroni, haben wir, und du hast Geld dafür genommen.
– Es war nur ein Karton.
– Mit einer Leiche drin.
– Das muss nicht sein, Max, vielleicht war es auch ein totes Reh.
– Das ist natürlich naheliegend, Baroni.
– Was denn dann, Max?
– Vielleicht war es auch ein Stück von einem Dinosaurier.
– Ich meinte, was wir sonst machen sollen.
– Schnaps trinken.
– Jetzt lass doch den Blödsinn.
– Nein.
– Bitte, Max.
– Bevor die Flasche nicht halbleer ist, werde ich die Kartons in deinem Wohnzimmer nicht aufmachen.
– Du willst sie aufmachen?
– Was denn sonst?
– Und dann?

- Weiß ich noch nicht.
- Bitte, Max, es muss eine andere Lösung geben.
- Du meinst, wir könnten die stinkenden Pakete wieder begraben und du gehst mit dem Geld ins Casino? Würde dir das besser gefallen?
- Hör auf damit.
- Du hast das Geld gestern bekommen, oder?
- Und?
- Du hast es mir eben erst erzählt.
-
- Du wolltest wieder spielen, stimmt's?
- Habe ich aber nicht.
- Du hast es mir versprochen, Baroni.
- Ich habe nicht gespielt, Max. Kannst du jetzt bitte damit aufhören?
- Und du bist dir wirklich sicher, dass das Geld noch da ist?
- Ja, verdammt.
- Wir haben uns in die Scheiße geritten, Baroni.
- Irgendetwas fällt uns bestimmt ein.
- Mach die Gläser voll und halt die Klappe.

Mit Angst in den Bäuchen gehen sie über den Marktplatz. In Max' Hand die Schnapsflasche. Er weiß, was kommen wird, was für ein Problem sich in wenigen Minuten auftun wird, und Baroni weiß es auch. Ohne Worte durch Baronis Stiegenhaus nach oben. Ohne Worte stehen sie auf dem weißen Marmorboden und starren die Pakete an. Ohne Worte setzen sie sich hin. Die Flasche geht hin und her, bis sie leer ist. Dann steht Max auf und öffnet den ersten Karton.

## Sechs

Mitten in der Nacht zwei Einkaufswagen durch den Supermarkt.

Wie sie um die Ecke biegen, wie Raviolidosen nach unten stürzen, wie sie lachen, wie sie immer weiter laufen, die Wagen vor sich herschieben, wie sie nebeneinander schnell sind, laut, ausgelassen, Baroni und Max.

Wie sie die Wagen immer weiter schieben, weiter rennen, Runde für Runde, nebeneinander, wie immer noch mehr Lebensmittel aus den Regalen fallen, weil sie betrunken sind, weil sie die Situation nicht mehr unter Kontrolle haben. Weil Max seinen Wagen in einen Berg aus Tomaten steuert. Baroni neben ihm. Wie der Wagen von Max von Tomaten begraben wird, wie die Tomaten über tote weiße Haut rollen. Zwei nackte Körper. Einer in Baronis Wagen, einer in dem von Max. Ein Mann und eine Frau, ungefähr dreißig Jahre alt, zwei kalte Körper mit angewinkelten Beinen, geschlossenen Augen, zwei Leiber am Ziel ihrer Reise. Überall Tomaten, Max und Baroni lachen und heben sie aus den Wagen.

Vor drei Stunden hat Max die Kartons aufgerissen, ohne nachzudenken hat er die zwei Plastiksäcke hochgehoben und sie auf Baronis Fußboden gelegt. Ohne Zögern hat er die Reißverschlüsse geöffnet. Baroni wich zurück. Obwohl Max ihn gewarnt hatte, obwohl er versucht hatte, ihn vorzubereiten auf das, was kommen würde, auf die leblosen Körper, was Baroni sah, erschreckte ihn so sehr, dass er die Hände vor sein Gesicht hielt, vor seine Augen, vor seine Nase, er wollte sich vor dem Geruch schützen, vor der toten Haut, vor den Gesichtern, die plötzlich in seinem Wohnzimmer waren, vor den Mündern, vor den blauen Lippen und den notdürftig zusammengenähten Rümpfen.

Wie ein aufgescheuchtes Tier rannte Baroni im Kreis, umrundete die Leichen auf dem weißen Marmorboden. Er war schockiert, damit hatte er nicht gerechnet. Dass es so sein würde, dass Tote so aussehen würden, dass es sich so anfühlen würde, dass es so ernüchternd sein würde und kalt, so schrecklich der Anblick, alles.

- Bitte, pack sie wieder ein, Max.
- Aber warum denn?
- Bitte, Max, das ist abartig.
- Du hast uns das eingebrockt, Baroni, jetzt kannst du auch hinschauen.
- Die stinken, Max. Bitte lass uns einfach abhauen.
- Die stinken überhaupt nicht, das ist absolut harmlos.
- Aber sie sind tot.
- Daran gewöhnst du dich schneller, als du denkst.
- Das halte ich nicht aus, das kann nicht sein, das ist völlig irrsinnig, Max.
- Was?
- Da liegen zwei Leichen.
- Und sie sind aufgeschnitten worden.
- Du packst jetzt die beiden sofort wieder ein, auf der Stelle, ich will das nicht sehen.
- Wahrscheinlich hat man sie ausgenommen.
- Was meinst du?
- Du warst doch schon mal angeln, oder?
- Ja und?
- Du schneidest den Fisch auf und fährst mit dem Finger in den Bauch, und dann holst du die Innereien heraus. Genauso müssen die das hier auch gemacht haben.
- Super Vergleich, Max.

- Wahrscheinlich hat man ihnen Organe entnommen.
- Das ist doch Blödsinn, Max.
- Jetzt überleg mal, Baroni, warum sollte jemand aufgeschnittene Leichen loswerden wollen?
- Weil er sie aufgeschnitten hat?
- Und warum hat er sie aufgeschnitten?
- Weil er etwas hineinlegen wollte?
- Depp.
- Das ist absolut unglaublich hier, Max.
- Irgendjemand hat sehr viel Geld verdient mit den beiden.
- Vielleicht ist alles ganz harmlos.
- Ja, genau. Vielleicht haben sie sich selbst aufgeschnitten und dann wieder zusammengenäht, danach haben sie sich eingesackt, sich in die Kartons gelegt und verschickt. Die klassische Romeo-und-Julia-Geschichte.
- Bitte, Max.
- Was?
- Zumachen.
- Von mir aus.
- Mir ist ganz schwindlig.
- Das kommt vom Schnaps.
- Nein, Max, das machen die da. Das ist zu viel für mich.
- Dann schau nicht hin.
- Und was jetzt?
- Ich würde vorschlagen, zuerst einmal ins Bad mit ihnen.
- Und dann?
- Sehen wir weiter.
-
-
- Max?

- Was?
- Denkst du, dass in der ersten Kiste auch eine Leiche war?
- Was denn sonst? Hier will jemand seinen Sonder-müll unkompliziert entsorgen.
- Zwanzigtausend pro Leiche?
- Das sind Peanuts für die. Für ein Herz bekommst du minimum hunderttausend, für eine Leber vielleicht zwanzigtausend, für eine Niere fünfzig. Dann noch die Kosten für die Transplantation, da kommt ganz schön was zusammen.
- Und warum hier? Warum wollen sie ihre Leichen bei uns loswerden? Warum müssen sie in meinem Wohnzimmer herumliegen?
- Mein lieber Baroni, wo ist der beste Platz für eine Leiche?
- Das ist so krank, Max.
- Wo, Baroni? Wo wird absolut niemand nach einer Leiche suchen?
- Am Friedhof.
- Und wer ist der Totengräber hier im Dorf?
- Du.
- Und wer braucht Geld hier im Dorf?
- Ich.
- Eben.

Mit angewiderten Gesichtern trugen sie die beiden Säcke ins Badezimmer. Max spürte den Ekel in sich, dieses Unbehagen, das Angst werden wollte, doch er blieb aufrecht stehen, er wehrte sich, er wollte sich nicht fürchten, sich dem Unfassbaren nicht ergeben. Der Schnaps machte ihn mutig, der Schnaps vereitelte jedes vernünftige Handeln, der Schnaps war schuld an dem, was dann kam.

Max trank in langen Schlucken. Auch Baroni trank. Sie hatten ein Verbrechen vertuscht, sie hatten eine Leiche verschwinden lassen, sie hatten Geld dafür genommen, sie hatten eben zwei weitere Leichen ausgepackt, die von der Post geliefert worden waren, zwei Leichen in stabilen Pappkartons, zwei ausgeweidete Körper, nackt, unbekannt.

Sie sind schon seit mindestens zwei Tagen tot, sagte Max.

Die Leichenstarre war bereits gebrochen, Max wusste, wie Leichen sich verhalten, wie sie aussehen, wie sie sich anfühlen. Schon mehrmals war er dem Tod so nahe gekommen. Er hatte gesehen, wie Menschen tot waren. Ihre Gesichter, ihre Muskeln, die stillstanden. Wie sie sich nicht mehr bewegten, egal, wie oft er sie berührte, egal, ob er auf sie einschlug als Kind, egal, ob er versuchte, sie wachzuküssen. Tote Körper, die normalerweise verborgen in Särgen zu ihm auf den Friedhof kamen. Normalerweise.

Zeit verging. Eine halbe Stunde. Eine Stunde. Nichts passierte.

Die zwei Toten im Bad verschwanden nicht einfach so. Keine Lösung war in Sicht, nichts, das Hoffnung machte. Wie Baroni in dem riesigen Wohnzimmer auf und ab ging. Wie Max begann, in der Küche nach Trinkbarem zu suchen. Dass die Schnapsflasche bald leer sein würde, machte ihm Angst, dass sie nüchtern werden würden, dass die grausame Wirklichkeit sie erschlagen würde.

Da war Angst. Plötzlich spürte er sie. Er wollte sie nach unten drücken, mit Gewalt, seine Panik. Wie ihm alles zu entgleiten drohte. Wie er die Kontrolle verlor. Wie er eine Küchenlade nach der anderen aufriss, weil er nicht wusste, was er sonst tun sollte. Wie er den Kühlschrank aufmachte und eine Flasche Weißwein fand. Er wollte sich betäuben, alles erträglicher machen, bunter. Max sehnte sich danach, unbeschwert zu sein, er wollte die Augen zumachen, auf einer Luftmatratze im Meer treiben, die Sonne spüren, sonst nichts. Keine Angst haben. Nichts von dem, was Baroni sagte, er wollte sich nicht von seiner Panik packen lassen, er wollte nichts wissen von der Ausweglosigkeit, nichts von Verwesung und nackter, toter Haut. Nur die Sonne und das Meer. Und Reis. Reis mit Hühnerfleisch und Gemüse.

Ich habe Hunger, sagte er.

Es ist nichts da, sagte Baroni.

– Wie kannst du jetzt ans Essen denken, Max?
– Woran sollte ich sonst denken?
– An unser kleines Problem im Bad.
– Will ich nicht.
– Na bravo. Er will nicht.
– Die laufen uns schon nicht weg, oder?
– Wir müssen eine Entscheidung treffen, Max.
– Zuerst müssen wir etwas essen.
– Ich kann dir ein paar Würste aus dem Stand holen, wenn es unbedingt sein muss, aber dann kümmern wir uns um die beiden. Ich will sie nicht in meinem Bad haben, verstehst du das?
– Keine Würste, Baroni. Ich habe Lust auf Sushi.
– Sushi?
– Ja, Sushi.
– Jetzt?
– Ja, jetzt.
– Hier im Dorf?
– Sushi, Honigmelone und Minzschokolade. Und Roh-schinken, extra dünn geschnitten.
– Hast du sie noch alle?

- Und Erdbeeren will ich auch.
- Bitte, Max, lass uns jetzt vernünftig miteinander reden, sonst dreh ich durch.
- Nein, ich will jetzt essen.
- Jetzt reiß dich zusammen.
- Nein, ich will Sushi.
- Wir haben zwei Möglichkeiten, Max, entweder wir vergraben die Leichen und nehmen das Geld, oder wir rufen jetzt Tilda an.
- Ich habe Hunger, Baroni, Hunger, nichts sonst, geht das in deinen Kopf?
- Wenn wir zu Tilda gehen, haben sie uns am Arsch. Und wenn wir sie vergraben, haben uns die anderen am Arsch. Dann wird noch ein Paket kommen, verstehst du. Und noch eines. Die werden bestimmt nicht damit aufhören.
- Wir könnten uns im Supermarkt etwas holen.
- Wenn wir Tilda einschalten, sitzen wir ein. Das mit der Leiche im Grab des Altbürgermeisters kann sie nicht vertuschen.
- Wir könnten beim Bürofenster einsteigen, das ist im Sommer immer gekippt.
- Wir sind im Arsch, Max, verstehst du mich?
- Das Büro liegt zum Hang hin, keiner sieht uns da.
- Was redest du da eigentlich?
- Wir gehen jetzt jausnen, Baroni.
- Du willst in den Supermarkt einbrechen?
- Ja. Ich weiß sogar, wie man die Kamera ausschaltet, das wird ein Spaziergang.
- Du bist betrunken, Max.
- Ganz genau, so ist es, Baroni. Und jetzt fahren wir da hin und steigen ein.
- Du willst also im Supermarkt einsteigen, die Kameras lahmlegen und anschließend dort jausnen?

– Ganz genau das will ich. Und unsere beiden Freunde im Bad, die nehmen wir mit.

Die Augen von Max leuchteten. Er legte seinen Arm um Baroni und erklärte ihm, was in seinen Kopf gekommen war. Er sah es vor sich, die zwei unbekannten Toten im Kühlregal, dort, wo jeder sie sehen könnte, dort, wo man sie garantiert finden würde, in wenigen Stunden schon.

Diesen Arschlöchern zeigen wir es, sagte Max.

Baroni nickte nur. Seine Augen sagten, dass ihm alles recht war, dass er nichts lieber wollte, als die Toten aus seiner Wohnung zu befördern. Alles war besser, als tatenlos herumzusitzen, er tat, was Max ihm sagte, er kramte Handschuhe aus dem Kasten, er parkte das Auto ganz nah an der Hintertür, ohne weiter nachzudenken packte er mit an. Ungesehen luden sie die Toten in den Kofferraum, ungesehen parkten sie auf dem Chefparkplatz direkt unter dem Bürofenster des Supermarktes. Ungesehen stiegen sie ein und schalteten die Kameras aus. Vorsichtig schälten sie die Körper wieder aus den Plastiksäcken und hoben sie nach oben.

Keine Fingerabdrücke, sagte Max.

Baroni nickte und holte die Einkaufswagen.

Baroni fügte sich einfach. Beide taten das. Sie flüchteten einen Augenblick lang aus der Wirklichkeit, sie stellten dem Irrsinn, der über sie hereingebrochen war, einen anderen Irrsinn entgegen. Kurz fühlten sie sich, als würden sie mit Puppen spielen, als wären sie im Schlaraffenland, sorglos, betrunken und hungrig. Sie bedienten sich einfach, hemmungslos und gierig, als würde ihnen das Essen ihr Leben retten.

Max schnitt Rohschinken auf, Baroni holte Brot und Lachs. Und Melonen und Minzschokolade und

Rotwein. Seelenruhig jausneten sie, seelenruhig saßen sie mitten im Supermarkt auf dem Boden. Dass in den Einkaufswagen neben ihnen zwei Leichen lagen, war nicht wichtig, sie blendeten es einfach aus. Auch Baroni entspannte sich. Die Ruhe, die Max ausstrahlte, beruhigte ihn. Bald würden sie das Problem gelöst haben. Bald. Aber davor war noch roher Lachs in ihren Mündern, Rohschinken auf ihren Zungen. Und Wein in ihren Hälsen.

Sie waren betrunken. Sehr betrunken. Deshalb war sich Max auch so sicher, dass es richtig war, was sie taten, dass es das Einzige war, was sie tun konnten. Er war sich hundertprozentig sicher in diesem Moment. Dass die Idee genial war, die Leichen in der Öffentlichkeit abzulegen. Max war überzeugt davon.

Wie sie die nackten Leiber durch den Markt schoben, wie sie den richtigen Platz suchten.

Wie sie ihre Runden drehten. Wie sie immer schneller wurden und wie sie zu lachen begannen. Nebeneinander um die Wette wie Kinder. Mann gegen Frau. Leiche gegen Leiche. Baroni gegen Max. Da war keine Scham. Kein schlechtes Gewissen. Alles, was passierte, war so unfassbar. Sie wollten etwas dagegen tun, etwas, das es leichter machte, das ihnen half, den Anblick der Toten zu ertragen. Was sie taten, war richtig. Immer wieder verwarfen sie Gedanken, die etwas anderes sagten. Sie mussten dafür sorgen, dass die Leichen gefunden würden. Sie mussten laufen. Die Wagen vor sich herschieben. Davonlaufen vor der Hölle, die sich aufgetan hatte. Einfach weiterschieben, weiterlaufen. Über Raviolidosen springen. Sie mussten es tun.

Laut und ausgelassen steuerte Max auf die Gemüseabteilung zu. Baroni war hinter ihm. Er konnte sich kaum noch halten vor Lachen. Eine Hand am Steuer, in

der anderen der Rotwein. Wie sie brüllten vor Lachen,
wie Wein über Baronis Kinn tropfte. Wie der Wagen
von Max zum Stillstand kam. Wie die Tomaten fielen.
Wie sie dalagen.

Die Tomaten. Die zwei Toten.
Wie sie sich krümmten vor Lachen.
Baroni und Max.

## Sieben

Das Video wurde mit einem Mobiltelefon gemacht.

Max und Baroni sitzen ohne Worte im Friedhofswärterhaus und starren auf den Bildschirm. Nach dem
Aufwachen war es einfach da, es begann immer wieder
von vorn, es war auf allen Sendern zu sehen, vor ihren
Augen die Bilder aus dem Supermarkt, die Bilder von
zwei Leichen im Kühlregal, zwischen den Milchpro-
dukten, mit Marillen dekoriert, Schnittlauch auf ihren
Köpfen, Ketchup auf den Brustwarzen.

Sie schwiegen. Baroni und Max nebeneinander auf
der Couch, Tassen in ihren Händen, Kaffee in ihren
Mündern, Scham überall. Kein Wort zwischen ihnen,
nur das Unfassbare, für das sie verantwortlich waren,
der Horror, den sie inszeniert hatten. Sie waren dafür
verantwortlich. Sie hatten die Marillen in die Münder
der Toten gesteckt, sie hatten sie dorthin gebracht. Max
wünscht sich, es ungeschehen zu machen, sofort, auf
der Stelle, er will, dass es nicht passiert ist, dass sie
nichts damit zu tun haben. Er starrt die Bilder an, er
hört die Reporter reden, er wünscht sich zu versinken,
im Boden für immer.

Was haben wir da nur getan, sagt er.

Ich weiß es nicht, sagt Baroni.

Er hatte den Fernseher eingeschaltet, seine Augen
waren zuerst aufgegangen, seine Erinnerung kam zuerst
zurück. Er schüttelte Max, machte ihn wach, er wollte
nicht allein sein mit dem, was sie getan hatten.

Es war fast Mittag, als er aufwachte, und es war ihm
sofort klar, bevor die Bilder über den Fernsehschirm
flatterten, dass die Leichen bereits gefunden waren,
dass das große Mediendrama bereits begonnen hatte.

Sie wollten, dass es Zeugen gab, dass man darüber berichtete, sie wollten, dass jeder im Land darüber Bescheid wusste, jeder. Auch die, die ihnen die Pakete geschickt hatten. Sie sollten wissen, dass die Spielregeln jetzt andere waren, dass Max und Baroni keine Angst vor ihnen hatten, im Gegenteil. Der Fußballer und der Totengräber waren in einen Supermarkt eingebrochen, hatten dort randaliert und zwei Leichen abgeladen, sie hatten riskiert, gesehen und verhaftet zu werden, sie wollten zeigen, dass mit ihnen nicht zu spaßen war.

Sie waren sich einig gewesen. Max hatte Baronis Angst vom Tisch gewischt, er hatte ihm Mut gemacht, ihn angespornt, ihn angetrieben.

Die Autofahrt zum Supermarkt. Betrunken am Steuer. Wie sie die Körper aus dem Auto hoben. Wie sie sie in die Einkaufswagen setzten. Wie sie begannen, die Kontrolle zu verlieren. Wie eine Dummheit die nächste ergab. Wie sie vor dem Kühlregal standen und lachten. Wie sie sich jetzt dafür schämen. Baroni und Max, peinlich berührt. Viel mehr als das.

- Das hätten wir nicht tun sollen, Max.
- Nein, das hätten wir nicht.
- Wir haben es aber getan, Max.
- Das war der Alkohol.
- Nein, das warst du, Max. Du wolltest ja unbedingt jausnen.
- Ich wollte die Leichen loswerden.
- Du wolltest Sushi.
- Ich wollte, dass diese Arschlöcher sehen, mit wem sie es zu tun haben.
- Mit wem denn? Mit uns Vollpfosten? Mit Verrückten, die sich nicht mehr ganz im Griff haben?
- Ich bin kein Vollpfosten.

- Doch, Max, bist du.
- Es tut mir ja auch leid, Baroni.
- Das können wir nicht wieder gutmachen.
- Jetzt mach es bitte nicht noch schlimmer, als es ohnehin schon ist.
- Stell dir vor, die Angehörigen der Toten sehen diese Bilder.
- Nein, das stelle ich mir nicht vor.
- Stell dir vor, wie die sich jetzt fühlen.
- Halt jetzt bitte die Klappe, Baroni, ich kann die Uhr auch nicht zurückdrehen.
- Und was, wenn sie herausfinden, dass wir das waren?
- Das wissen sie jetzt ohnehin.
- Ich meine die Polizei, Max. Dort wimmelt es jetzt vor Bullen.
- Wir hatten Handschuhe an, wir haben keine Spuren hinterlassen, wir haben auch nichts zurückgelassen, die Flaschen, die Essensreste, wir haben alles eingepackt, die werden nichts finden. Und DNA gibt's in dem Supermarkt von tausend anderen auch.
- Schuhabdrücke?
- Es hat nicht geregnet, es war nirgendwo nass, wir haben alles richtig gemacht, Baroni.
- Was, wenn nicht?
- Ich weiß, wie das funktioniert, Baroni, ich weiß, welche Möglichkeiten die haben, ich bin quasi damit aufgewachsen.
- Du solltest sie anrufen.
- Wen?
- Tilda. Sie kann uns bestimmt helfen.
- Sie kann uns nicht helfen, Baroni, sie kann uns maximal hinter Gitter bringen. Möchtest du das?
- Nein.
- Was dann?

- Was werden die jetzt mit uns machen?
- Wer?
- Die Besitzer von den beiden Leichen.
- Ich weiß es nicht.
- Sie werden sich ihr Geld holen.
- Ja, und deine Hoden. Das stand doch in dem ersten Brief, oder?
- Halt die Klappe, Max.
- Mir ist egal, was die machen. Es geht darum, was wir jetzt machen.
- Was sollen wir denn schon machen?
- Ich dachte, du warst Stürmer?
- Ja und?
- Stürmer greifen an, Baroni, die warten nicht darauf, dass ihnen jemand die Hoden abschneidet.
- Und was stellt sich der große Max Broll da so vor?
- Vor allem dürfen wir jetzt nicht auffallen, Baroni. Du sperrst deinen Stand auf und ich rede mit Tilda. Ich werde herausfinden, was sie weiß, und vielleicht nimmt sie mich sogar mit in die Gerichtsmedizin.
- Warum sollte sie das tun?
- Sie schuldet mir was, Baroni.

Max steht auf. Er zieht Baroni hoch und schiebt ihn aus der Wohnung, aus dem Haus, über den Marktplatz. Mit einem mulmigen Gefühl lässt er seinen Freund im Würstelstand zurück und fährt Richtung Supermarkt. Tilda wird ihm weiterhelfen, er weiß es. Er wird sie fragen und sie wird ihm antworten. Sie wird zwar nicht verstehen, warum ihn die beiden Leichen interessieren, aber sie wird mit ihm reden. Weil sie sich verantwortlich dafür fühlt, dass Hanni nicht mehr da ist, weil sie Max unendlich dankbar dafür ist, was er für sie getan hat vor einem Jahr. Dass er für sie da war, ohne zu zögern. Tilda wird ihm helfen, herausfinden, was mit den beiden Toten passiert ist, warum man sie aufgeschnitten hat. Sie wird die Antworten finden, und er wird diejenigen finden, die sein neues Leben wieder durcheinandergebracht haben. Er und Baroni. Sie werden ihnen das Geld wieder zurückgeben und dafür sorgen, dass sie in Ruhe gelassen werden. Genau so wird es sein, Max hofft es, er will es so. Er nähert sich dem Supermarkt.

Seit eineinhalb Jahren war das Dorf wieder versorgt. Nachdem der Greißler zugesperrt hatte, war der Weg zur nächsten Packung Milch weit geworden. Die Supermarktkette hatte das Dorf und die umliegenden Gemeinden quasi gerettet, der Supermarkt ist ein guter Ort, normalerweise hat er nichts Bedrohliches an sich, heute aber schreit er laut in alle Richtungen. Dass etwas passiert ist. Etwas Schreckliches. Der Supermarkt brüllt.

Überall Polizei, Absperrungen, Spurensicherung, Beamte in weißen Overalls, Reporter, Fernsehteams, Fotografen, überall Schaulustige, das halbe Dorf ist da. Max parkt. Er versucht Tilda auszumachen, fragt nach ihr, will zu ihr, er versucht, den jungen Beamten, der ihn aufhalten will, zu überzeugen, dass er ihn durchlässt. Er muss dringend zu Tilda Broll, sagt er. Etwas Familiäres, er muss kurz mit ihr sprechen, der Beamte soll ihn bitte zu ihr bringen. Max zeigt ihm seinen Ausweis, der Beamte nickt. Max folgt ihm wortlos über den Parkplatz, vorbei an den Polizeiautos, an telefonierenden Beamten, am Leichenwagen. Das heißt, die Leichen sind noch im Supermarkt. Max läuft es kalt über den Rücken. Er will nicht sehen, was sie getan haben, er will nur wissen, wer die Toten sind, er will wissen, was die Polizei weiß, ob sie Spuren hinterlassen haben, er und Baroni, ob sie vorsichtig genug waren. Max hat Angst.

Hinter dem Beamten geht er Richtung Kühlregal, man schaut ihn an, man kennt ihn, die meisten von Tildas Kollegen wissen, wer er ist, warum er jetzt durch den Supermarkt geht, darüber denken sie nicht nach. Auf gewisse Art und Weise gehört Max dazu, die Dienstälteren kennen ihn, seit er ein Kind ist, Max hat im Landeskriminalamt gespielt, er ist über die Stiegengeländer gerutscht, hat in Tildas Büro mit Lego gespielt. Damals. Jetzt spielt er mit Leichen.

Er sieht sie. Die zwei Körper. Jetzt in braunen Plastiksärgen, weiße Säcke mit Reißverschlüssen. Die Bestatter schließen gerade die Deckel. Tildas besorgtes Gesicht. Erst als Max neben ihr steht, sieht sie ihn. Überrascht zieht sie ihn zur Seite.

– Was willst *du* denn hier?
– Ich habe es in den Nachrichten gesehen.
– Das ist ein Tatort, Max.
– Ich wollte wissen, was passiert ist.
– Du hast hier nichts zu suchen, Max. Wir sehen uns später zuhause. Dann können wir reden.
– Wer war das hier?
– Keine Ahnung. Und jetzt lass mich arbeiten, bitte.
– Sind sie hier gestorben?
– Jetzt nicht, Max.
– Nur kurz, bitte.
– Warum denn, um Himmels willen? Was geht dich das hier an? Sei doch froh, dass du dich nicht darum kümmern musst, das ist ziemlich krank, was hier passiert ist.
– Sie sind also hierhergebracht worden?
– Sie sind wahrscheinlich schon einige Tage tot. Keine Totenstarre mehr, jemand hat sie hier abgelegt.
– Warum hat man sie aufgeschnitten?

- Woher weißt du das?
- Das Video im Fernsehen, die Naht. Man hat sie genau gesehen.
- Ich weiß es nicht, Max. Nach der Obduktion wissen wir mehr. Und jetzt, bitte, geh, ich kann hier nicht mit dir über die Ermittlung reden, das geht nicht.
- Bitte, Tilda.
- Hau ab jetzt, ich will dich hier nicht mehr sehen. Dieser Fall geht dich nichts an, du hörst auf, deine Nase in Dinge zu stecken, die nichts mit dir zu tun haben, verstehst du das, Max?
- Ich bin nur neugierig.
- Deine Neugier hätte dich vor einem Jahr fast umgebracht. Bitte, lass mich jetzt arbeiten, Max.

Tilda dreht sich um und geht zurück zu den Särgen. Im ganzen Supermarkt wimmelt es von Polizisten. Seit Stunden wird hier gearbeitet, stundenlang wurde nach Spuren gesucht, wurden Fingerabdrücke genommen, DNA-Vergleichsproben von Kunden und Verkäufern. Sie werden alles tun, um die zu finden, die die Leichen wie billiges Fleisch ins Regal gelegt haben, sie werden den Tatort absuchen, bis sie etwas finden. Max weiß, wie das Spiel funktioniert, wie Tatorte zu Heuhaufen werden, die nach langem Suchen verraten, was wirklich passiert ist.

Hunderte Male hat Max Tatortfotos betrachtet, hat in Tildas Arbeit geschnüffelt, die sie mit nachhause gebracht hat. Die Neugier trieb ihn, das Verbotene, die Verbrechen, die seine Stiefmutter ins Friedhofswärterhaus mitbrachte.

Anfangs hatte sie Max verboten, in ihren Unterlagen zu wühlen, sie wollte ihn verschonen, sie wollte seine Neugier bremsen, sie ihm austreiben, aber Max war hartnäckig. Mit siebzehn diskutierte er bereits Fälle mit ihr, Polizeiarbeit war für ihn Alltag, worüber andere im Fernsehen erfuhren, lernte er in der Küche von Tilda. Tilda erklärte sie ihm, die Tatortfotos, sie erklärte ihm, wer welche Arbeit machte, wie die Aufgaben verteilt waren. Stundenlang saßen sie oft zusammen, und manchmal, wenn Tilda nicht weiterwusste, fragte sie Max sogar um Rat.

Er geht. Tilda winkt. Sie will sichergehen, dass er wirklich verschwindet. Seit ihrer Entführung vor einem Jahr hat sie Angst um ihn. Fast wäre auch Max gestorben, wegen ihr, weil er ihr helfen wollte, weil er zu neugierig war, weil er dumm war. Tilda weiß, wie er ist. Max. Wie er sein kann, wenn er sich in etwas verbeißt. Sie will nicht mehr, dass er sich in Gefahr bringt, nie wieder. Und Max weiß das.

Wie er zurückwinkt und hofft, dass alles gutgeht, dass sie nichts hinterlassen haben, was zu ihnen führt. Zu ihm und Baroni. Tilda würde ihn hassen, wenn sie wüsste, dass er für diese Grausamkeit verantwortlich ist, für diese Inszenierung, sie würde ihn verachten dafür, sie und alle anderen im Dorf, vor den Fernsehern würden sie ihre Köpfe schütteln und ausspucken. Max Broll und Johann Baroni, sie würden kein normales Leben mehr führen können, wenn die Wahrheit die Runde machen würde. Dass sie eine Leiche vergraben und zwei andere in den Supermarkt gelegt hatten, das würde man ihnen nicht verzeihen.

Max steigt in sein Auto. Lange bleibt er einfach sitzen. Aus der Ferne schaut er zu, wie sich die Kcamerateams um die besten Bilder raufen, wie der Leichenwagen das Gelände verlässt, wie immer noch mehr Polizeiwagen kommen. Es herrscht Ausnahmezustand. Dass das Video mit den Bildern von den Leichen in die Öffentlichkeit gelangt war, machte alles nur noch schlimmer. Der Fall ist öffentlich geworden, bevor er überhaupt erst begonnen hat. Das ganze Land schaut auf das kleine Dorf, auf den Supermarkt, auf den Parkplatz, den Max nicht aus den Augen lässt. Er weiß nicht, was er tun soll, er kann nicht untätig herumsitzen, er muss wissen, was man den zwei Toten angetan hat, was mit ihnen passiert ist, bevor sie in die Kartons gesteckt wurden. Max muss es einfach wissen, er muss wieder in Ordnung bringen, was sie angerichtet haben. Er muss es wieder gutmachen.

Max verachtet sich selbst. So gerne würde er die Uhr einfach zurückdrehen, wie schon so oft in seinem Leben wünscht er sich, er hätte anders gehandelt. So gerne würde er immer noch in seinem grünen Plastiksessel sitzen, in Thailand am Strand. Weit weg von diesem Supermarkt, vom Dorf, von dem, was jetzt auf ihn zukommt. Niedergeschlagen dreht er den Schlüssel um. Er kann nichts tun als warten. Es wird noch ein paar Stunden dauern, bis die Leichen obduziert sind, bis die Körper geöffnet werden. Bis klar ist, was wirklich passiert ist, warum sie jemand aufgeschnitten hat. Es wird dauern, bis die Spuren ausgewertet sind, bis Tilda wieder im Landeskriminalamt ist, bis er wieder zu ihr kann. Er muss warten. Im Schritttempo fährt Max zurück ins Dorf, er parkt vor dem Würstelstand. Baroni hält ihm die Tür auf.

– Wo warst du so lange?
– Sie haben sie eben weggebracht.
– Scheiße, Max.
– Mehr als das, Baroni.
– Das geht diesmal nicht gut für uns aus, Max.
– Abwarten.

- Dafür gehen wir ins Gefängnis.
- Darüber reden wir, wenn es so weit ist.
- Es hat uns bestimmt jemand gesehen.
- Niemand hat uns gesehen.
- Woher willst du das wissen?
- Ich weiß es einfach.
- Bravo, Max.
- Was willst du von mir?
- War eine tolle Idee, das mit dem Supermarkt.
- Du wolltest die Leichen loswerden, oder?
- Aber doch nicht so.
- Mein lieber Baroni, ich darf dich daran erinnern, dass das mit den Marillen und dem Schnittlauch deine Idee war.
- Ich war betrunken.
- Ich auch.
- Und was jetzt?
- Abwarten, sag ich doch.
- Was passiert jetzt, Max?
- Die Leichen kommen in die Gerichtsmedizin und werden obduziert.
- Und dann?
- Sie werden die Körper nach Spuren absuchen.
- Sie sind nackt, Max.
- DNA, Baroni. Die ist auch da, wenn man nackt ist.
- Was willst du damit sagen?
- Dass sie unsere DNA auf den Toten finden werden.
- Was werden sie?
- Sie werden viele verschiedene DNA-Profile finden, unter anderem auch unsere.
- Aber wir hatten die ganze Zeit Handschuhe an.
- Sie werden Speichel von uns finden, Baroni, Schweiß, ich bin mir sicher, dass wir etwas davon verloren haben.

- Ach du Scheiße.
- Sie werden alle DNA-Profile vom Tatort mit denen auf den Toten vergleichen.
- Was heißt das schon wieder?
- Sie haben von allen Menschen, die den Leichen nahe gekommen sind, Speichelproben, von allen Polizisten, um die dann als Täter auszuschließen.
- Das heißt, unsere DNA bleibt übrig.
- Ist zu befürchten, mein Freund.
- Das heißt, sie holen uns jetzt gleich ab, oder was?
- Sie wissen ja nicht, dass die DNA-Profile von uns sind.
- Was heißt denn das schon wieder?
- Sie haben kein Profil von uns im Computer, also nützt ihnen die DNA nichts, die sie finden.
- Wirklich?
- Wenn du nicht schon mal im Gefängnis warst, dann tappen sie im Dunkeln. Sie wissen nur, dass es zwei Männer waren, die mit den Toten im Supermarkt gespielt haben, sonst nichts.
- Das ist alles so peinlich, Max, wir sind echt das Letzte.
- Die Jammerei bringt uns jetzt auch nichts. Wir müssen herausfinden, was der Gerichtsmediziner sagt.
- Max?
- Was?
- Es ist wohl zu befürchten, dass wir bald Besuch bekommen, oder?
- Kann sein. Die wollen wahrscheinlich die vierzigtausend wieder. Und vielleicht wollen sie auch deine Hoden.
- Das ist nicht witzig, Max.
- Mach dir keine Sorgen, Baroni, wir passen auf deine kleinen Bälle schon auf. Ich würde es niemals zulassen, dass dir da unten jemand was abschneidet.

– Du hast gesehen, was die mit den beiden Toten gemacht haben? Mit denen ist nicht zu spaßen, Max.
– Mit uns auch nicht. Und das wissen sie jetzt.


Baroni hält ihm eine Dose Bier hin, doch Max lehnt ab.
Kein Alkohol mehr, sagt er.

Blödsinn, sagt Baroni, schaut ungläubig und will
Max mit Hundeblicken zu einem Bier überreden. Aber
Max meint es ernst. Er will nüchtern bleiben, er will
nie wieder in so eine Situation geraten, er hört nicht
auf, sich zu schämen. Immer wieder kommen die Bilder
in seinen Kopf, die Leichen in den Einkaufswagen, wie
sie durch die Gänge rasen. Wie ihre Oberkörper hin
und her baumeln.

Wir trinken erst wieder, wenn das hier vorbei ist,
sagt er. Keinen Schluck.

Sein Gesicht ist ernst, besorgt, er weiß nicht, was
zu tun ist, warum er schon wieder in so eine Situation
geraten ist, er weiß es nicht. Warum das alles passiert.
Lautlos schüttelt er den Kopf und schaut Baroni zu,
wie er Würste ins siedende Wasser fallen lässt.

# Acht

Weil er Angst hatte.

Sonst wäre er nicht einfach so verschwunden. Max war bis zum Abend bei ihm geblieben, er hatte vier Käsekrainer und drei Portionen Pommes gegessen, sie hatten verzweifelt versucht, einen Weg aus ihrem Unglück zu finden, aber es gab keinen. Es gab nichts zu tun als abzuwarten, die Stunden vorbeiziehen zu lassen. Dass Baroni einfach verschwinden würde, damit hatte Max nicht gerechnet.

Er ist einfach weggefahren, ohne ein Wort, ohne es zu erklären. Einfach weg, weil er Angst hatte, seine Hoden zu verlieren, weil er Angst hatte, etwas noch Schlimmeres könnte passieren. Baroni wollte sich verkriechen, im Erdboden versinken, spurlos verschwinden.

Fünfzehn Stunden kein Lebenszeichen von ihm. Nichts. Nur das Freizeichen und die Ungewissheit. Die ganze Nacht lang. Nichts. Bis zu diesem Moment. Seine Stimme am Telefon.

- Wo bist du, um Himmels willen?
- Es tut mir so leid, Max.
- Geht es dir gut?
- Nein, es geht mir nicht gut.
- Was ist passiert, Baroni?
- Nichts ist passiert.
- Wo bist du?
- In Wien.
- Was machst du in Wien?
- 
- Wo ist das Geld, Baroni?

- Was soll das, Max?
- Hast du wieder gespielt, oder was?
- Nein.
- Sag mir bitte die Wahrheit.
- Ich hatte Angst, Max.
- Wo das Geld ist, will ich wissen, bitte, Baroni, sag es mir.
- Nach wie vor in meinem Backrohr. Genau dort, wo du es hingelegt hast, ich habe nicht gespielt, verdammt, ich hatte einfach Angst.
- Ich habe die ganze Nacht versucht, dich zu erreichen.
- Ich weiß.
- Ich reiße mir hier den Arsch für dich auf und du haust einfach ab.
- Es tut mir leid, Max.
- Ich habe die ganze Nacht in der Gerichtsmedizin verbracht. Ich habe die Schnauze voll von Leichen, Baroni. Es reicht, verstehst du? Überall, wo ich hinschaue, sind Leichen. Ich kann nicht mehr. Ich will nicht mehr.
- Warum warst du die ganze Nacht in der Gerichtsmedizin?
- Weil mein Freund das Weite gesucht hat und ich mich alleine um die ganze Scheiße kümmern muss.
- Ich kann dir noch hundertmal sagen, dass es mir leidtut, Max. Ich konnte nicht anders.
- Sag's nochmal.
- Es tut mir leid.
- Nochmal.
- Es tut mir leid, Max.
- Das hoffe ich. Ich habe mir wirklich Sorgen gemacht.
- Ich bin auch nicht stolz darauf, aber mich hat die Panik gepackt. Ich habe die ganze Nacht die beiden

Gesichter vor mir gesehen, die nackten Körper, ich bringe sie nicht mehr aus meinem Kopf.

– Ich auch nicht, Baroni, glaub mir.

– Wo sind wir da nur reingeraten, Max?

– Organhandel, Baroni.

– Was?

– Leftera hat mir alles erklärt.

– Wer ist Leftera?

– Sie hat mit den Leichen geredet.

– Was hat sie?

– Da waren keine Herzen mehr, Baroni, und dann ist auch noch der Strom ausgefallen.

– Max, bitte, der Reihe nach: Wer ist Leftera, warum hat sie mit den Leichen geredet, und was ist mit den Herzen?

– Diese Nacht war ein Albtraum.

– Wo bist du jetzt?

– Im Auto zurück ins Dorf.

– Du erzählst mir jetzt sofort, was passiert ist.

Max erzählt. Er beginnt dort, wo sie sich verabschiedet hatten, vor dem Friedhofswärterhaus, vor fünfzehn Stunden. Max ging nach oben, er duschte, er wollte alles von sich abwaschen, es nach unten spülen. Lange ließ er kaltes Wasser an sich hinunterrinnen, über zwanzig Minuten lang stand er in der Dusche, über zwanzig Minuten lang passierte nichts. Dann zog er sich eilig an und fuhr los. Aus dem Dorf. Über die Autobahn, ins Landeskriminalamt, in Tildas Büro. Doch sie war nicht da, nur ihr Kollege, der Max freundlich begrüßte, er sollte in der Gerichtsmedizin nach Tilda fragen, hieß es. Max fragte sich zu ihr durch, er musste mit ihr reden, er musste wissen, was sie herausgefunden hatte, sie war die Einzige, die ihm weiterhelfen konnte, die ihm sagen konnte,

wer die Toten waren, wo sie herkamen, was man ihnen
angetan hatte. Tilda. Er suchte sie. Und er fand sie.

Man hatte ihn bis zum Obduktionssaal vorgelas-
sen, sein Name hatte die sonst verschlossenen Türen
geöffnet. Max wollte gerade den Raum betreten, als sie
ihm entgegenkam, ihn zurückschob, ihn durch die Tür
zurück in den Vorraum drängte.

– Was willst du hier? Siehst du nicht, dass ich arbeiten
muss?
– Sind sie da drin?
– Ja, sie sind da drin, aber bitte erklär mir, was dich das
angeht, und warum du das unbedingt wissen willst.
Was tust du hier, Max?
– Ich bin nur neugierig, so etwas passiert ja nicht alle
Tage.
– Max?
– Ja?
– Weißt du irgendetwas? Ist da etwas, das du mir erzäh-
len solltest?
– Was soll ich wissen?
– Ich kenne dich, Max.
– Blödsinn.
– Hast du irgendetwas damit zu tun?
– Was soll die Frage, Tilda?
– Ich hätte gerne eine Antwort, Max.
– Nein, ich habe nichts damit zu tun.
– Sicher?
– Was denn sonst.
– Was willst du dann hier?
– Ich will wissen, warum man sie aufgeschnitten hat.
– Warum?
– Weil meine Stiefmutter bei der Kripo ist und ich mit
Verbrechen aufgewachsen bin.

– Blödsinn, Max.

– Wer hat das getan, Tilda? Habt ihr was gefunden? Woher kommen die Leichen?

– Mein lieber Max, wenn du nichts zu diesem Fall beizutragen hast, wenn du wirklich nur hier bist, um mich von der Arbeit abzuhalten, dann muss ich dich jetzt bitten zu gehen.

– Bitte, Tilda, sag mir, was los ist.

– Hau ab, Max, sofort.

Sie drehte sich um und verschwand wieder im Obduktionssaal. Kurz erhaschte Max einen Blick. Drei Leichen lagen im Raum, ein Gerichtsmediziner und die Obduktionsassistentin beugten sich über die weibliche Leiche, deren Kopf Max mit Schnittlauch verziert hatte. Vor einigen Stunden hatte Max sie noch im Einkaufswagen durch den Supermarkt geschoben, jetzt lag sie auf dem kalten Tisch und man stocherte in ihr herum.

Max wusste, dass Tilda ihm nicht weiterhelfen würde, sie war sehr deutlich gewesen. Zu diesem Zeitpunkt würde sie kein Wort mehr über den Fall verlieren. Sie würde ihn nicht einweihen, wahrscheinlich wollte sie ihn beschützen, ihm den Dreck ersparen, in dem sie zu wühlen begonnen hatte.

Tilda war müde. Seit über dreißig Jahren gehörte Verbrechen zu ihrem Alltag. Was ihr bis vor einem Jahr noch Freude gemacht hatte, war jetzt Grauen. Ihr Beruf war zur Belastung geworden für sie. Alles, was vor einem Jahr passiert war, lag schwarz auf ihr, die Angst war immer noch da, die Angst zu sterben.

Ein alter Fall hatte sie eingeholt, fast wäre sie in einer kleinen Holzkiste gestorben, irgendwo vergraben im Waldboden. Dass man sie gerettet hatte, war wie ein Wunder. Dass sie aber jeden Tag daran denken musste, war ihr Albtraum. Ein Traum, der nicht aufhörte, der sie quälte, jeden Tag, jeden Augenblick, immer. Ihr Beruf hatte sie in diese Situation gebracht, ihr Beruf war auch dafür verantwortlich, dass Hanni tot war, und dass Max beinahe in den Tod gestürzt wäre. Ihr Beruf, den sie mittlerweile hasste, den sie nicht mehr wollte, keinen Tag länger.

Seit einem Jahr versuchte Tilda auszusteigen aus diesem Leben, aus ihrem Beruf, aus ihrem Alltag. Sie hatte einen Antrag auf Frühpensionierung gestellt, aber er war abgelehnt worden. Personalmangel, man zögerte ihre Pensionierung immer wieder hinaus, man hielt sie hin.

Man brauche sie, hieß es. Man könne nicht auf sie verzichten, hieß es. Wir verstehen, dass Ihnen die Arbeit nach dem Durchlebten schwerfällt, aber wir können nichts für Sie tun, hieß es.

Therapie und Supervision, mehr nicht. Tilda musste bleiben. Zwei Jahre noch. Zwei Jahre Verbrechen und Leichen auf Edelstahltischen. Egal, wie laut sie weinte, egal, wie viel Angst sie hatte, wie viele Träume.

Tilda schrie um Hilfe, doch man hörte sie nicht. Tilda blieb. Tilda kümmerte sich um die Leichen aus dem Supermarkt. Tilda machte die Tür zu.

Gestern Abend.

Wie Max vor dem Obduktionssaal stand, allein. Wie es brannte in ihm, weil er wissen wollte, was vor sich ging, was mit den beiden Toten passiert war. Am liebsten hätte er die Tür aufgerissen und wäre in den Saal gestürzt, am liebsten wäre er durch die Wand gesprungen, durch den Türschlitz gekrochen. Er wollte wissen, was sie redeten, was sie auf den Leichen gefunden hatten, wie lange es dauern würde, bis die DNA-Abgleiche gemacht waren, Max wollte alles wissen. Im Keller der Gerichtsmedizin einfach nur zu warten, machte ihn wütend, unruhig. Er zögerte, er wollte bleiben, er musste gehen. Wenn Tilda wieder herauskam, musste er weg sein. Zumindest durfte sie ihn nicht sehen.

Er hörte sie. Wie sie sich verabschiedete. Wie sie fluchte, er hörte, wie Tilda der Tür näher kam, Max rührte sich nicht. Er stand still an die Wand gelehnt, er wollte nichts berühren, er wollte weglaufen, er drehte sich um und riss die Kühlkammertür auf. Ohne nachzudenken drängte er seinen Körper gegen die kalte Wand und schloss die schwere Eisentür. Es war dunkel, aber er hatte gesehen, wo die Bahren lagen, wie nah sie ihm waren.

Dunkel. Stille. Keine Bewegung, nur flaches Atmen und die Kälte. Vielleicht fünf Grad, oder weniger. Eine Kühlkammer für Leichen, ein Versteck für Max, so lange, bis die Stimmen verschwunden waren, so lange, bis Tilda weg war, und länger. Max wollte warten, bis Tilda verschwand, er wollte mit der Obduktionsassistentin sprechen, sie würde ihm vielleicht weiterhelfen, sie würde vielleicht reden. Er kannte ihr Gesicht, er hatte sie schon einige Male gesehen, im Vorübergehen, vielleicht konnte sie ihm helfen. Mit wem sollte er sonst sprechen, was sollte er sonst tun. Dass er in einem Kühlschrank mit Leichen stand, war die logische Konsequenz aus allem, was in den letzten beiden Monaten passiert war. Dass es absolut verrückt war, was er tat, war ihm egal. Darüber nachzudenken, warum sein Leben nicht gewöhnlich und einfach sein konnte, war sinnlos. Dass er es wieder einmal geschafft hatte, sich in eine ausweglose Situation zu bringen, überraschte ihn nicht. Sein Leben war so. Höhen und Tiefen. Wie hoch er steigen konnte und wie tief fallen. Er kannte das. Und wie sehr er sich dabei spürte. Wie lebendig er sich dabei fühlte. Egal, ob es Angst machte, ob es weh tat, ob es nach Tod roch. Er lebte. Er lag auf keiner Bahre, verpackt in einem Plastiksack. Er lebte. Er spürte die Kälte in seinem Gesicht. Er konnte seine Finger bewegen, er konnte seine Augen auf- und zumachen. Egal, was außerhalb des Kühlschrankes passierte, er würde einen Weg finden, damit umzugehen, er würde weiterleben, alles andere würde seinen Lauf nehmen, die Welt würde sich einfach weiterdrehen.

Was passieren sollte, würde passieren.

In der Kühlkammer wählte er Baronis Nummer zum ersten Mal. Doch da war nur das Freizeichen. Bis vor fünf Minuten kein Lebenszeichen von seinem Freund.

Jetzt seine Stimme wieder am Telefon.

– Was ist dann passiert, Max?
– Ich bin in den Obduktionssaal.
– Und?
– Unsere beiden Freunde lagen auf den Tischen.
– Sie haben dich nicht rausgeworfen?
– Nein.
– Was dann, Max, erzähl schon, bitte.
– Da war nur noch die Obduktionsassistentin, eine Griechin. Sie war gerade dabei, deinem Freund das Gehirn zurück in den Kopf zu stecken.
– Meinem Freund?
– Deinem Einkaufswagenpiloten.
– Sie haben ihm das Gehirn entnommen?
– Das ist Standard, Baroni.
– Standard?
– Genau, die schauen sich alles genau an. Organe, Blut, Gewebe, Gehirn.
– Und das hat dir die Griechin erzählt?
– Sie heißt Leftera.

Sie hat Max angestarrt, dann hat sie gesagt, er solle die Tür zumachen und zu ihr kommen. Leftera Ermopouli, Prosekturgehilfin. Ihre Stimme war wie ihr Gesicht, tief und ungewöhnlich, ihre Nase markant, die großen Augen, die hohe Stirn, ihr breites Kinn, der Mund. Max schaute sie an, seine Augen flüchteten zu ihr, er wollte nicht sehen, wie sie die Kopfhaut über der Schädelplatte zusammenzog. Wie sie nähte. Wie sie mit der großen Nadel durch die Haut stach. Max schaute Leftera an. Wie ihr Mund auf- und zuging.

– Was willst du hier?
– Ich dachte, du kannst mir weiterhelfen.
– Wobei?
– Das ist nicht ganz einfach.
– Du bist der Sohn von Tilda Broll, richtig?
– Genau.
– Sie hat dich weggeschickt?
– Ja.
– Weil sie dir nicht weiterhelfen wollte?
– Genau.
– Und jetzt soll ich dir weiterhelfen?
– Ja.
– Mach ich gerne.
– Wirklich?
– Was willst du wissen?
– Eigentlich müsstest du mich rauswerfen, oder?
– Ja, müsste ich, aber mache ich nicht.
– Warum?
– Weil du mir gefällst.
– Machst du mich an?
– Ja.
– Du hast gerade ein Skalpell in der Hand.
– Deshalb bist du doch hier, oder?

- In gewissem Sinne ja.
- Ich habe hier noch ziemlich viel Arbeit, ich muss die beiden hier zunähen und den Dicken da drüben anziehen.
- Das macht doch der Bestatter, oder?
- Manchmal mache auch ich das. Die Bestatter sind so lieblos, ich finde, jeder hat es verdient, dass man sich ordentlich um ihn kümmert.
- Was passiert mit den Supermarktleichen?
- Die bleiben noch eine Zeitlang nackt.
- Wie lange?
- Bis man weiß, wer sie sind.
- Was ist mit ihnen passiert?
- Man hat sie ausgenommen. Mit sehr großer Wahrscheinlichkeit bei lebendigem Leib. Wahrscheinlich unter Narkose. Man hat ihnen einfach die Herzen herausgeschnitten, diesem jungen Mann hier fehlt auch die Leber.
- Warum?
- Jemand wird die Sachen wohl dringend gebraucht haben.
- Das klingt nicht sehr respektvoll.
- Hast du sie gekannt, die beiden?
- Nein, um Gottes willen, wie kommst du denn darauf?
- Du bist auf der Gerichtsmedizin und schaust zu, wie ich die Leichen zunähe, deshalb komme ich darauf.
- Ich schaue nicht zu, ich schaue dich an.
- Und wie gefällt dir, was du siehst?
- Ich mag deinen Mund.
- Das ist gut.
- Hat man Spuren gefunden, irgendetwas, das sagt, wer sie ins Kühlregal gelegt hat?

- Sie haben speichelverdächtige Stellen gefunden und gesichert, sie haben Abklebungen gemacht, um Fremd-DNA zu finden.
- Was noch?
- Die Bauchräume der Leichen sind voll mit Sanisorb.
- Was ist das?
- Absorptionsmaterial. Riecht wie geriebene WC-Steine. Zwei Hände voll vor dem Zunähen in den Bauchraum und die ganze Sache bleibt einigermaßen trocken.
- Was meinst du?
- Sie rinnen nicht aus, das Sanisorb saugt alles auf. Noch dazu hat man die beiden tamponiert, das heißt, man hat ihnen Watte in alle Körperöffnungen geschoben. So verhindert man, dass jeder sie riechen kann.
- Das heißt, sie stinken nicht?
- Nicht so schnell.
- Da hat sich also jemand Mühe gegeben, sie ordentlich zu versorgen. Warum?
- Damit es im Supermarkt nicht so stinkt, nehme ich an.
- Du bist witzig.
- Ich weiß.
- Und was passiert als nächstes?
- Morgen werden Porträts von den beiden Toten in jeder Zeitung sein, dann wird man schnell wissen, wer sie waren.
- Wer tut so etwas? Wer schneidet jemanden bei lebendigem Leib auf? Wer kann mit den Organen etwas anfangen?
- Wieso schaust du nicht hin?
- Wohin?
- Dahin. Ich mache jetzt den Brustkorb zu, ich kann das richtig gut.

- Nein danke.
- Du bist doch Totengräber, oder?
- Woher weißt du das?
- Ich sagte doch, du gefällst mir.
- Ich grabe nur Löcher, ich schütte nur Erde auf Särge.
- Aber in den Särgen sind die Toten, sie kommen quasi direkt von meinem Tisch zu dir. Also, stell dich nicht so an und versuch's mal.

Sie drückte Max einfach die Nadel in die Hand. Er nahm die Hände hoch, wehrte sie ab, er fragte, ob sie verrückt geworden war. Sie lachte nur. Laut. Freundschaftlich klopfte sie ihm auf die Schulter.

Locker bleiben, sagte sie.

Du hast sie ja nicht alle, sagte Max.

Trotzdem blieb er. Er setzte sich auf einen Hocker neben sie. Neugierig beobachtete er, was sie tat, jeden Handgriff, jeden Stich, den sie in die tote Haut machte.

Was, wenn jemand kommt, fragte Max.

Da kommt heute niemand mehr, sagte sie.

Während sie nähte, erzählte sie. Über sich. Über die Toten. Über ihre Arbeit. Dass sie oft in der Nacht hier war, dass sie seit vierzehn Jahren als Obduktionsassistentin in der Gerichtsmedizin war, dass ihr Vater aus Zypern kam.

Ich kenne meinen Vater nicht, sagte sie. Eltern sind das Letzte, fügte sie hinzu und schaute Max einen Augenblick lang mit traurigen Augen an. Dann beugte sie sich wieder über die Leiche und nähte weiter.

Wie liebevoll sie war, wie zart sie die Nadel durch die Haut schob, wie sie immer wieder zu den Körpern sprach, ihnen gut zuredete. Wie sie versuchte, den Toten eine Frisur zu machen, wie sie sich bemühte, sie aufzumuntern, wie sie mit ihrem Finger über die

Wangen der Leichen strich. Wie Max zu vergessen begann, dass die Körper am Tisch ohne Leben waren, tot waren. Er war fasziniert von Leftera. Eine Frau wie sie kannte er nicht, Leftera war wild und ungebremst, sie war schnell, sie überrannte ihn, sie brachte Max schließlich sogar dazu, die Nadel in die Hand zu nehmen und in den Brustkorb der weiblichen Supermarkt-leiche zu stechen. Er überlegte nicht, er tat es einfach. Sie hatte ihn wieder gefragt, sie hatte ihn mit einem schelmischen Grinsen gedrängt, ihn herausgefordert, ihm die Chance zu geben, etwas absolut Ungewöhn-liches zu tun. Noch etwas.

Keine Angst, sagte sie.

Verdammter Scheißdreck, sagte Max und tat es ein-fach.

Er wusste nicht warum, aber er stach die Nadel in die tote Haut. Wie Leder war sie, härter, als er gedacht hatte, zäher. Den Ekel, den er beim Anblick des offe-nen Brustkorbs empfunden hatte, schluckte er hinunter. Er stellte sich einfach vor, er würde einen alten Stoff-teddybär flicken, er würde in Stoff stechen, nicht in Haut, er redete sich ein, dass es völlig normal sei, was er tat, wozu sie ihn gebracht hatte. Drei Stiche, vier. Sie zeigte ihm, wie er es machen musste.

- Sehr gut.
- Warum mache ich das hier eigentlich?
- Weil du mich beeindrucken willst.
- Will ich das?
- Ja.
- Blödsinn.
- Es ist mir egal, dass du etwas mit den Toten zu tun hast.
- Was habe ich?

- Du hast sie nicht umgebracht, aber du hast irgend-
  etwas mit ihnen zu tun. Ist doch so, oder?
- Schwachsinn.
- Wie gesagt, es ist mir egal, ich sage nichts.
- Was willst du auch sagen, du redest Unsinn.
- Wir wissen beide, dass ich Recht habe.
- Ich habe keine Ahnung, wovon du redest.
- Doch, hast du.
- Wenn du meinst.
- Ich glaube, du bist ein schlimmer Finger.
- Ich glaube, ich muss jetzt gehen.
- Darf ich dich vorher küssen?
- Was willst du?
- Dich küssen.
- Jetzt?
- Ja.
- Hier?
- Ja.
- Was soll ich deiner Meinung nach damit zu tun haben?
- Darf ich jetzt?
- Kannst du mir sagen, wie du darauf kommst?
- Ich will dich küssen.
- Du bist verrückt.
- Darf ich jetzt endlich?
- Von mir aus.

Warum er ja gesagt hat, wusste er später nicht mehr.
Wie plötzlich die fremde Zunge in seinen Mund kam.
Wie er einfach die Augen zumachte und sie hineinließ
in sich. Leftera Ermopouli. Ihre Lippen auf seinen, ihre
Zunge, wie sie neugierig auf ihm tanzte, wie sie mit
seiner spielte. Wie sie seinen Kopf hielt, ihre Finger
in seinen Haaren. Einfach so. Plötzlich ihre Wange an
seiner, plötzlich diese Wärme in ihm. Wie lebendig er

sich von einem Moment zum anderen fühlte. Wie ihn dieser Mund überwältigte, ihn stumm machte, wehrlos. Wie er sie einfach spürte, die Augen geschlossen. Leftera und Max. Nichts sonst. Keine nackten Leichen, keine Nadel, nichts, nur zwei Münder, die aufeinanderschlugen, die brannten. Jeder Millimeter Haut, jedes Stück Zunge, alles in Max. Plötzlich neben den Toten. Ohne nachzudenken. Kein Gedanke zurück. An Hanni, daran, wie sie nackt neben ihm gelegen war, nackt und tot. Kein Gedanke an ihre Liebe, an seine. Nichts. Nur dieser Kuss.

Wie Leftera ihn aus dem Raum schob, den Gang entlang, wie sie ihn in ihrem Büro auf den Boden drückte. Wie sie sich küssten. Wie sich Leftera ausziehen wollte und Max den Kopf schüttelte.

Nur küssen, sagte er.

Wie du meinst, sagte sie.

Ihre Finger strichen über sein Gesicht. Sie küsste seine Stirn, seine geschlossenen Augen, seinen Hals. Viele kleine Berührungen am Fußboden eines kleinen Büros im Keller der Gerichtsmedizin. Max nahm sie einfach, ihre Finger, ihre Hände, wortlos. Sie hörten nicht auf, ihre Zungen wurden nicht müde. Leftera war so voller Leidenschaft, voller Kraft, Max fühlte sich geborgen, wie ein Kind lag er in ihrem Arm. Sie tat so gut. Sie war einfach da, so vertraut und warm. Ihre Hände, ihre Augen, als Max seine nach einer Stunde wieder aufschlug. Neugierig, abenteuerlustig, voller Tatendrang. Und ihre Stimme, wie selbstsicher sie war, wie selbstverständlich sie sagte, was sie dachte.

– Hilfst du mir, den kleinen Dicken anzuziehen?
– Ich sollte eigentlich gar nicht hier sein.
– Stimmt, aber du bist trotzdem da, und wenn du schon mal da bist, dann kannst du mir auch helfen.

- Es ist mitten in der Nacht.
- Da ist es hier am schönsten, du bist zur besten Zeit hier, keine Gerichtsmediziner, keine Bestatter, nur Leftera und du.
- Ich sollte jetzt gehen.
- Ach, bleib doch noch.
- Ich kann nicht.
- Wenn du mir hilfst, dann helfe ich dir auch.
- Wie meinst du das?
- Ich ruf dich an, wenn es etwas Neues gibt.
- Warum solltest du das tun?
- Weil du wundervoll küsst.
- Meine Freundin ist gestorben.
- Ich weiß. Aber der Kuss war trotzdem schön.
- Stimmt.
- Dann bleibst du also noch ein bisschen?
- Kurz noch.

Er blieb die ganze Nacht. Er half ihr, die beiden Supermarktleichen in Plastiksäcke zu stecken und einzukühlen, und er half ihr auch, den Dicken anzuziehen. Nebenbei unterhielten sie sich, lachten, Max fühlte sich einfach wohl. Dass er umgeben war von Leichen, war plötzlich nicht mehr wichtig. Da war Lefteras Stimme. Ihre Blicke. Die Erinnerung an diesen Kuss. Max blieb. Bis es hell wurde, saß er mit ihr in ihrem Büro und trank Kaffee. Bis vor fünf Minuten war er bei ihr. Dann verabschiedete er sich mit einem Kuss auf die Wange von ihr.

Ich ruf dich an, sagte sie.

Danke, sagte er, stieg in seinen Wagen, fuhr los und wählte Baronis Nummer.

Wo bist du, um Himmels willen, sagte Max.

Es tut mir so leid, sagte Baroni.

## Neun

Drei Stunden über die Autobahn.

Vormittag in Bayern, das Stück Karton mit dem Post-stempel am Beifahrersitz. Max ist hellwach, obwohl er nicht geschlafen hat, keine Minute lang. Ein Liter Kaf-fee war schuld daran, und Leftera.

Früher hätte er den Ouzo getrunken, den sie ihm angeboten hatte, die ganze Flasche hätte er mit ihr gemeinsam geleert, er hätte sich gehen lassen, wahr-scheinlich hätte er mit ihr geschlafen. So blieb es bei diesem Kuss, an den er jetzt immer noch denkt. Wie lustvoll sie war, wie sie ihn einfach umgerannt hat, ihn glücklich gemacht für kurze Zeit. Und wie er dann das Hemd zugeknöpft hat, wie er dem fremden toten Mann die Hose angezogen hat. Weil er bei ihr sein wollte, nicht weggehen wollte von ihr. Wie er eine Tasse Kaf-fee nach der anderen trank, weil er noch bleiben wollte, sie anschauen wollte, Leftera.

Max parkt in einer bayerischen Kleinstadt nahe der österreichischen Grenze. Hier wird er Baroni treffen, in wenigen Minuten wird er da sein, in wenigen Minu-ten werden sie in das Postamt gehen und fragen. Es ist die einzige Möglichkeit herauszufinden, wer das alles mit ihnen macht, wer sie in diese Situation gebracht hat.

Es war Baronis Idee. Nachdem er sich fünf Mal für sein Verschwinden entschuldigt und Max ihm alles von seiner Nacht erzählt hatte, kam er auf das Nahe-liegende. Die Pakete waren ja irgendwo aufgegeben worden, in dem Postamt würde sich vielleicht jemand an die Person erinnern, die die Pakete zum Schalter geschleppt hatte, irgendein Postbeamter würde ihnen weiterhelfen können. Man würde sich erinnern, solche großen Sendungen waren kaum alltäglich.

Ein deutsches Postamt. Irgendwer hatte die Leichen von dort aus verschickt. Warum gerade an sie? Max wartet. Seine Augen suchen den kleinen Stadtplatz ab, sie freuen sich, Baroni wiederzusehen. Max will mit ihm reden, über die Leichen, über die fehlenden Organe, über Leftera. Max wartet. Eine Minute lang, dann steigt Baroni aus dem Bus.

Baronis Gesicht spricht tausend Bände. Es sagt, dass es nichts Widerlicheres für ihn gibt als mit öffentlichen Verkehrsmitteln zu fahren. Nichts auf der Welt. Nach wie vor fällt es Baroni schwer, sich in den menschlichen Niederungen zu bewegen, der Verlust von allem ist schwer für ihn zu verkraften. Dass alles weg ist, seine Autos, alles, was sein Leben komfortabel gemacht hat, schmerzt ihn nach wie vor. Mit dem Bus in dieses bayerische Kaff zu kommen war ein Zugeständnis an Max, eine Entschuldigung dafür, dass er sich aus dem Staub gemacht hatte. Mit öffentlichen Verkehrsmitteln von Wien nach Niederbayern, Baroni hasste sein neues Leben.

– Nie wieder busfahren, Max.
– Um solche grundsätzlichen Entscheidungen treffen zu können, musst du aber noch ein paar Würste verkaufen, mein Lieber.
– Sehr witzig, Max.
– Schön, dass du da bist, mein Freund.
– Wir reißen den Schweinen jetzt den Arsch auf.
– Dafür müssen wir sie erst mal finden.
– Das werden wir, Max.

Entschlossen betreten sie das Postamt. Auch hier scheint jeder zu wissen, wer Baroni ist, und welche Schicksalsschläge ihn getroffen haben. Einige Kunden starren ihn an, sie flüstern hinter vorgehaltener Hand, sie grinsen. Der Postmann am freien Schalter erklärt, ein bekennender Baroni-Fan zu sein. Die Tatsache, dass er vom hohen Ross gefallen ist, scheint ihn nicht zu stören, Baronis Absturz ist kein Thema. Es geht um Fußball, um Ehrerbietung. Der Beamte bittet um ein Autogramm, er versichert ihm, dass nichts ihn von seiner Begeisterung abbringen kann.

Kurz schwebt Baroni wieder im Himmel, kurz sind die goldenen Zeiten wieder da, keine Würste, keine Leichen, die er vergraben muss. Kurz nur. Bis Max ihm auf den Fuß tritt und ihn drängt, endlich nach den Paketen zu fragen, endlich wieder im Dreck zu wühlen.

Schweren Herzens tut Baroni, was Max von ihm will. Er beschreibt die Pakete, die Größe, die Farbe, das Gewicht, er zeigt dem Beamten das Stück Karton mit dem Poststempel. Aber nichts. Er war nicht im Dienst an diesem Tag. Auf Baronis Drängen hin fragt er seine Kollegen, ob jemand sich an den Absender erinnern könne, ob es mehrere waren, ob jemandem irgendetwas dazu einfiele. Der Mann setzt sich ein für Baroni, er will ihm einen Gefallen tun, aber nichts. Nur Kopfschütteln und eine Beamtin, die sich zwar an die Pakete erinnern kann, nicht aber an denjenigen, der sie aufgegeben hat. Nichts über den Verrückten, der Leichen mit der Post verschickt, kein Wort, keine Beschreibung, es war niemand, den man kennt, niemand, an den man sich erinnert.

Max flucht leise. So viel Baroni auch fragt und bittet, es ändert nichts. Das Kurzzeitgedächtnis der Postbeamten scheint in katastrophalem Zustand zu sein. Trotzdem bedankt sich Baroni und unterschreibt noch

einige Male, bevor sie wieder hinaus auf den Stadtplatz gehen.

Wie sehr sie gehofft haben, dass jemand sich erinnert, dass jemand ihnen sagt, wo sie suchen müssen.
Wie enttäuscht sie sind. Wie sie die Post verlassen und
die Läden am Platz abklappern. Irgendjemand muss
etwas gesehen haben, zwei Pakete in dieser Größe trägt
man nicht einfach unterm Arm zur Post. Er muss einen
Rollwagen gehabt haben, er muss zweimal gegangen
sein, das erste Paket hineingebracht haben, dann das
zweite geholt haben. Oder sie waren zu zweit. Es muss
Antworten geben, es muss sie hier geben. Hier wurden
die Leichen aufgegeben. Doch nichts. Nur verwun-
derte Blicke, keine Antworten. Niemand weiß etwas,
keiner kann helfen. Niedergeschlagen lassen sie sich
in einem Gastgarten nieder.

- Jetzt trinken wir erst einmal ein schönes Weißbier,
  dann fällt uns bestimmt was ein.
- Kein Bier, Baroni, du erinnerst dich.
- Nur eines, zur Wurst, die Weiße ohne Bier, das geht
  nun wirklich nicht, oder?
- Doch, Baroni, das geht. Bis die Sache hier zu Ende
  ist, gibt es keinen Schluck mehr.
- Du warst auch schon mal lustiger.
- Und du hattest früher zwei Autos.
- Was soll das jetzt?
- Ich will jetzt nicht saufen, sondern die Geistes-
  kranken finden, die uns hier verarschen.
- Und ich will, dass du aufhörst, mit bloßen Fingern
  in meinen Wunden zu stochern.
- Ist ja schon gut, tut mir leid.
- Ich muss mal. Bestell mir einen Apfelsaft, und die
  Zeche geht auf meine Rechnung.

Gekränkt steht Baroni auf und wirft seine Geldtasche auf den Tisch. Zum einen, weil er ein Mensch ist, der sich nicht gerne von anderen sagen lässt, was er tun und lassen soll, und zum anderen, weil er es die letzten zwanzig Jahre gewohnt war, mit Geld um sich zu werfen.

Hab dich nicht so, sagt Max.

Du kannst mich mal, sagt Baroni und geht.

Max bestellt. Und weil es nicht schaden kann und der Kellner freundlich aussieht, fragt er auch ihn, ob er vor drei Tagen jemanden mit zwei großen Paketen gesehen hat, jemanden, der die Kartons aus einem Auto gehoben und zur Post getragen hat.

Der Kellner denkt nach, man sieht, wie er in seinem Kopf nach Bildern sucht, aber auch er hat niemanden gesehen. Keinen Verrückten mit Kartons voller Leichen. Wie alle anderen schüttelt er den Kopf. Er wiederholt noch einmal die Bestellung und will gehen, doch dann stoppt er. Seine Augen haben Baronis Geldtasche gestreift. So als hätte er etwas Fantastisches entdeckt, etwas Wertvolles, so als hätte er die Lösung auf alle Fragen dieser Welt, beginnt er zu strahlen.

Vielleicht kann ich euch doch weiterhelfen, sagt er.

Als Baroni vier Minuten später wieder von der Toilette kommt, ist der Kellner schon wieder verschwunden.

– Du hast recht, Max.
– Womit?
– Dass wir nüchtern bleiben sollten.
– Ja.
– Du hast mein Geld nicht angerührt, oder? Bin etwas knapp im Moment.
– Nein, du bist natürlich eingeladen, mein Freund.

- Wie du weißt, bin ich weit entfernt von fünfhundert Euro Tagesumsatz.
- Das ist jetzt nicht wichtig, Baroni, ich muss dir was sagen.
- Ja, ich weiß, ich sollte zufrieden sein mit meinem Leben, ich könnte auch in der Gosse liegen.
- Nein, das ist es nicht.
- Was dann?
- Ich habe den Kellner nach unserem Absender gefragt.
- Und?
- Er hat ihn nicht gesehen.
- Aber?
- Er hat jemand anderen hier gesehen, an dem Tag, an dem die Pakete aufgegeben wurden.
- Wen?
- Du bleibst jetzt ganz ruhig, ja? Er weiß nur, dass sie da war, dass sie hier drei Schnäpse getrunken hat, am helllichten Tag, sie war eine halbe Stunde da, dann ist sie gegangen. Mehr weiß er auch nicht. Sie war allein, sagt er.
- Wer, Max?
- Es ist wirklich sehr seltsam, dass sie hier war, genau an diesem Tag, genau in diesem Kaff.
- Wer, verdammt?
- Vielleicht ist es aber auch nur ein Zufall.
- Wenn du mir nicht gleich sagst, von wem du redest, trinke ich auch drei Schnäpse.
- Du bleibst aber ruhig, versprochen?
- Nicht mehr lange.
- Es gibt keinen Zweifel, Baroni, der Kellner hat sie wiedererkannt, er ist sich ganz sicher. Er hat sich an ihr hübsches Gesicht erinnert. Er fand sie süß.
- Ich gehe jetzt, du kannst mich mal. Ich lass mich doch nicht hier von dir auf die Folter spannen. Nichts zu

saufen und dann auch noch Rätsel raten, das geht zu
weit, Max.

– Es war Sarah.
– Welche Sarah?
– Deine Tochter.


Baroni sagt nichts. Er schaut zu, wie Max seine Geldtasche aufklappt und vor ihm auf den Tisch legt. Er
sieht ihr Foto vor sich, seine Tochter. Baronis Mund
steht weit offen.

Er hat das Foto gesehen, sagt Max.

Baroni will aufspringen, aber Max hält ihn zurück.

Du musst jetzt ruhig bleiben, sagt er.

Wo ist dieser Arsch, schreit Baroni.

Max kann ihn nicht davon abhalten. Baroni stürzt in
die Gaststube und stellt den Kellner zur Rede. Geduldig
wiederholt der freundliche Bayer, was er bereits Max
gesagt hat, er beschwört, dass er nicht mehr weiß. Baroni lässt von ihm ab, er kann nicht glauben, dass seine
Tochter hier gewesen sein soll, dass es ein Zufall war.
Wild schnaufend kommt er zurück an den Tisch. Er
versteht es nicht. Zuerst das Geld, dann die Leichen,
jetzt seine Tochter.

Was passiert hier, fragt er.

Wir werden es herausfinden, sagt Max.

Ohne auf die Weißwürste und die Apfelsäfte zu
warten, verlassen sie den Gastgarten. Baroni hat Max
hochgezogen, ihn in Richtung Ausgang gedrängt, er
will wissen, was seine Tochter damit zu tun hat. Ob
sie überhaupt etwas damit zu tun hat, er will es sofort
wissen, auf der Stelle, jetzt.

Fahr los, sagt er.

Max fährt. Geduldig versucht er Baroni zu beruhigen, ihm die schlimmsten Befürchtungen zu nehmen,

alles als harmlos abzutun. Max versucht ihn zu überreden, Sarah einfach anzurufen, sie zu fragen, warum sie in Bayern war, aber Baroni wehrt ab. Er will zu ihr. Er will nach Wien, er will persönlich mit ihr reden, mit ihr in einem Raum sein, sie ansehen, sie in den Arm nehmen, ihr den Hintern versohlen.

Baronis Tochter.

Sie lebt in Wien, seit acht Monaten in ihrer eigenen kleinen Wohnung. Nach Baronis Scheidung wohnten Sarah und ihr Bruder die meiste Zeit bei ihrer Mutter, nur ab und zu in den Sommerferien waren sie im Dorf. Baronis Lebenswandel erlaubte es ihm nicht, sich intensiver mit seinem Nachwuchs auseinanderzusetzen. Er konnte es nicht. Er liebte seine Kinder. Sehr. Und sie liebten ihn, auch wenn er als Vater nicht immer brillierte. Die wenige Zeit, die sie miteinander verbrachten, war schön. Immer schon. Sarah und Jan. Auch wenn sie sich immer mehr von ihm gewünscht hatten, sie gaben ihm nie das Gefühl, dass er versagt hatte, sie nahmen ihn einfach, wie er war, sie nahmen alles, was sie bekommen konnten. Besonders Sarah. Keine Vorwürfe in all den Jahren, und egal, was er tat, und was er nicht tat, sie liebte ihn einfach. Und er liebte sie.

Für Sarah würde sich Baroni ein Bein amputieren lassen, für sie würde er in einen Wildbach springen, für sie würde er sterben, ohne zu zögern. Seine Prinzessin, sie hat irgendetwas damit zu tun, mit Mördern, mit kranken Perversen, die irgendwelchen armen Schweinen Organe bei lebendigem Leib entnehmen. Sarah. Baroni will sie beschützen, will zu ihr, will von ihr hören, dass alles gut ist, dass sie nichts damit zu tun hat, dass es ein Zufall war, dass er sich umsonst aufgeregt und Sorgen gemacht hat. Er treibt Max an, über

die Autobahn, er will nach Wien, er will keine Zeit verlieren, er hätte gerne Flügel.

Ihr darf nichts passieren, sagt er.

Wir sind gleich bei ihr, sagt Max.

## Zehn

Mitten in Wien.

Baroni klopft an ihre Wohnungstüre. Seine Finger-knöchel wild auf dem Holz, dann, als die Tür aufgeht, ihr überraschtes Gesicht, das Handtuch, das sie um ihren Körper gewickelt hat.

– Papa?
– Warum machst du nicht auf?
– Was willst du hier, um Gottes willen?
– Ich muss mit dir reden.
– Jetzt nicht, Papa, ich kann nicht.
– Wir kommen rein.
– Nein.
– Doch.
– Wieso rufst du nicht an, bevor du kommst?
– Es ist wichtig, Sarah.
– Bitte, komm später wieder, ich stehe unter der Dusche.
– Wir werden in deiner Küche auf dich warten, Sarah.
– Halt, halt, ihr könnt doch nicht einfach meine Woh-nung stürmen.
– Doch, können wir.
– Ich bin nicht allein, Papa, bitte geht wieder. Wir tref-fen uns in zehn Minuten unten im Café.
– Was soll das heißen, du bist nicht allein?
– Dass ich nicht allein bin. Du bist doch nicht schwer von Begriff.
– Wo ist er?
– Wer?
– Ich will sofort wissen, wer da noch in der Wohnung ist.

– Hör auf zu schreien.

– Wo er ist, will ich wissen.

– Hey hey hey, du kannst nicht einfach auftauchen und hier hereinplatzen. Ich bin erwachsen, falls dir das entgangen ist, und es geht dich einen Scheißdreck an, wer bei mir ist, einen Scheißdreck, verstehst du?

– Bitte, Sarah, es ist wichtig.

– Du kümmerst dich doch sonst auch nicht um mich, du musst also nicht jetzt damit anfangen. Bitte pack deinen kleinen Totengräber ein und hau ab.


Kurz schweigt Baroni noch. Dann zieht er an Sarah vorbei und stürmt das Bad. Max will ihn zurückhalten, aber Baroni ist schneller, er will wissen, wer sich an seiner Tochter vergreift. Mit Gewalt stemmt er sich gegen die Badezimmertür, mit einem Poltern springt sie auf und wirft Anton zu Boden.

Ein Mann, so alt wie Max, doppelt so alt wie Sarah, ein Mann in Jeans und mit nacktem Oberkörper, bar-fuß, unrasiert, dunkle Haut, dunkle Augen.

Das ist Anton, sagt Sarah.

Das ist ein Türke, sagt Baroni.

Was bist du nur für ein Arschloch, sagt Sarah.

Baroni drängt Sarah zurück, sie schreit. Er macht die Tür zu und sperrt von innen ab. Sarah fleht verzweifelt vor der Tür, dass Baroni aufhören soll, sich wie ein Voll-idiot zu benehmen, er und Max sollen einfach wieder verschwinden, bettelt sie. Doch Max und Baroni blei-ben. Sie drängen Anton in die Ecke wie ein Tier, auf-gescheucht, überrascht. Er sucht nach einer Flucht-möglichkeit, er ist sprungbereit, Anton. Er fragt nichts, sagt nichts, er will entkommen, schnell, er will nur weg. Irgendwie. Wie seine Pupillen hin- und hergehen. Wie er noch kurz abwartet. Wie er die Tür anstarrt, die beiden Männer, und wie er beschließt, es doch mit Worten zu versuchen. Wie Baroni ihm jede Hoffnung nimmt.

– Was wollen Sie von mir?
– Du hast etwas mit den Leichen zu tun.
– Bitte?
– Du hast mir drei Leichen geschickt.
– Was habe ich?
– Drecksau.
– Ich möchte jetzt gerne gehen.
– Du gehst nirgendwo hin.
– Sie sind verrückt.
– Wir unterhalten uns jetzt.
– Hier, jetzt, in diesem Badezimmer?
– Ja, genau hier.
– Warum beruhigen wir uns nicht alle und trinken gemeinsam eine Tasse Kaffee?
– Ich bin ruhig.
– Es muss sich hier um ein großes Missverständnis handeln.
– Das glaube ich nicht.
– Bitte. Sie müssen mir glauben, ich habe wirklich keine Ahnung, was Sie von mir wollen. Lassen Sie uns darüber reden, in Ruhe, draußen, Sarah hat Angst, das muss doch alles nicht sein, oder?

Baroni überlegt. Er schaut Anton an, wie er dasteht, halbnackt, verängstigt. Für einen kurzen Moment zögert er, zweifelt er, ob er das Richtige tut, ob sein Handeln nicht doch etwas übertrieben ist, ob es wirklich notwendig ist, so wild zu sein, so laut, ob er sich nicht doch, seiner Tochter zuliebe, beruhigen soll, ihn aus dem Bad lassen, in Ruhe mit ihm reden. Vielleicht hat Anton tatsächlich nichts mit dem Ganzen zu tun, vielleicht macht er gerade einen großen Fehler, vielleicht bringt er Sarah umsonst dazu, ihn zu hassen. Mit einem Kopfnicken sagt er Max, er soll die Türe öffnen und den Weg freimachen. Kleinlaut und geduckt schleicht Anton an ihnen vorbei aus dem Bad, erleichtert umarmt er Sarah, während Max und Baroni an ihnen vorbeigehen und sich an dem Küchentisch setzen.

Vielleicht war wirklich alles nur ein Zufall, sagt Max.

War es nicht, sagt Baroni und springt auf.

Anton rennt. Über die Stiegen auf die Straße, Max und Baroni hinter ihm. Sarah bleibt zurück. Sie versteht nicht, was passiert, sie ruft nur seinen Namen, Anton, immer wieder Anton, sie schüttelt den Kopf, sie weint. Er hat sich aus ihrer Umarmung gelöst und ist losgerannt. Sarah. Sie versteht die Welt nicht mehr. Eben war sie noch glücklich, jetzt fährt ihr Geliebter in einem Transporter weg von ihr, davon von ihrem Vater und seinem Freund, dem Totengräber. Wie sie am Fenster steht und ihm nachschaut. Wie sie nach unten schreit. Anton. Wie ihre Tränen fallen. Wie Anton Gas gibt.

Früher Abend in Wien. Baroni und Max, sie sind hinter ihm. Sie lassen ihn nicht aus den Augen, sie kleben an ihm, sie sind zu schnell, sie sind rücksichtslos, sie müssen ihn aufhalten. Verfolgungsjagd durch Hütteldorf. Ampel für Ampel. Ein weißer Mercedes Sprinter, dahinter der Pritschenwagen von Max, sein Dienstfahrzeug.

Wir dürfen ihn nicht verlieren, sagt Baroni.

– Ich hätte ihn verdreschen sollen.
– Dass er abhaut, konnte niemand wissen.
– Ich hab's gewusst. Dieser Drecksack.

- Hätte ja auch anders sein können. Nur weil er älter ist als sie, heißt das ja noch lange nicht, dass er Leichen verschickt.
- Ein Türke, der Anton heißt, das sagt doch alles.
- Stimmt.
- Das ist lächerlich. Welcher Türke nennt seinen Sohn Anton.
- Bitte pass auf.
- Was denn?
- Du hättest beinahe die dicke Frau da überfahren.
- Wir müssen dranbleiben, ich will mit ihm reden, diese Sau hat meine Tochter angefasst.
- Sie ist erwachsen, Baroni.
- Trotzdem.
- Warum sollte er uns Leichen schicken?
- Weil er weiß, dass du Totengräber bist.
- Und Sarah hat ihm das erzählt.
- Liegt nahe, oder?
- Du meinst also, unser türkischer Anton steckt hinter dem ganzen Wahnsinn?
- Den mache ich fertig.
- Das geht aber nur, wenn du nicht von der Polizei aufgehalten wirst.

Sie bleiben hinter ihm, sie folgen ihm, sie dürfen ihn nicht verlieren, sie dürfen nicht auffallen. Keine Polizei, kein Unfall, keine anderen Autos, die sie mit in die Sache hineinziehen. Ruhe bewahren. Weiterfahren. Baroni kocht. Nervös schaut er auf die Tankuhr, halbvoll, ihm ist klar, wenn es der Türke darauf anlegt, dann wird der vollere Tank entscheiden. Eines der beiden Autos wird einfach stehenbleiben, und falls es das von Max sein sollte, haben sie nur ein Kennzeichen und

Baronis Tochter, die alles andere tun würde als ihrem Vater etwas über ihren Liebhaber zu erzählen.

Baroni flucht. Warum gerade ihm das passiert, fragt er, er glaubt nicht an Zufälle. Er weiß es, dass die Wahrheit hinter dem Irrsinn weh tun wird, dass sie ihn ins Gefängnis bringen kann, ihn, Max und Sarah. Baroni spürt es, er hat Angst, er hat die Bilder noch im Kopf, die zwei toten Körper, die Leichen in den Einkaufswagen, die Nähte, die kalte Haut. Irgendjemand hat das getan, die beiden betäubt, ihnen die Organe entnommen, bei lebendigem Leib, irgendjemand hat sie einfach sterben lassen. Und dieser Anton weiß auch, wer. Der Türke in dem Auto vor ihnen, der Türke, der mittlerweile gemütlich auf der Landstraße dahinfährt. Vermutlich hat auch er auf seine Tankuhr geschaut, und mit großer Wahrscheinlichkeit ist sein Tank voll. Seelenruhig fährt er dahin, es scheint ihn nichts mehr aus der Ruhe zu bringen, Baronis Fluchen hört er nicht.

Was für ein Wichser, sagt Max.

Wir müssen ihn stoppen, sagt Baroni.

Über eine Stunde lang sind sie hinter ihm. Durch niederösterreichische Dörfer, über geduldigen Asphalt. Immer wieder winkt Anton in den Rückspiegel, und er grinst. Man sieht es, so knapp sind sie hinter ihm. Wenn Baroni ihn überholen will, gibt Anton Gas, er lässt sie nicht vorbei an sich, um keinen Preis, sein Auto ist schneller, Anton führt den seltsamen Konvoi an, er gibt die Richtung vor, das Tempo. Egal, wie laut Baroni flucht und schreit, der Liebhaber seiner Tochter bleibt nicht stehen. Nicht freiwillig.

Wütend über eine Bergstraße. Der Türke will das Abenteuer abkürzen, das Rachekommando in dem Pritschenwagen schneller loswerden, er will ihren

Spritverbrauch erhöhen, sie in die Knie zwingen. Er fährt immer weiter nach oben, durch einen Wald, über eine Schotterstraße, immer weiter, Kurve für Kurve, im Kreis, weg von der Zivilisation.

Baroni und Max wissen es. Wenn ihnen hier das Benzin ausgeht, sind sie allein, ein gewaltiger Fußmarsch würde ihnen bevorstehen, ein trauriges Ende zeichnet sich ab.

Das wird nichts mehr, sagt Max.

Es reicht, flüstert Baroni und gibt Gas.

Sie holen auf. Sie kommen ihm ganz nah. Zu nah. Baroni gibt noch mehr Gas. Mit einem boshaften Grinsen fährt er dem Türken von hinten in den Wagen. Ein Ruck, ein lautes Geräusch, Anton dreht sich um, sein Gesicht sagt, dass er nicht versteht, was passiert, warum Baroni das tut. Anton fährt schneller, doch Baroni tut es noch einmal. Ein zweiter Ruck geht durch den Wagen. Max schreit. Er will, dass Baroni damit aufhört, er hat Angst um seinen Dienstwagen, Angst davor, dass die Situation eskaliert. Dass wieder etwas passiert. Etwas Schlimmes. Er weiß, dass Baroni jetzt nicht mehr spielen will, dass er es ernst meint.

Vollgas. Zwei Autos durch den Wald.

Baroni will es zu Ende bringen. Er ist direkt hinter ihm, Steine schlagen von unten an das Auto, Max hält sich mit beiden Händen fest. Dann bremst Baroni. Zehn Meter vor ihnen verschwindet der Kleinbus einfach von der Straße. Anstatt die Kurve zu nehmen fährt er geradeaus, viel zu schnell, die Böschung hinunter, sie können ihn nicht mehr sehen. Von der Straße abgekommen, einfach verschwunden, durch die geöffneten Scheiben hören sie einen lauten Knall, noch einen Knall. Dann ist es still.

Ängstlich schauen sie sich an. Schnell sind sie bei ihm. Schnell sehen sie, dass es zu spät ist. Wie sie aussteigen und sich ihm langsam nähern, wie sie die Böschung hinunterklettern, nebeneinander Schritt für Schritt auf den Bus zu, Schritt für Schritt in den kleinen Wald, vorbei an umgeknickten Bäumen. Der Wagen vor ihnen, von der Straße aus nicht mehr sichtbar, verborgen unter Tannen. Ein alter Baum hat den Mercedes zum Stehen gebracht. Verbogenes Blech. Wie sie um das Auto herumschleichen, wie sie Angst davor haben, dass plötzlich die Tür aufgeht. Dass der Türke herausspringt und auf sie losgeht. Blutend, verletzt. Doch es ist still. Zu still. Nichts passiert, sie schauen durch das Fahrerfenster und sehen ihn. Sein Körper liegt über dem Lenkrad, reglos, kein Laut kommt aus seinem Mund, nichts. Vorsichtig beginnt Max an ihm zu rütteln. Vorsichtig dreht er den Kopf von Anton zur Seite.

– Der rührt sich nicht mehr, Baroni.
– Mach ihn wach, Max, bitte.
– Geht nicht.
– Was hat er?
– Er ist wohl tot. Schau ihn dir an.
– Bitte nicht, bitte bitte nicht.
– Doch, Baroni. Er atmet nicht, der Idiot war nicht angeschnallt.
– Bitte sag mir, dass das nicht wahr ist, Max.
– Doch, Baroni, unser türkischer Anton kann uns nichts mehr erzählen.
– Aber er blutet doch gar nicht.
– Wahrscheinlich ist sein Genick gebrochen.
– So ein Vollidiot.
– Er ist tot, Baroni.

- Mir reicht's.
- Was reicht dir?
- Ständig Leichen, das ist zu viel für mich.
- Wir sollten hier so schnell wie möglich verschwinden, Baroni.
- Warum?
- Du bist ihm zweimal hinten reingefahren. Und dann ist er von der Straße abgekommen.
- Was willst du damit sagen?
- Dass es besser wäre, wenn sie meinen Dienstwagen nicht hier finden. Und uns auch nicht.
- Du willst sagen, dass ich an dieser Scheiße hier schuld bin?
- Nein, das will ich nicht sagen.
- Doch, das willst du. Wenn ich ihn nicht angestupst hätte, würden wir immer noch gemütlich spazieren fahren.
- Er ist den Berg hinuntergefahren, nicht du. Er hat nicht gebremst und nicht du.
- Ich weiß es, du denkst, dass ich ihn in den Tod getrieben habe.
- Ach, jetzt halt doch deine Klappe, Baroni, lass uns lieber schnell den Wagen durchsuchen und dann abhauen.
- Scheißdreck, Max.
- Jetzt hör auf zu jammern und komm.
- Es tut mir so leid, Max, das wollte ich nicht.
- Hör mir jetzt gut zu, Baroni. Das hier ist nicht deine Schuld, nichts von dem, was passiert ist. Unser türkischer Anton hier hat Dreck am Stecken, deshalb ist er abgehauen, er wusste, was wir von ihm wollen.
- Warum passiert die ganze Scheiße mir?
- Ich weiß es nicht, Baroni.

– Und was hat diese Drecksau mit meiner Tochter
  gemacht?
– Das finden wir heraus.


Max beruhigt ihn, er sagt ihm, dass er nicht hinschauen
soll, dass er sich bewegen soll, dass ihnen schon etwas
einfällt.

Danke, sagt Baroni.

Wir bekommen das hin, sagt Max.

Ohne Anton zu berühren, sucht Max den Fahrerraum ab, er öffnet das Handschuhfach, er durchwühlt
Antons Geldtasche, er findet Visitenkarten, er liest in
der Zulassung, er blättert in einem Prospekt. Max
schnüffelt. Schnell, keinen Augenblick zu lang.

Ich weiß, wo wir hinmüssen, sagt Max.

Hörst du das auch, fragt Baroni.

Plötzlich ist da ein Klopfen, ein leises, zartes Kratzen, mitten im Wald, ganz in ihrer Nähe. Max springt
zurück, zuerst glaubt er, es ist Anton, doch der rührt
sich nicht. Trotzdem ist da dieses Geräusch. Ein Tier
unter dem Wagen vielleicht, ein Fuchs, ein Dachs, Max
geht auf die Knie. Doch da ist nichts. Nur das leise
Kratzen, dieses Klopfen, das irgendwo aus dem Auto
kommt. Vorsichtig gehen sie um den Wagen herum, sie
hören hin, sie versuchen etwas auszumachen, herauszufinden, woher dieses Geräusch kommt. Max öffnet
die Ladeklappen, doch die Ladefläche ist leer. Da ist
nichts. Nichts, das sie sehen können, nur dieses Klopfen und dann auch ein Murmeln, das sich in das Kratzen und Schaben mischt, das von Sekunde zu Sekunde
lauter wird. Murmeln, ein Hämmern, Schreie.

Baroni und Max stehen wortlos vor dem Kleinbus.
Der Bus ist leer, im Fahrerraum nur der tote Türke, im

Laderaum nur eine Kiste Bier. Trotzdem hören sie eine Stimme aus dem Inneren des Wagens. Plötzlich laut und deutlich. Wie ein Mann um Hilfe schreit.

## Elf

Drei Männer nebeneinander auf der Ladefläche.

Sie rühren sich nicht. Aneinandergeschmiegt, zugedeckt mit karierten Vorhängen schnarchen sie. Den Lärm der Autobahn hören sie nicht, wie die Sonne aufgeht sehen sie nicht. Max, Baroni und der Mann aus dem Kleinbus. Sein Name ist Vadim. Er kommt aus Moldawien, er war zweiundfünfzig Stunden lang in einem engen Versteck eingepfercht, ohne Licht, verborgen in einem österreichischen Kleinbus, illegal eingereist, hungrig und müde ins Land geschleppt von Anton.

Max und Baroni haben das Auto nach Verstecken durchsucht, nach Mechanismen, die sie den Hilferufen näher bringen würden. Über zehn Minuten lang brauchten sie, um den Fahrersitz abzumontieren, die Klappe und den Zugang zu ihm zu finden. Zu Vadim aus Moldawien, einem schlanken jungen Mann, der mit gebückten Schultern verängstigt *thank you* sagte, als sie den Deckel zu seinem Versteck hoben.

Vadim. Wie Max und Baroni ihn drängten, die Böschung nach oben zu klettern und in den Pritschenwagen zu steigen. Niemand war vorbeigekommen, keiner hatte sie gesehen, der schreckliche Unfall blieb im Verborgenen, zehn Meter unterhalb der Straße lag ein toter Mann in einem Kleinbus.

Sie schoben Vadim vor sich her, schnell, ohne mit ihm zu reden, ohne auf seine Antworten zu warten stiegen sie in Max' Dienstwagen und rollten unauffällig den Hügel hinunter.

Er hatte einfach einen Unfall, sagte Max.

Was passiert hier, fragte Baroni.

Vadim wiederholte immer wieder, dass er Moldawier ist, dass er hier arbeiten wird, dass Anton ihm ein *better life* versprochen hat. In seinem Gesicht war Angst.

Drei Männer nebeneinander über die Autobahn. Nur langsam fasste Vadim Vertrauen, nur langsam erfuhren sie, wie er in den Kleinbus gekommen war, wo er herkam, dass er illegal nach Österreich gekommen war. Illegal und mit Antons Hilfe. Sein Englisch war schlecht, Max und Baroni mussten viele seiner Sätze selbst zu Ende denken, während er sich mit Händen und Füßen erklärte, stand ihnen der Mund offen. Während sie sich immer weiter vom Unfallort entfernten, formte sich ein erstes unglaubliches Bild von dem, was passiert war, von dem, was mittlerweile bereits vier Menschen das Leben gekostet hatte. Was Max in Antons Wagen gefunden hatte und was Vadim erzählte, fügte sich nahtlos ineinander. Und wenn auch noch hunderte Fragen unbeantwortet blieben, sie hatten jetzt eine Spur, der sie nachgehen mussten. Es blieb ihnen nichts anderes übrig, sie mussten weiter, sie mussten herausfinden, was hier vor sich ging, sie mussten den Wahnsinn stoppen. Irgendwie. Schnell.

Max parkte. Eine Autobahnraststätte, Vadim verschwand auf der Toilette, er wollte sich waschen, sagte er. Dass er bei dem Unfall unverletzt geblieben war, grenzte an ein Wunder, da war kaum ein blauer Fleck, nur der Schock über den Aufprall in seinen Augen, über die fremden Gesichter, die da plötzlich waren, sein Schlepper war tot, das Fahrzeug, das ihn in die heile Welt gebracht hatte, lag im Straßengraben. Was weiter mit ihm passieren würde, war ungewiss.

Max und Baroni setzten sich an die Bar. Während Max bestellte, telefonierte Baroni mit Sarah. Er sagte ihr nichts, er wollte sie nur beruhigen, er wollte, dass sie in Sicherheit war, er bat sie, Wien zu verlassen, zu ihm ins Dorf zu kommen, damit sie reden können. Seine Stimme war ruhig und freundlich, er bemühte sich zu verbergen, dass er vor einer halben Stunde schon wieder eine Leiche gesehen hatte, dass ihr Freund tot vor ihm gelegen war, dass er ein Verbrecher war, ein Mörder.

Er wisse nicht, wo Anton hingefahren sei, sagte er. Er könnte sich auch nicht erklären, warum er so fluchtartig die Wohnung verlassen habe. Baroni log, dass sich die Balken bogen, er wollte, dass ihm seine Tochter zuhörte, dass sie tun würde, worum er sie bat, er wollte ihr nicht noch mehr Angst machen, er entschuldigte sich sogar bei ihr. Dass ihm sein Verhalten leidtue, sagte er, dass er sich nie wieder in ihr Leben einmischen würde. Nur damit sie zu ihm kam. Damit er sie in Sicherheit bringen konnte, schnell, weil er es nicht hätte ertragen können, wenn ihr etwas passierte.

Ich liebe dich, sagte er und legte auf.

– Und, kommt sie?
– Ich hoffe es.
– Süß genug warst du ja.
– Wenn ihr etwas passiert, Max, das kann ich mir nicht verzeihen.
– Ihr passiert schon nichts.
– Wir stecken ganz schön in der Scheiße.
– Wir sollten uns jetzt schnell etwas überlegen, sie werden unseren Anton bald finden.
– Und wir sollten jetzt einen Schnaps trinken und nicht dieses Abspülwasser hier.
– Du weißt, was wir vereinbart haben.
– Da wusste ich nicht, dass wir über noch eine Leiche stolpern. Ich brauche das jetzt, Max.

- Nichts da, Baroni.
- Er ist tot, Max.
- Wir sollten jetzt klar denken können.
- Dann eben ein Bier, da denke ich am besten. Komm schon, Max.
- Aber nur eines.
- Endlich.
- Ausnahmsweise.
- Ja, Mama.
- Wir gehen jetzt alles durch, was wir wissen.
- Zuerst das Bier.
- Wir sollten einfach abhauen, Baroni, an den Strand in Thailand.
- Es schaut so aus, als müssten wir uns mit dem Bier hier zufriedengeben.
- Scheißdreck, Baroni, Scheißdreck.
- Prost, Max.
-
-
- Wir müssen zu diesem Rosenhof.
- Wohin?
- Der tote Anton hat dort gearbeitet.
- Woher weißt du das?
- Er war Facility Manager dort.
- Woher willst du das wissen?
- Das stand auf einer Visitenkarte, war in seiner Geld-tasche. Und der Mercedes ist auf den Rosenhof zuge-lassen.
- Bravo.
- Kennst du diesen Rosenhof?
- Ja, ich war einmal dort, ist alles sehr abgeschieden und exklusiv. Eine Schönheitsklinik, geführt wie ein Hotel, ziemlich nobel.
- Was hast du dort gemacht?

- Ich war mit La Ortega dort.
- Bitte, was?
- Sie wollte neue Titten.
- Du hast ihr Titten gekauft?
- Ich hatte immer genug Geld, Max, und sie hat sie sich so gewünscht, da habe ich nicht nein gesagt.
- Und als dein Geld weg war, hat sie sich verabschiedet.
- Ja, sie ist mit meinen Titten auf und davon.
- Diese Sau.
- Die Chefin da oben heißt Wilma Rose.
- Rose?
- Ja, das ist witzig, sie hat ein ähnliches Schicksal wie ich.
- Was meinst du?
- So wie aus Johann Walder Johann Baroni wurde, wurde aus Wilma Fickinger Wilma Rose.
- Nein.
- Doch.
- Fickinger?
- Ja, Fickinger.
- Das ist hart.
- Du erinnerst dich doch, früher hieß der Hof Fickingerhof, nicht Rosenhof.
- Gute Geschichte, Baroni, eine sehr gute Geschichte ist das.
- Der Fickingerhof gehört heute zur allerersten Adresse in der High Society, ihre Schönheitsklinik ist das Angesagteste weit und breit, die kommen von überall her, um sich dort etwas machen zu lassen. Russenoligarchen, Popstars, Politiker, da oben kann man sich sein Fanalbum füllen lassen.
- Du hast ein Fanalbum?
- Ich meinte, wenn man eines hätte.

- Unser Baroni hat ein Fanalbum. Vielleicht hat er auch ein Poesiealbum.
- Und unserem Max pfeift das Bierchen ein, das ist auch gut.
-
-
- Sauteuer, oder, dieser Rosenhof?
- Mehr als sauteuer.
- Und unser türkischer Anton hat also dort gearbeitet.
- Schaut so aus.
- Aber wie passt das zusammen?
- Gar nicht, Max, es wird nämlich noch schlimmer. Unser Innenminister ist am Rosenhof geschäftlich beteiligt. Bevor er nach Wien gegangen ist, ist er bei der Fickinger eingestiegen, stiller Teilhaber sozusagen, Altersvorsorge auf höchstem Niveau. Man sagt den beiden sogar ein Verhältnis nach.
- Was machen die dort eigentlich alles?
- Brüste, Fettabsaugungen, Straffungen, Schamlippen, was weiß ich was noch.
- Aber keine Transplantationen?
- Nein, warum sollten sie das tun? Soweit ich weiß, läuft der Laden wie die Feuerwehr, die haben es nicht nötig, illegal Leute auszunehmen und die Organe dann zu verkaufen.
- Es muss aber so sein.
- Das ist sehr schwer vorstellbar, Max.
- Und unseren Vadim haben sie illegal aus Moldawien geholt, damit er am Rosenhof ausgenommen wird.
- Das ist doch Schwachsinn, Max.
- Kein Schwachsinn, Baroni. Der Türke holt irgendwelche armen Teufel aus Moldawien, er verspricht ihnen ein besseres Leben, er bringt sie ins Land und dann schneidet man ihnen die Organe heraus.

- Ja, genau, Max, und anschließend werden die Leichen entsorgt. Zuletzt im Supermarkt, wie du dich
  vielleicht noch erinnerst. Das ist doch alles an den
  Haaren herbeigezogen, Max. Ich glaube nicht, dass
  Wilma Rose etwas damit zu tun hat, wenn da irgend-
  etwas dran ist an dem, was du gesagt hast, dann hat
  es unser Anton alleine gemacht.
- Ist schon klar, der widerliche Türke war's, Frau Rose
  ist ja ein angesehenes Mitglied unserer Gesellschaft.
- Jetzt im Ernst, Max, das ist völlig abstrus, dass in
  einer Schönheitsklinik illegal transplantiert wird.
  Das ist lächerlich, Max.
- Kann doch sein.
- Nein, kann es nicht, das ist schwachsinnig.
- Unser Vadim ist das nächste Opfer, darauf wette
  ich.
- Wir sind hier nicht in Indien oder im Ostblock, Max.
- Genau, Baroni, wir leben hier in einer heilen Welt,
  hier würde zum Beispiel niemand auf die Idee kom-
  men, anständigen Leuten Leichen zu schicken, oder?
  Oder arme Moldawier drei Tage lang in einem Auto
  einzusperren.
- Das ist verrückt, Max.
- Diese Sau hat ihn einfach im Wagen gelassen, wäh-
  rend er deine Tochter gebumst hat.
- Hör auf, Max.
- Womit?
- Du sollst nicht so über Sarah reden.
- Na gut, er hat mit ihr gekuschelt, während sich Vadim
  im Auto ausgeruht hat. Ist das besser für dich?
- Das ist alles ziemlich abgefahren, Max.
- Mehr als das, Baroni.
- Wir sollten noch ein Bier trinken.
- Nein, Baroni, wir sollten jetzt einen Schnaps trinken.

Als Vadim von der Toilette kam, waren die ersten beiden Gläser schon leer. Ein drittes, volles wartete auf Vadim. Max versuchte es zu erklären, kurz, er versuchte Vadim ein gutes Gefühl zu machen, er lächelte.

Die Situation ist nicht ganz einfach, sagte er.

Vadim nickte nur und trank. Dann aß er zwei Wiener Schnitzel und trank fünf Biere, auch die Schnapse, die Baroni und Max ihm im Viertelstundentakt hinstellten, trank er. Ohne Gegenwehr. Vadim war froh, dass er lebte, froh, dass er nicht mehr eingepfercht in dem Auto steckte, froh, dass er in einer österreichischen Raststätte Bier trinken durfte. Er wusste nicht, was auf ihn zukommen würde, was man noch mit ihm machen würde, aber anscheinend war alles besser als das, was er in Moldawien zurückgelassen hatte. Er sprach zwar nicht darüber, aber er sagte immer wieder, dass jetzt *everything better* werden würde.

Vadim, daneben Max und Baroni. Sie tranken.

Über die letzten drei Tage redeten sie nicht, über die Toten, sie wollten sich in diesem Moment keine Gedanken darüber machen, was passieren würde, würden sie Vadim die Wahrheit sagen. Sie wollten sich einfach einen Moment lang um nichts kümmern, sich gehen lassen, sie wollten einfach nur kurz stillstehen, abtauchen, sich leicht fühlen, unbeschwert. Kurz wollten sie ohne Sorgen sein, keine Probleme haben, keine Entscheidungen treffen, einen Moment lang wollten sie einfach nur unwissend sein, dumm sein, sich unbeschwert betrinken, ohne nachzudenken, keine Minute nach vorn, nicht an morgen, nicht an die Leichen in der Gerichtsmedizin, nicht an Anton. An nichts wollten sie denken. Sie tranken einfach. Bis es dunkel wurde.

Nur drei Männer an der Bar und volle Gläser neben der Autobahn.

Vadim stand immer wieder auf und streifte mit großen Augen durch den Tankstellenshop. Baroni sprach von Sarah, er machte sich Sorgen, und er ließ sich beruhigen. Max sagte ihm, dass er schon bald wieder zurück in seinem Würstelstand sein würde, dass er seine Tochter bald wiedersehen würde, dass er sein neues Leben schon bald wieder weiterführen könnte. Max grinste. Sie tranken weiter, und sie begannen zu lachen. Ausgelassen, einfach so. Lachen ohne Vorgeschichte.

Alles, was war, wurde für einen Moment gelöscht. Fast alles.

Immer wieder erwischte sich Max dabei, wie er an diesen Kuss dachte, an ihren Mund, ihre Zunge, Leftera. Wie sie über ihn hereingebrochen war, wie sie Spuren hinterlassen hatte in ihm. Kurz sehnte er sich nach ihr, kurz wollte er sie anrufen, mit ihr reden, einfach nur ihre Stimme hören. Sie war plötzlich da gewesen, in seinem Leben, vor ein paar Tagen hatte er sie noch nicht gekannt. Vor ein paar Stunden vermisste er sie bereits. Leftera. Obduktionsassistentin. Sie wird sich melden, hatte sie gesagt. Wenn sich etwas tut, wenn sie etwas erfährt, das Max interessieren könnte. Sie sagte, sie würde das machen, weil sie Max wollte, sie hätte mit ihm geschlafen, wenn er es zugelassen hätte, sie hätte ihn verschlungen. Wie wild sie gewesen war. Wie fordernd, bestimmend, sie hatte ihm das Ruder aus der Hand genommen, sie war am Steuer gesessen vergangene Nacht. Max war zum Beifahrer geworden, aber es hatte ihm gefallen. Es war alles neu und ungewohnt gewesen, doch es hatte gutgetan, am Rücken zu liegen, einfach begehrt zu werden. So lange nicht. So weit weg Hannis Hände, ihre Haut, die Lippen. Lefteras waren noch frisch auf seinem Mund. Max trank und erinnerte sich an sie. Sein Herz schlug zwischen den Bieren, die in ihm verschwanden.

Lautlos war sie in ihm, er fühlte wieder, nach so langer Zeit, nach so vielen Tränen. Der Alkohol ließ es zu, brachte Max dazu, Hanni für einen Moment zu vergessen. Und es fühlte sich gut an. Sehr gut.

Sie tranken. Lange. Bis sie kaum noch stehen konnten, so lange, bis die Kellnerin Max den Schlüssel abnahm.

Ihr werdet es mir danken, sagte sie.

Baroni fluchte. Er schimpfte, er weigerte sich, teures Geld für ein mieses Zimmer mit quietschenden Betten auszugeben, er wollte in den Wagen steigen und losfahren, aber die Kellnerin stoppte ihn. Er ruderte mit den Armen, seine Zunge überschlug sich, während Max heimlich im hinteren Teil des Restaurants die Vorhänge abnahm und sie einfach aus einem Fenster warf.

Max zog Baroni mit sich. Er zerrte ihn und Vadim aus der Raststation und legte sie auf die Ladefläche des Pritschenwagens, mit karierten Sechzigerjahrevorhängen deckten sie sich zu.

Drei Männer, betrunken. Nebeneinander, mitten in der Nacht neben der Autobahn. Vadim schlief als erster. Baroni wälzte sich noch einige Male auf dem harten Eisenboden hin und her. Das Murren verging.

Schau, da oben sind Sterne, sagte Baroni.

Unglaublich, sagte Max, dann machte auch er die Augen zu.

## Zwölf

– Aufwachen, Max.

–

– Du sollst aufwachen, wir müssen zurück ins Dorf.

– Leck mich, Baroni.

– Komm schon, trink das, der Kaffee bringt dich wieder zurück in die Welt, mein Lieber.

– Können wir nicht einfach einen Tag blaumachen,
Baroni?

– Können wir nicht, Max.

– Ich möchte so gerne ein normales Leben, einen lang-
weiligen Alltag, ich habe es so satt, Baroni, dass ständig etwas passiert, dass uns ständig Scheiße zufliegt,
ich will nicht mehr, verstehst du? Es reicht.

– Wir müssen Sarah in Sicherheit bringen, wer weiß,
wer da noch mit drinhängt.

– Warum muss ich neben der Autobahn auf der Ladefläche eines Pritschenwagens aufwachen?

– Weil du ein Saufkopf bist.

– Und warum müssen wir uns ständig betrinken?

– Weil ständig etwas passiert.

– Und warum passiert ständig etwas?

– Komm jetzt.

– Ich hab wirklich die Schnauze voll.

– Ich weiß.

– Ich habe einer Leiche den Brustkorb zugenäht.

– Was hast du?

– Leftera hat mir gezeigt, wie das geht.

– Und?

– Hast du nicht verstanden, ich habe einen Toten
zusammengeflickt, einfach so. Mit einer Nadel und
einer Schnur. Das ist krank, Baroni.

- Stimmt, das ist krank.
- Vielleicht sollte ich Buchhalter werden, dann passiert mir so eine Scheiße nicht mehr.
- Vielleicht solltest du das, Max, aber jetzt müssen wir los.
- Wohin denn?
- Wir bringen die Dinge wieder in Ordnung.
- Willst du die Uhr zurückdrehen, oder was?
- Wir müssen rausfinden, wer für das alles verantwortlich ist.
- Müssen wir nicht.
- Doch, Max, die buchten uns ein.
- Und wie stellst du dir das jetzt vor?
- Wir quartieren uns im Rosenhof ein.
- Was tun wir?
- Wir packen den Stier bei den Eiern.
- Bitte was?
- Wer auch immer das war, wir finden ihn bei der Fickinger. Du hast völlig recht, Max, das ist alles kein Zufall. Dass Anton dort arbeitet, dass unser schlafender Moldawier hier illegal ins Land gekommen ist. Du hast Vadim doch gehört gestern, Anton hat ihm eine Stelle als Hausmeister dort versprochen.
- Und?
- Jetzt denk doch mal nach Max, der Rosenhof ist eine Schönheitsklinik, dort wird operiert. Das ist alles kein Zufall.
- Sag ich ja die ganze Zeit.
- Die machen wir fertig, Max.
- Indem wir uns dort einmieten, oder was?
- Ja.
- Und womit willst du das bezahlen? Wir haben heute im Freien übernachtet, weil du kein Geld für ein beschissenes Zimmer in einer Raststation hattest.

- Wir haben noch die vierzigtausend.
- Du spinnst ja.
- Wir geben sie praktisch indirekt wieder zurück. Dass sie von dort kommen, ist mittlerweile ja wohl klar.
- Und wir sind dann dort Gäste, oder was?
- Ja.
- Sozusagen undercover?
- Genau das, Max.
- Sozusagen Urlaub?
- Wenn du es so haben willst.
- Das ist doch Schwachsinn, Baroni.
- Du hast doch gesagt, dass es nicht anders sein kann, dass das alles zusammenhängt.
- Das war gestern.
- Komm schon, Max. Es soll sehr schön sein dort.
- Du spinnst ja.
- Wenn dir etwas Besseres einfällt, dann bitte.
- Aber du sagst hinterher nicht, dass es meine Idee war.
- Wenn du willst, kannst du dir auch ein bisschen Fett absaugen lassen.
- Echt?
- Logisch, mein lieber Max, mit den vierzigtausend gehen sich sogar neue Titten aus für uns beide.
- Und Vadim?
- Den nehmen wir mit.
- Wie jetzt?
- Er reitet dort allein ein und stellt sich bei der Fickinger als Hausmeister vor.
- Die wird aber wissen wollen, wo unser türkischer Anton geblieben ist.
- Dann wird ihr unser Freund hier erzählen, dass er nicht weiß, wo unser Anton ist, aber dass er sich freut, endlich in Österreich zu sein.

- So einfach geht das nicht, Baroni.
- Doch, Max. Wenn die Fickinger ihn behält, wissen wir, dass sie Dreck am Stecken hat.
- Und wenn sie ihn rauswirft, weil sie keine Ahnung hat, was er von ihr will?
- Dann haben wir ein Problem.
- Und dann?
- Sehen wir weiter.
- Und jetzt?
- Holen wir unseren Vadim von der Ladefläche, setzen ihn ins Auto und fahren los.

Eigentlich ist es Max egal, was jetzt passieren wird. Schlimmer kann es nicht mehr werden, denkt er. Müde und verkatert sitzt er neben dem schlafenden Vadim, Baroni fährt.

Max wird bei ihm bleiben, er wird ihm helfen, Sarah zu beschützen, er wird mit Baroni im Rosenhof wohnen, so lange es notwendig ist. Vielleicht wird er Leftera anrufen, vielleicht wird er sie wiedersehen, sich wieder küssen lassen, vielleicht wird er Tilda treffen, sie fragen, was es Neues gibt, er wird auf Vadim aufpassen, er wird sich massieren lassen, und schlafen. Alles wird gut werden, der böse Anton ist tot, der arme Vadim gerettet, es wird keine weiteren Leichen geben. Keine in seiner Nähe.

Keine Nähte mehr, keine Wettrennen mit Einkaufswagen. Max und Baroni, sie werden einfach Urlaub machen, Vadim wird als Hausmeister im Rosenhof arbeiten, niemand wird nach dem Geld fragen, niemand nach der Leiche am Friedhof. Genau so wird es sein. Genau so wünscht er sich die Wirklichkeit, mit einem Lidschlag soll sie alles Bedrohliche verlieren. Doch das tut sie nicht. Der Albtraum geht weiter.

Je mehr sie von Vadim erfahren, desto tiefer versinken sie im Dreck. Vadim ist aufgewacht, er hat erzählt, dass er bestens geeignet ist für den Job, dass er sich medizinisch untersuchen hat lassen in Chișinău. Körperliche Fitness sei eine Voraussetzung für den Job gewesen, Bluttests, Belastungs-EKG, alles, was notwendig war, alles, was sie wissen mussten über ihn, über seinen Körper, seine Organe. Alle Informationen, um ihn auszunehmen, alles, um eine neue Heimat für seine Organe zu finden. Sie haben den perfekten Spender gesucht, sie haben die Katze nicht im Sack gekauft.

Max schüttelt den Kopf. Er kann Vadim nicht sagen, warum er wirklich in Österreich ist. Er kann nicht. Vadim würde weglaufen, man würde ihn aufgreifen, und er würde reden. Sie würden seine Geschichte überprüfen, und in kürzester Zeit würden Max und Baroni viele unangenehme Fragen beantworten müssen. Alles würde ans Licht kommen. Deshalb schweigen sie, schauen sich nur an und lassen Vadim reden.

Auf ein Inserat hat er sich gemeldet, sagt er, die Aussicht, in Österreich zu arbeiten, war wie ein Wunder, ein Lottogewinn, er wird alles dafür tun, sagt er, dass es wahr wird, alles dafür, dass er bleiben kann.

Dann hör jetzt gut zu, sagt Max.

Er sagt ihm, dass sie ihn ins Dorf bringen, dass er von dort alleine zum Rosenhof muss, dass er niemandem von ihnen erzählen soll. Dass er so tun soll, als hätte er sie noch nie gesehen, wenn er sie im Rosenhof als Gäste wiedertrifft.

Wir kümmern uns um dich, sagt Max.

Vadim soll auf seiner Stelle bestehen, er soll erzählen, Anton hätte ihn einfach vor dem Rosenhof abgesetzt, er soll seine Augen offen halten und ihnen Bescheid geben, wenn etwas Ungewöhnliches passiert.

Wir sind immer in deiner Nähe, sagt Max.

Vadim nickt. Er will nicht wissen, warum Max und Baroni ihm helfen, er weiß, dass zu viele Fragen nicht gut sind, er weiß, dass Baroni und Max ihm keine Antworten geben, keine. Noch nicht. Vadim tut, was Max ihm sagt.

Alles wird gut, sagt Max.

*Thank you*, sagt Vadim. Dann lehnt er sich zurück und macht seine Augen zu.

## Dreizehn

Sarah hat geschrien, als sie es erfuhr.

Was mit Anton passiert ist. Dass er tot ist, wollte sie zuerst nicht glauben, sie hoffte, dass ihr Vater einen schlechten Scherz machte, sie konnte nicht glauben, dass ihre Liebe jetzt zum Albtraum wurde, dass Anton etwas Illegales getan haben sollte, wollte sie nicht wahrhaben, dass er ein Schlepper war, wahrscheinlich sogar ein Mörder. Sarah schrie.

Sie hatten sie vom Bahnhof abgeholt und waren mit ihr auf die Alm gefahren, ganz hinauf, ans Ende der Welt. Baroni hatte einen Hirten gebeten, auf sie aufzupassen, einen alten Freund der Familie, bei dem Sarah nichts passieren würde. Der stundenlange Abstieg und die strengen Augen des Hirten sollten Baroni garantieren, dass Sarah in Sicherheit war.

Sie wehrte sich mit Händen und Füßen, sie wollte wieder mit ins Tal fahren, sie wollte Baroni kratzen, ihn beißen, sie hasste ihn für das, was er ihr erzählte, sie verstand nicht, warum sie sich verstecken musste, sie wollte nicht glauben, dass der Mann, den sie liebte, irgendetwas Schlechtes getan haben sollte. Sie brach zusammen, nur schwer ließ sie sich beruhigen. Lange weinte sie, Baroni hielt sie fest, kurz wehrte sie sich noch, sie schlug um sich, dann blieb sie verzweifelt in seinen Armen liegen.

Wir sollten Vadim nicht so lange alleine lassen, sagte Max.

Ich liebe dich, sagte Baroni und schälte sich aus Sarahs Armen.

Sie verabschiedeten sich und fuhren los. Die Alm und Sarah blieben hinter ihnen zurück. Vadim wartete im Friedhofswärterhaus auf sie, er war in Sicherheit. Der Pritschenwagen rollte den Berg hinunter, Baroni war wortlos. Dass er seine Tochter verstecken musste, dass er nicht wusste vor wem und warum, das alles machte ihm Angst.

Ihr wird nichts passieren, sagte Max. Dann fuhren sie los. Zum Rosenhof. Vadim würde noch eine Nacht im Friedhofswärterhaus verbringen und sich dann zum Rosenhof durchfragen. Der Plan war gut.

Es ist still im Pritschenwagen.

Wieder fahren sie durch einen Wald. In hübschen Leinenhosen und Polohemden rollen sie den Berg hinunter, gespannt sitzen sie nebeneinander, auf der Ladefläche stehen zwei Reisetaschen, in den Reisetaschen ist das Geld.

– Wir sollten etwas abseits parken, Max.
– Warum denn?
– Unser Auto passt nicht dorthin, da stehen Jaguar, Mercedes, BMW.
– Ich werde sicher nicht zu Fuß gehen.
– Es sind ja nur noch ein paar hundert Meter.
– Du kannst ja gehen, wenn du willst, aber ich parke direkt vor der Tür, das verspreche ich dir.
– Wir sollten doch nicht auffallen, wir müssen uns um den Jungen kümmern.
– Wir bezahlen für den Scheiß, wir sind Gäste wie alle anderen, also werden wir auch parken wie alle anderen.
– Was, wenn sie uns gar kein Zimmer geben?
– Ich habe zwei Zimmer reserviert, auf den Namen Johann Walder. Ist normalerweise ziemlich ausgebucht, wir hatten Glück, mein Freund.
– Das kann nicht gutgehen, Max.

- Doch, Baroni, es wird gutgehen.
- Die werden uns einsperren.
- Werden sie nicht. Die haben nichts gegen uns in der Hand.
- Sagt wer?
- Leftera.
- Ach du Scheiße, dafür haben wir jetzt wirklich keine Zeit, Max.
- Wofür?
- Frauengeschichten.
- Sie hat mich angerufen.
- Das kann jetzt nicht dein Ernst sein, oder?
- Sie wollte mir sagen, dass sie keine Fremd-DNA gefunden haben. Also keine Spur von uns auf den Leichen.
- Echt nicht?
- Echt nicht, Baroni. Aber da sind auch sonst keine Spuren, sie haben nicht die leiseste Ahnung, wer die Leichen sind.
- Und warum erzählt sie dir das?
- Weil sie mich mag.
- Das sind absolute Polizeiinterna, Max.
- Was weiß ich. Sie hat mich angerufen und es mir erzählt. Und Ende.
- Du meine Güte, die muss ja mörderisch auf dich abfahren.
- Ist schon wieder gut, Baroni.
- Und was bedeutet das jetzt?
- Dass wir in Ruhe Urlaub machen können. Dass sie nicht wissen, dass wir etwas damit zu tun haben, dass es im Moment gar nicht so schlecht für uns aussieht.
- Du willst Urlaub machen?
- Wir tun zumindest so.

- Die Welt geht gerade unter und er will Urlaub machen.
- Entspann dich, Baroni.
- Ich bin entspannt.
- Bist du nicht.
- Du aber auch nicht.
- Deshalb wollen wir ja auch Urlaub machen.
- Ich verstehe.
- Ist eigentlich alles ganz einfach, oder?
- Genau, Max, und deshalb solltest du sie bumsen.
- Bitte was?
- Du solltest diese Leftera bumsen.
- Und du solltest jetzt deine Klappe halten.
- Spricht doch nichts dagegen, oder?
- Bitte, Baroni.
- Ich würde mich für dich freuen, Max.
- Nur weil ich dir helfe, musst du dich nicht um mein Sexleben kümmern.
- Leftera ist ein schöner Name.
- Ja, schön für sie.
- Aber sie gefällt dir doch, oder?
- Sie ist Obduktionsassistentin.
- Und du bist Totengräber, das passt doch wie die Faust aufs Auge.
- Depp.
- Selber Depp.
- Achtung.
- Was?
- Siehst du die Kuh nicht?

Braun mit weißen Flecken. Wie sie einfach nur dasteht und sich keinen Zentimeter bewegt. Max bremst, er hupt, er flucht, er kurbelt das Fenster nach unten, er schreit, doch die Kuh rührt sich nicht, lustlos versperrt sie den Weg, wie angewurzelt steht sie vor ihnen.

Was für ein Arschloch, sagt Max.

Um Gottes willen, das ist doch nur eine Kuh, sagt Baroni und steigt aus.

Liebevoll versucht er sie dazu zu bewegen, die Böschung hinunterzusteigen, er redet mit ihr, tätschelt sie, doch es nützt nichts, die Kuh bleibt, wo sie ist. Auch festere Schläge mit der Handfläche nützen nichts, auch keine Schreie. Stocksteif bleibt sie stehen, teilnahmslos starrt sie Baroni an, seine wütenden Handflächen auf ihrem Fell ignoriert sie, es gibt kein Weiterkommen.

Arschloch, schreit Baroni.

Ich dachte, das ist nur eine Kuh, sagt Max, lacht und steigt ebenfalls aus.

Gemeinsam versuchen sie die Kuh von der Straße zu schieben, mit aller Kraft drücken sie, sie stemmen sich gegen das mächtige Tier, sie klatschen in die Hände, erschrecken es mit grässlichen Lauten, aber nichts rührt sich, sie sind chancenlos. Zwei Männer gegen eine Kuh. Wie ratlos sie sind. Wie die Kuh schaut, ihren Kopf hin und her dreht und dann ihren Stuhlgang verrichtet.

Mit einem zufriedenen Stöhnen entleert sie sich, laut und flüssig kommt es aus ihr heraus. Unmengen an Kot fallen zu Boden, spritzen durch die Luft und treffen sie. Kuhscheiße auf Leinenhosen und Polohemden, Kuhscheiße am Boden, Kuhscheiße überall. Max und Baroni springen zurück, doch sie sind zu langsam, die Kuh hat sie überrascht.

Baroni brüllt. Er versucht, den Kot von sich abzuschütteln, während die Kuh weitere sieben Sekunden lang ihr Geschäft verrichtet. Max und Baroni versuchen zu begreifen, was gerade passiert, sie ekeln sich, sie hüpfen auf und ab, sie reißen sich Hosen und Hemden vom Leib. Ein tiefes, zufriedenes Muh beendet die

Vorstellung, der Schwanz der Kuh fällt erschöpft nach unten. Seelenruhig macht sich das Tier auf und steigt gelassen die Böschung nach unten.

Dich mache ich fertig, schreit Baroni.

Er ist außer sich, er wirft mit Steinen nach der Kuh, in rosaroten Unterhosen hüpft er über die Straße, ein Stein nach dem anderen fliegt der Kuh hinterher. Halbnackt stehen sie auf dem Fahrweg, die Vögel zwitschern und Max lacht, laut und ausgelassen.

– Das ist nicht witzig, Max.
– Doch, ist es.
– Schau uns doch an.
– Geile Unterhose, Baroni.
– Das waren meine letzten sauberen Klamotten.
– Weißt du, was lustig ist?
– Gar nichts ist lustig hier. Ich muss meine Tochter im Wald verstecken, irgendwelche Arschlöcher wollen mir meine Hoden abschneiden, und dann werden wir noch von einer Kuh angeschissen.
– Lustig ist, dass wir nüchtern sind, Baroni.
– Und?
– Solche Dinge passieren uns gewöhnlich nur, wenn wir nicht nüchtern sind.
– Und das findest du lustig?
– Ja, das beruhigt mich, Baroni, ich dachte schon, wir trinken zu viel.
– Max?
– Was?
– Bitte hör jetzt auf zu lachen.
– Warum denn? Das ist doch unglaublich, das passiert wahrscheinlich einmal in hundert Jahren, ich sag dir, Baroni, eigentlich hatten wir Glück.

– Du hast sie ja nicht mehr alle.
– In Indien sind Kühe heilig, da wäre das wahrschein-
lich so etwas wie bei uns eine Marienerscheinung.
– Ich sagte dir, dass ich nichts mehr zum Anziehen
habe, Max.
– Ist doch egal, Baroni, wir sind jetzt quasi gesegnet.
– Wir stinken, Max, wir müssen uns waschen und wir
brauchen etwas zum Anziehen, sonst kannst du dei-
nen Urlaub vergessen.
– Komm schon, Baroni, so schlimm ist das jetzt wirk-
lich nicht.
– Doch, es ist schlimm, keiner scheißt mich einfach
so an.
– Das passiert dir aber in letzter Zeit öfters, mein lie-
ber Freund.
– Es reicht, Max.
– Nein.
– Doch.
– Wir haben ja sonst nichts zum Lachen, Baroni.
– Aufhören, Max.
– Ein bisschen noch.
– Du bist nackt und stehst im Wald.
– Wir haben noch unsere Unterhosen, es könnte viel
schlimmer sein.
– Nein, könnte es nicht.
– Doch, Baroni, Sarah könnte tot sein, oder irgendwer
anderer, den du liebst. Es könnte viel schlimmer sein,
glaub mir.
– Das weiß ich doch.
– Nichts weißt du.
–
– Tut mir leid, ich hätte das nicht sagen sollen.
– Ist schon gut, Max.

- Ich meine ja nur, dass nichts wirklich Schlimmes passiert ist. Wir sind gesund, Baroni, wir stehen hier, wir atmen.
- Wir haben eine Leiche verschwinden lassen.
- Wir haben niemanden umgebracht, Baroni, wir haben nur ihre Totenruhe gestört, dafür gibt es maximal eine Geldstrafe.
- Und der türkische Anton?
- Wie oft denn noch? Er hatte einen Unfall.
- Ich habe die zwanzigtausend von der ersten Leiche verspielt.
- Das ist der Polizei egal.
- Und warum erzählen wir ihnen dann nicht alles?
- Weil wir deine Hoden retten wollen.
- Das ist der Punkt, Max, die wollen mir die Eier abschneiden, und du sagst, es ist nichts passiert.
- Noch hast du sie ja.
- Du scheinst das nicht ganz zu begreifen. Das ist kein Spiel, Max, die meinen es ernst.
- Wir haben die Sache unter Kontrolle, Baroni.
- Meinst du?
- Ja, meine ich.
- Dann schau uns doch mal an, Max, wir sind von oben bis unten voll mit Scheiße.
- Ich sehe zwei Männer im besten Alter, zwei, die sich nicht unterkriegen lassen, Johann Baroni und Max Broll. Wir zeigen's diesen Drecksäcken, komm schon.
- Und was soll ich anziehen? Wir checken gleich im Nobelhotel ein.
- Ich hab schon was für dich.
- Das passt mir doch nicht, Max.
- Mein lieber Baroni, ich will, dass du jetzt etwas Positives sagst, ich will, dass du mir nachsprichst, laut und deutlich.

- Was denn?
- Alles wird gut.
- Was?
- Du sollst es sagen.
- Was?
- Alles wird gut.
- Ach komm schon, Max.
- Sag es.
- Was soll denn das bringen?
- Sag es einfach.
- Nein.
- Doch.
- Das ist blöd, Max.
- Für mich, Baroni, bitte.
-
-
- Alles wird gut.

## Vierzehn

Baroni in Gelb. Max in Blau.

Die Anzüge hat Max in Hamburg gekauft, vor vielen Jahren, übermütig, bunt, in einer fremden Stadt, weil es immer schon Spaß gemacht hat, anders zu sein. Hemden, Hosen, Jacken, alles einfarbig, seit damals hingen die Sachen im Schrank, noch kein einziges Mal hat Max die Anzüge getragen, seit Jahren hat er auf die richtige Gelegenheit gewartet, jetzt war sie da.

Sie waren noch einmal zum Friedhofswärterhaus gefahren, sie mussten sich umziehen. Verzweifelt suchten sie nach sauberen Klamotten, Baronis Anzüge waren gepfändet worden, alles sonst war ungewaschen und ungebügelt, die Arbeitsoveralls von Max wären keine Alternative gewesen. Die bunten Anzüge waren die einzige Möglichkeit, einen ordentlichen, sauberen Auftritt im Rosenhof hinzulegen. Die Anzüge und die Lederhose. Baroni hat sich zuerst geweigert, irgendetwas davon anzuziehen, aber es blieb ihm nichts anderes übrig, all seine Hemden und Hosen waren zerknittert und muffig, alles roch nach Frittierfett, seit Wochen hatte er keine Wäsche mehr gewaschen, seit sein gesellschaftlicher Abstieg begonnen hatte, hatte er jeden Tag ein Stück weniger Wert auf sein Erscheinungsbild gelegt. Baroni hätte im Ruderleibchen antreten müssen, hätte er sich gegen den eigentlich sehr hübsch geschnittenen Anzug entschieden. Nur die Farbe forderte Überwindung, das Gelb schrie nach Aufmerksamkeit, das Knallblau, in das Max gehüllt war, wirkte dagegen fast blass.

Zwei Männer wie bunte Knallbonbons, Vadim in Lederhose und Leinenhemd, alpenländisch adrett. Drei

Männer verkleidet im Pritschenwagen, als wären sie auf dem Weg zu einer Schwulenparade.

Vadim zwischen Max und Baroni. Vadim in der alten Schützenuniform von Max' Vater. Vadim, wie er nervös auf der Sitzbank hin und her rutscht, bereit, in Österreich ein neues Leben zu beginnen, bereit, mit Max und Baroni Urlaub zu machen, bereit, alles zu tun, was sie ihm gesagt haben.

Planänderung, hat Max gesagt, als sie halbnackt zurück ins Friedhofswärterhaus kamen. Entgegen allem, was sie sich ausgedacht hatten, bestand Max plötzlich darauf, dass Vadim gemeinsam mit ihnen in den Rosenhof eincheckte.

Er wird sich nicht als Hausmeister vorstellen, er wird dort Gast sein wie wir, sagte er.

Baroni widersprach.

– Was soll das jetzt schon wieder, Max?
– Es ist besser so.
– Der Plan war doch gut.
– Nein, war er nicht. Wenn die Fickinger ihn einfach wegschickt, dann ist unser Auftritt dort auch vorbei.
– Noch mal, bitte.
– Sollte Wilma Rose so tun, als hätte sie keine Ahnung, wovon unser Vadim spricht, wird sie ihn wegschicken, und unser Vadim wird herrenlos herumlaufen und vielleicht etwas Dummes tun.
– Du meinst, wenn er mit uns Urlaub macht, ist das besser, oder was?
– Genau.
– Max?
– Was?
– Du denkst, dass die ehrenwerte Wilma Rose eventuell gar nichts mit der ganzen Sache zu tun hat, dass

unser Anton auf eigene Rechnung Lebendorgane
importiert hat?
– Nein, das glaube ich nicht.
– Warum zweifelst du dann?
– Ich zweifle nicht.
– Und trotzdem die Sicherheitsvariante?
– Nicht trotzdem. Es ist besser so, glaub mir.
– Von mir aus.

Mit Händen und Füßen erklärten sie Vadim, was passieren würde, dass er vorerst nicht als Hausmeister im
Rosenhof arbeiten, sondern als Gast im Wellnesstem-
pel absteigen würde.

Vadim nickte nur. Es schien so, als wäre es ihm egal,
bereitwillig fügte er sich. Wortlos zog er sich Lederhose und Hemd an, wortlos zog er sich Stutzen nach
oben und putzte die fünfzig Jahre alten Schuhe. Dann
stiegen sie in den Wagen und fuhren aus dem Dorf.

Eine Stichstraße hinauf durch den Wald, die Musik
ist laut im Fahrerraum, keiner redet, keiner weiß, was
auf sie zukommt.

Gas geben, weiter hinauf, auf das große Tor zu. So
viele unbeantwortete Fragen, so viel ist passiert. Max
fährt durch das Tor, eine lange Allee entlang, bis er vor
ihnen liegt, prächtig auf einem Hügel in der Sonne, der
Rosenhof. Max gibt Gas.

Volle Kraft voraus, sagt er.

Ein ehemaliger Bauernhof, der von der einzigen
Tochter der Familie zur Schönheitsklinik umgebaut
wurde, Wilma Fickinger hat gegen den Willen ihrer
Eltern Medizin studiert, sie ist vor vierzig Jahren
nach Wien gegangen, sie hat hart an ihrer Ausbildung
gearbeitet, ihre Karriere war geprägt von Fleiß und
Ehrgeiz, sie hat ihren Abschluss gemacht, sie hat sich

emporgearbeitet, sie hat sich ihren Platz im plastischen Chirurgenhimmel erkämpft, sie hat ihre Idee verwirklicht, ein exklusives Refugium in wunderschöner Natur zu schaffen, ihr Geschäftssinn und ihr unternehmerischer Weitblick haben sich als zukunftsweisend erwiesen, der Erfolg hat ihr jedes neue Geschäftsjahr wieder recht gegeben. Wilma Rose hat immer weiter gebaut, aus dem kleinen Bauernhof wurde ein Wellnessressort, eine Mischung aus Luxushotel und Schönheitsklinik, eine exklusive Oase für reiche Ruhesuchende, für Wellnessdurstige, für Menschen, die ihren Körper verändern wollen. Sie machen Urlaub dort, sie verlieren ihr Fett dort, ihre Brüste wachsen dort, ihre Häute straffen sich diskret, abgeschieden von der Welt.

Der Pritschenwagen fährt auf den Parkplatz. Max ist zum ersten Mal hier, alles, was er über dieses Haus weiß, haben Baroni und Google ihm gesagt. Vor ihm breitet sich eine fremde Welt aus, eine Welt, die nichts mit seiner zu tun hat. Bisher ist er nur immer wieder draußen an dem Tor vorbeigefahren, er wusste zwar, dass sich hier, oberhalb des Dorfes, ein kleines Paradies versteckte, dass sich hier Prominente und Millionäre unbehelligt zusammenrotteten, dass sie hier unter sich waren, aber er hatte keine Ahnung, was hier wirklich passierte, wie schön die Hügel auf der Seite des Waldes waren, wie imposant sich der ehemalige Bauernhof und seine dutzenden Nebengebäude in die Landschaft schmiegten.

Der Pritschenwagen bleibt stehen. So nahe wie möglich hat Max am Eingang geparkt, ohne Gepäck steigen sie aus und gehen langsam durch die Parkanlage, nur das Geld, Unterwäsche und Zahnbürsten tragen sie in alten, zerbeulten Reisetaschen.

Leder, blau und gelb. Vadim, Max und Baroni, sie nehmen eine Abkürzung, wie Erscheinungen wandeln sie am Pool vorbei, an den Liegestühlen, an den staunenden Gesichtern in Bademänteln, an den offenen Mündern. Manche haben den gefallenen Stürmerstar erkannt, Max ist sich sicher, manche starren aber nur, weil das Bild skurriler nicht sein könnte, weil die perfekte Idylle plötzlich von drei Außerirdischen durchschnitten wird, weil sie aufsehenerregend auf ihrer Oase landen.

Max, Vadim und Baroni gehen weiter. Sie lassen sich nicht aus der Ruhe bringen, sie gehen quer über den Rasen und steuern auf den Eingang zu, sie drehen sich nicht um, sie versuchen die Blicke in ihren Rücken zu ignorieren, sie lassen die Schönen und Reichen alleine im Garten zurück und verschwinden im Inneren des Rosenhofes. Max atmet laut ein und aus. Baroni kann sich nicht mehr halten.

– Ich habe es dir ja gesagt, wir sehen aus wie Clowns. Hast du gesehen, wie die uns angestarrt haben?
– Und?
– Wie oft denn noch, Max, wir können hier nicht so rumlaufen.
– Warum denn nicht?
– Das ist unpassend.
– Das kann uns doch egal sein, Baroni.
– Das kann nicht gutgehen, Max.
– Doch, es wird gutgehen.

Langsam nähern sie sich der Rezeption. Eine schöne Frau in Weiß begrüßt sie freundlich, ihre Verwunderung über das Aussehen der drei Männer verbirgt sie. Mit einem souveränen Lächeln fragt sie, wie sie weiterhelfen kann, mit einem Lächeln sucht sie die Reservierung und nimmt den Check-in vor, nachdem Baroni seinen Reisepass und einen Stapel Fünfzig-Euro-Scheine auf die Empfangstheke gelegt hat.

Wir brauchen noch ein Zimmer für unseren Freund hier, und wir zahlen im Voraus.

Die Dame in Weiß reagiert professionell. Selbstverständlich, sagt sie und lässt das Geld von der Theke verschwinden.

Freundlich erklärt sie die Spielregeln des Hauses und zeigt ihnen auf einem Plan die verschiedenen Bereiche des Hotels. Sie verteilt Termine für die Erstgespräche mit der Wellnessdirektion und dem ärztlichen Leiter, sie präsentiert den drei Herren verschiedene Behandlungen, und sie fragt, ob der Page das Gepäck aus dem Auto und auf die Zimmer bringen soll.

Max winkt ab. Er nimmt der Dame die drei Zimmerschlüssel aus der Hand und sagt ihr, dass sie es vorziehen, erst mal an der Hotelbar etwas zu trinken, bevor sie die Zimmer beziehen.

Sie nickt. Wir können Ihnen siebenundvierzig verschiedene Tees anbieten, sagt sie.

Wir trinken Weißwein, sagt Max, lässt die Rezeptionistin mit ihrem Lächeln und dem Geld zurück und zieht Baroni und Vadim mit sich zur Bar.

– Max?
– Was?
– Ich dachte, dass das gestern eine Ausnahme war.
– War es ja auch.
– Und das jetzt ist auch eine Ausnahme?
– Willst du lieber Tee trinken?
– Nein.
– Na dann frag nicht so blöd.

Sie setzen sich nebeneinander auf drei Barhocker, Vadim tut, was die anderen tun. Mit gesenktem Kopf sitzt er da und wartet ab, was als nächstes passiert. Auch Baroni wartet, nur Max scheint zu wissen, was er tut.

Seit er aus dem Auto gestiegen ist, seit er den Rosenhof betreten hat, kämpft er dagegen an, er bemüht sich zu verbergen, was er fühlt, zu zeigen, dass er es hasst, was er hier sieht. Max fühlt sich unwohl, der offen zur Schau gestellte Reichtum lässt seine Finger unruhig auf der Bartheke tanzen, das Protzige, das Dekadente, es widert ihn an.

Mit ausladenden Handbewegungen winkt er einer Dame, die am anderen Ende der Halle mit Menschen in Bademänteln spricht. Zu Baronis Entsetzen pfeift er dazu, ein kurzer, gellender Pfiff durchdringt das gesamte Erdgeschoss, Vadim und Baroni zucken zusammen. Mit strengen Blicken will er Max stoppen, er zischt und flüstert, er tritt gegen Max' Schienbein, aber Max winkt weiter, und ein zweites Mal pfeift er. Die Rezeptionistin will einschreiten, doch die Dame ist schneller. Wie ein Feuerball rollt sie durch die perfekt designte Halle, ein rotes Dirndl fliegt auf die Bar zu, ihr Gesicht begreift nicht, was passiert, ihre Augen sagen, dass sie mit allem, was ihr zur Verfügung steht, verhindern will, dass der Mann im blauen Anzug ein weiteres Mal pfeift und die teuer bezahlte Ruhe stört. Wütend, aber beherrscht, kommt sie bei der Bar an, mit aller Gewalt zwingt sie sich zu einem Lächeln, professionell beginnt sie den Schaden zu begrenzen.

Max beugt sich zu Baroni und flüstert in sein Ohr.
Ich rede, sagt er.
Baroni rollt nur die Augen, Vadim schaut auf den Boden.

- Meine Herren, ich darf sie im Rosenhof herzlich will-
  kommen heißen, mein Name ist Wilma Rose, und
  mein Team und ich, wir werden uns bemühen, Ihnen
  alle Ihre Wünsche von den Augen abzulesen.
- Sie meinen also, ich muss nicht mehr pfeifen?
- Ich hätte es nicht treffender ausdrücken können.
- Es tut mir sehr leid, es kam über mich, ich weiß auch
  nicht, wie das passieren konnte.
- Aber das macht doch nichts, im Gegenteil, ich freue
  mich, dass ich die Herren gleich persönlich begrüßen
  darf, dass Sie sich für einen Aufenthalt in unserem
  bescheidenen Haus entschieden haben.
- Ein wunderschönes Haus.
- Die Herren sind zu freundlich.
- Ich bin Max Broll, der Totengräber unten im Dorf.
- Bitte?
- Ich bin Gemeindearbeiter, und das hier ist der neue
  Pächter des Würstelstandes, Johann Baroni, Sie ken-
  nen ihn vielleicht von früher. Und das hier ist unser
  Freund Vadim. Es war sein größter Wunsch, zu Ihnen
  zu kommen.
- Ich verstehe nicht ganz.
- Wir brauchen eine Auszeit von unserem Job, verste-
  hen Sie, ein paar Tage in Ihrem Paradies hier werden
  uns guttun.
- Ja, ich bin mir sicher, dass Sie ...
- Sie könnten uns unsere Ankunft mit einer Flasche
  Weißwein versüßen.
- Mein lieber Herr Broll, wie gesagt, wir werden Ihnen
  alle Ihre Wünsche erfüllen, nur diesen nicht. In unse-
  rem Haus wird kein Alkohol serviert.
- Bitte?
- Ich kann Ihnen guatemaltekischen Braunwurzeltee
  anbieten, wir haben Tees aus der ganzen Welt.

– Wir möchten aber Weißwein, wir bezahlen doch kein Vermögen, damit wir dann aromatisiertes Wasser trinken müssen.
– Ich dachte, Sie wissen das, meine Herren, ich kann Ihnen gerne kurz unsere Philosophie näherbringen.
– Sie können uns gerne eine Flasche Weißwein bringen, aber hurtig.

Max zieht drei Hundert-Euro-Scheine aus seiner Reisetasche und schiebt sie Wilma Rose hin.

Wilma Rose überlegt einen Augenblick lang, Max weiß, dass sie ihn am liebsten auf der Stelle hinauswerfen würde, dass sie ihn gerne verprügeln würde, er spürt es, er liest es in ihren Augen, die sich immer wieder von ihm abwenden. Max spürt Baronis Tritte gegen seine Beine.

Fünf Sekunden vergehen, bevor etwas passiert. Wilma Rose steht in Flammen. Eine Pracht von einem Weib, würde Baroni jetzt sagen, wenn er sich nicht so für Max schämen würde. Wahrscheinlich würde er zehn Minuten lang nur über ihr Dekolleté sprechen, über diese mörderisch prallen Riesenbrüste, die ihnen Wilma Rose entgegenstreckt. Normalerweise würde Baroni schwärmen, jetzt aber ist er still, er rechnet mit dem Schlimmsten. Er steht auf und macht sich bereit zu gehen, da hört er das Unglaubliche.

Ach, meine Herren, sagt sie, Ausnahmen muss es geben, gegen ein kleines Willkommensglas im Kaminzimmer hat bestimmt niemand etwas einzuwenden.

Mit aller Kraft lächelt sie ein kleines Lächeln, dann nimmt sie das Geld, steckt es ein und zeigt den Herren den Weg zum Kaminzimmer. Souverän presst sie die Lippen zusammen und zieht die Mundwinkel nach oben. Baroni, Max und Vadim folgen ihr, verwundert lassen sie sich in braunen Ledersofas nieder, verwundert schauen sie Wilma Rose zu, wie sie den Raum verlässt, um für ihre neuen Gäste Wein und Gläser zu holen.

- Hast du sie nicht mehr alle, Max?
- Was ist das für eine falsche, verlogene Drecksau.
- Spinnst du?
- Das ist ja unerträglich.
- Willst du, dass sie uns hinauswirft?
- Die wirft uns nicht hinaus, die will keine Probleme. Und sie will unser Geld.
- Kannst du dich erinnern, warum wir hier sind?
- Wir passen auf, dass unser Freund hier ganz bleibt.
- Wir sind hier, damit wir herausfinden, ob sie etwas damit zu tun hat oder ob unser Anton selbständig war, deshalb sind wir hier.
- Das hier ist nichts für mich, Baroni, das ist ja schlimmer als jedes Puff.
- Du wolltest mir helfen, Max.
- Ich helfe dir ja, aber diese widerliche Alte ertrage ich nicht.
- Was hast du denn gegen sie, sie bemüht sich doch sehr um uns.
- Der traue ich alles zu, Baroni, die würde ihre Schamlippen hergeben für ein paar Euro.
- Aber um ihre Schamlippen geht es jetzt nicht, Max.
- Worum denn dann? Um Schamlippenkorrekturen, um Hautstraffungen, um Titten, um Botox, um aufgespritzte Lippen, genau darum geht es hier.
- Mein lieber Max, ich darf dich daran erinnern, irgendjemand hat drei Menschen umgebracht und ausgeweidet, darum geht es. Und deshalb reißt du dich jetzt zusammen und bist freundlich, du wirst kein blödes Wort mehr sagen, du wirst freundlich

sein zu ihr, wir werden sie einladen, ein Glas mit uns zu trinken, und wir werden uns mit ihr unterhalten. Deshalb sind wir hier, Max.

– Willst du darauf warten, bis sie beichtet, oder was?

– Du musst nicht immer mit der Keule ausholen.

– Ich befürchte aber, das ist hier notwendig.

– Bitte, Max, versprich mir, dass du jetzt brav bist.

– Du sagtest, wir sind auf Urlaub hier.

– Und?

– Das heißt, wir lassen es krachen. Wir haben nichts zu verlieren, und das heißt, dass wir die Keule schwingen. Komm schon, Baroni, auf den ganzen Verein hier scheißen wir, die haben dich in diese Situation gebracht.

– Aber das bringt uns doch nicht weiter, Max.

– Doch, Baroni. Und weißt du auch warum? Weil es mir reicht. Ich will in den nächsten zehn Jahren keine Leiche mehr sehen, nur in Kisten verstaut, verstehst du, so wie immer.

– Aber wir müssen es langsam angehen, Max.

– Nein.

– Doch.

– Sie kommt.

– Du wirst die Klappe halten, Max.

– Das werde ich nicht.

– Bitte, Max.

– Tut mir leid, Baroni, aber das kann ich nicht.

Mit einem großen Tablett betritt sie den Raum. Ein Weinkühler, Gläser, Wilma Rose hat sich wieder gefasst, ihr Lächeln wirkt entspannter, ihre Stimme ist freundlich. Fast könnte man meinen, sie wäre eine etwas pralle Kellnerin im Tiroler Dirndl und keine erfolgreiche Geschäftsfrau, fast gelingt es ihr, Max dazu zu bringen, sie sympathisch zu finden, einen kleinen Augenblick lang. Anstatt zurückzuschlagen wartet sie ab, sondiert die Lage, sie hat ihre Wut hinuntergeschluckt und spielt wieder perfekt ihre Rolle. Nur kurz hatte es den Anschein, als wäre sie aus dem Gleichgewicht geraten, Wilma Rose sitzt wieder im Sattel, die Zügel fest im Griff. Elegant beschreibt sie den Wein und schenkt ein.

Max überlegt. Er weiß nicht, was er denken soll, ob er weitermachen oder still sein soll. Gierig trinkt er das Glas leer und hält es ihr noch einmal hin, geduldig schenkt sie nach und beantwortet Baronis Fragen. Er erkundigt sich über das Haus, über das Angebot, über die Auslastung, über Zubaupläne, Baroni will schönes Wetter, er will nicht, dass die Situation eskaliert, bevor sie irgendetwas herausgefunden haben, er will den Ball flach halten, er will Wilma Rose reden lassen, er will warten, bis sie etwas sagt, das ihnen weiterhilft, bis sie einen Fehler macht. Aber Wilma Rose macht keine Fehler, Max weiß das. Diese Frau funktioniert perfekt, wie sie spricht, wie sie sich kleidet, wie sie sich bewegt, wie beherrscht sie ist. Max hört zu, wie sie über ihre neuen Matratzen aus der Schweiz spricht, das ganze Haus hat sie damit ausgestattet, das Beste vom Besten wolle sie ihren Gästen bieten, nichts sei ihr wichtiger als die Zufriedenheit und das Wohl ihrer Kunden.

Max trinkt das zweite Glas leer, Vadim macht es ihm nach. Wilma Rose lächelt ihn an und schenkt auch ihm nach. Sie scheint nicht zu wissen, wer er ist, sie wundert sich zwar über seine Kleidung, mehr aber auch nicht. Max sieht keine Falte in ihrem Gesicht, nichts, das nicht stimmt an ihr. Professionell und sattelfest steht sie vor ihnen und redet, keine Sekunde lang scheint sie sich zu fragen, warum der Dorftotengräber und sein spielsüchtiger Freund gemeinsam mit einem wortlosen

Schützling in ihrem Hotel aufgetaucht ist. Wahrscheinlich kann sie das stundenlang durchhalten, denkt Max, wahrscheinlich wird gar nichts passieren, sie werden auf ihr Zimmer gehen, sie werden zu Abend essen, sie werden auf Schweizer Luxusmatratzen schlafen, und am Morgen wird sie wieder freundlich vor ihnen stehen und ihren Job machen. Nichts werden sie erfahren, wenn Baroni noch weiter uninteressante Fragen stellt. Gar nichts. Max leert sein Glas und greift an.

– Baroni, du bist jetzt still.
– Bitte?
– Wenn du willst, dass ich hierbleibe und nicht wieder zurück an den Strand fliege, dann bist du jetzt still und lässt mich reden.
– Tu das nicht, Max.
– Doch, Baroni.
– Ruhe jetzt.
–
– Soll ich die Herren alleine lassen?
– Nein, es wäre besser für Sie, wenn Sie hierbleiben und meine Fragen beantworten.
– Wenn ich Ihnen irgendwie weiterhelfen kann, tue ich das sehr gerne.
– Hier arbeitet ein Türke namens Anton, ist das richtig?
– Ja, das stimmt, aber warum möchten Sie das wissen?
– Weil Ihr Anton Illegale nach Österreich bringt.
– Bitte was?
– Wussten Sie das nicht?
– Ich verstehe nicht ganz.
– Ihr Anton war ein Schlepper.
– Ich habe nicht die leiseste Ahnung, wovon Sie reden.
– Er hat unseren Freund hier aus Moldawien mitgebracht, eingepfercht unter dem Fahrersitz.

- Was ist denn das für ein Unsinn?
- Wir haben ihn rausgeholt.
- Wo ist Anton?
- Anton hat unserem Freund hier gesagt, er kann als Hausmeister im Rosenhof arbeiten.
- *Anton* ist unser Hausmeister.
- War Ihr Hausmeister.
- Ich denke, es reicht.
- Ihr Anton hatte richtig Dreck am Stecken.
- Warum reden Sie in der Vergangenheit über ihn?
- Weil er tot ist.
- Was reden Sie da?
- Es wundert mich, dass Sie noch nicht angerufen wurden.
- Von wem?
- Von der Polizei. Die hätten sich doch längst bei Ihnen melden müssen.
- Das ist doch alles Blödsinn hier.
- Leider nicht. Es schaut so aus, als würden Sie tatsächlich einen neuen Hausmeister brauchen. Ihr Anton hatte einen Autounfall, er ist zu schnell gefahren.
- Hören Sie auf damit.
- Wir waren zufällig vor Ort, wahrscheinlich hat er sich das Genick gebrochen.
- Nein.
- Doch.
- Sagen Sie mir, dass das nicht wahr ist.
- Das kann ich leider nicht.
- Sagen Sie mir, dass er lebt.
- Ich sage Ihnen, was ich denke. Ihr Anton hat Ersatzteile verkauft, Nieren und Herzen, so wie es ausschaut.
- Was reden Sie da?
- Sie haben doch bestimmt von den Toten im Supermarkt gehört, oder?

– Das ist doch alles Blödsinn. Ich habe keine Ahnung, wovon Sie da reden, keine Ahnung, wie Sie auf das alles kommen. Anton hat sich Urlaub genommen, er wollte nachhause zu seiner Mutter, in die Türkei.

– Er war aber in Wien.

– Nein.

– Doch. Er hat Baronis Tochter besucht.

– Bitte was?

– Ihr Anton hatte ein Verhältnis mit seiner Tochter.

– Schwachsinn.

– Zuerst war er in Moldawien, und auf dem Rückweg hat er Baronis Tochter gevögelt.

– Warum reden Sie so einen Unsinn? Anton ist bei seiner Mutter in der Türkei, er hat mich gestern Nachmittag angerufen.

– Dann hat er Sie wohl angelogen.

– Er würde mich nicht anlügen.

– Warum denn nicht?

– Ich kenne Anton.

– Nicht gut genug, so wie es aussieht.

– Bitte.

– Was?

– Bitte sagen Sie mir die Wahrheit, sagen Sie mir, was mit ihm los ist.

– Das war die Wahrheit. Es tut mir leid.

Max, Baroni und Vadim, alle drei schauen sie an, sie schauen in dieses Gesicht, das von einem Moment zum anderen zusammenfällt. Sie sehen, wie Wilma Rose mit sich kämpft, wie sie versucht, die Fassung zu behalten. Wie sie dasteht und sich nicht bewegt, wie ihre Mundwinkel nach unten hängen, ihre Arme, ihre Hand, die verbergen will, was aus ihren Augen kommt. Eine Träne, die sie wegwischt, schnell. Es ist still im Kaminzimmer. Einen Augenblick lang schaut es so aus, als würde Wilma Rose trauern, als würde sie zusammenbrechen, von ihren Gefühlen überwältigt werden. Einen kleinen Augenblick lang nur, in dem sie begreift, dass ihr Hausmeister tot ist, dass Max es ernst meint. Dass Anton nicht wieder kommt. Einige Sekunden nur, dann findet sie ihre Fassung wieder, sie wischt die Träne in ihre Schürze und zieht ihre Mundwinkel wieder nach oben. Mit einem professionellen Lächeln dreht sie sich um und verlässt den Raum.

Sie geht einfach und lässt die drei Männer zurück. Ohne ein Wort. Da sind nur Baronis Blicke, da ist nur der vorwurfsvolle Unterton in seiner Stimme.

Gut gemacht, sagt er.

Leck mich, sagt Max.

- War das wirklich notwendig?
- Was?
- Du hast ihr eben auf sehr charmante Art und Weise mitgeteilt, dass ihr Mitarbeiter tot ist.
- Ich bin nicht charmant.
- Das ist ja das Problem.
- Ich verstehe nicht, warum du jetzt hier den Moralapostel spielst, das ist überflüssig, Baroni.
- Sie hat geweint.
- Und?
- Wenn sie so eiskalt ist, wie du sagst, dann würde sie wohl kaum weinen.
- Das war eine Träne, kein Weinen.
- Du hast es gesehen, ich habe es gesehen.
- Sie ist schuldig und basta.
- So einfach ist das nicht, Max.
- Doch.

– Du weißt, dass es nicht so ist.
– Gar nichts weiß ich.

Max ist sich nicht sicher, was er tun soll, ob er ihr nachgehen soll, ob er sich entschuldigen soll, für seinen Ton,
dafür, dass er so unsensibel war. Er weiß es nicht. Wie
sie reagiert hat, dass sie geweint hat, damit hat Max
nicht gerechnet. Jemand, der Menschen umbringt und
sie ausnimmt, weint doch nicht, wenn der Hausmeister
stirbt.

Es ist still im Kaminzimmer. Baroni hält sich zurück,
Vadim schweigt ohnehin. Was für eine Scheiße, denkt
Max.

Warum wurde sie von der Polizei noch nicht ver-
ständigt? Hat man den Mercedes so lange nicht gefunden? Im Normalfall hätte die Polizei Antons Ange-
hörige ausgeforscht, und man hätte sich auch mit
seinem Dienstgeber in Verbindung gesetzt, mit dem
Fahrzeughalter, mit Wilma Rose. Wie kann das alles
sein? Anton war Hausmeister hier, garantiert hatte er
keine medizinische Ausbildung, also hat er für irgend-
jemanden gearbeitet, er hat Frischfleisch aus Moldawien gebracht. Aber für wen? Max war sofort bereit
gewesen, an etwas Abwegiges zu glauben, daran, dass
in der Schönheitsklinik illegal transplantiert wurde,
aber jetzt zweifelt er. Wie sie reagiert hat, verbietet
ihm plötzlich, weiter an das Schlimmste zu glauben.
Es waren diese Tränen, die ihn verunsichert haben.
Es war ihre aufgeschlossene Art, dass sie sich zu ihnen
setzte und mit ihnen Wein trank.

Das geht zu weit, denkt er. Das hat sie nicht notwendig, sie verdient genug mit Brüsten und Fett, warum
sollte sie dieses Risiko eingehen? Menschen zu schlep-
pen, zu ermorden, sie auszuweiden. Warum sollte sie

das tun? Das Anwesen steht prächtig da, die Reichsten der Reichen machen hier Urlaub, sie erhalten dieses System, sie widersprechen der Theorie, dass Wilma Rose mehr ist als eine bauernschlaue, tüchtige Ärztin vom Land.

Max schenkt nach. So viele Fragen. Zweifel. Auch Vadim und Baroni halten ihm die Gläser hin, so lange, bis die Flasche leer ist. In dem Moment, in dem er aufstehen will, um eine neue zu holen, kommt Wilma Rose zurück. In ihrer Hand zwei Flaschen Rotwein und vier frische Gläser. Ihr Gesicht ist wieder ohne Tränen, sogar ein kleines Lächeln ist da. Freundlich setzt sie sich.

Einen kleinen Augenblick, sagt sie, verteilt die Gläser und füllt sie. Dann hebt sie ihr Glas und trinkt.

Gewöhnlich trinken wir hier ja nicht, sagt sie, aber heute lässt sich das wohl nicht vermeiden.

In einem Zug leert sie ihr Glas.

Wie sie vor ihnen sitzt. Wie ihr Mund auf- und zugeht. Wie sie mit jedem Satz die Hoffnung zerstört, dass sie etwas mit den Leichen zu tun haben könnte.

Ich habe ihn geliebt, sagt sie.

Dann macht sie ihr Glas noch einmal voll und trinkt es aus. Schnell und gierig, weil sie zudecken will, was weh tut, weil sie es nicht spüren will, weil sie dieses Gefühl betäuben will. Max weiß, was in ihr vorgeht, er sitzt neben ihr und entschuldigt sich. Dass es ihm leidtut, sagt er. Dass das alles passiert ist.

Still und unauffällig streicht seine Hand über ihre Schulter. Plötzlich fühlt sich alles wieder kaputt an, ausweglos, sein Leben, die Erinnerung an Hanni, der Schmerz, wie sie tot neben ihm lag. Wie er sie geliebt hatte. Und wie da plötzlich nur noch Tränen waren statt ihrer Haut, Tränen wie die, die über Wilma Roses

Gesicht rinnen. Max denkt nicht. Er will nicht, er will nicht dafür verantwortlich sein, für ihre Trauer, für ihre Tränen, für nichts.

Er lehnt sich zurück und lässt die nächsten Stunden einfach passieren. Ohne zu denken. Stunde für Stunde. Bis es endlich dunkel wird.

## Fünfzehn

Bunte Anzüge, Trachten, weiße Bademäntel.

Eine Frau Mitte sechzig auf Baronis Schoß. Ihr Bademantel halb geöffnet, Baronis Hand auf ihrem Oberschenkel. Wie sie lachen. Wie man ihre großen, festen neuen Brüste sieht. Wie charmant Baroni ist, wie seine Hand immer weiter nach oben rutscht. Wie Max mit einem Russen Schere Stein Papier spielt, wie pro Runde hundert Euro den Besitzer wechseln. Wie zwei weitere Russen zusehen, kichern und grinsen. Wie Wilma Rose immer noch eine Flasche Wein kommen lässt.

Max versucht sich zu erinnern, was er alles zu ihr gesagt hat. Er erinnert sich daran, was sie alles wissen wollte, dass sie nicht aufhörte nachzufragen. Wie neugierig sie war. Wilma Rose. Wie Max und Baroni ihr erzählten, was passiert war. Alles. Oder fast alles. Max weiß es nicht mehr. Sie hat ihm so leid getan, ihr Schmerz, ihre Liebe, wie sie gelitten hat. Wie sehr sie wissen wollte, was mit ihrem Anton passiert war, wie er gestorben ist, warum sie dabei waren, was er in Wien gemacht hat, ob er wirklich mit Baronis Tochter geschlafen hat, ob er wirklich Illegale ins Land gebracht hat, ob sie sich wirklich so in ihm getäuscht haben sollte. Wilma Rose wollte alles wissen, alles über die nackten Leichen im Supermarkt, alles über Organe, alles, was Max ihr gegenüber angedeutet hatte. Und sie war bereit, dafür zu tun, was nötig war, sie war bereit, alle Regeln der Hausordnung dafür zu brechen.

Alkohol floss in Strömen. Das Kaminzimmer wurde zum Sündenpfuhl. Nachdem es sich im Haus herumgesprochen hatte, dass im Kaminzimmer getrunken wurde, nachdem sich zwei weitere ältere Damen der skurrilen Runde angeschlossen hatten, versperrte Wilma Rose die Tür zum Kaminzimmer und erklärte es zum Ausnahmegebiet. Nur die Kellnerin wurde immer wieder eingelassen.

Stunden vergingen. Stunden, in denen Max und Baroni erneut die Kontrolle verloren. Was sie alles sagten, wie sie sich amüsierten, wie es Max immer mehr entglitt. Was er über die aufgeschnittenen Leichen gesagt hat. Er weiß es nicht mehr. Er weiß nur noch, wie er in Wilma Roses Ohr flüsterte, und wie er sich immer wieder zu ihr hinüberbeugte und ihr gab, was sie wollte, so, dass es sonst keiner hören konnte.

Schere Stein Papier. Max gewann ein Spiel nach dem anderen, er steckte immer neue Scheine in seine Tasche. Der Russe füllte ständig sein Glas, er brachte Max dazu, immer mehr zu trinken, immer noch mehr Wein. Dieser Wein war es auch, der Max schließlich dazu brachte, Lefteras Nummer zu wählen, sie zu bitten, in den Rosenhof zu kommen. Er konnte nicht anders. Baroni vergriff sich an der getunten Pensionistin, je mehr er trank, desto offensiver wurden seine Hände, seine Finger, sein Mund. Als Baroni mit ihr einfach verschwand, wollte auch Max die Nacht nicht allein verbringen.

Vadim lag betrunken neben dem Kamin auf einem Schaffell. In dieser Nacht würde ihm nichts mehr passieren, Max war sich sicher. Was morgen sein würde, daran wollte er noch nicht denken. Er wollte an gar nichts mehr denken, nur noch an die Haut, die plötzlich neben ihm saß. Lefteras Haut.

Leftera hatte sich zwar gewundert, warum Max und Baroni im Rosenhof waren, warum sie dort Wein tranken, warum sie dort ein Zimmer hatten, aber sie war gekommen, und ihre Verwunderung verflog rasch. Dreißig Minuten nachdem sie angekommen war, lag sie mit Max auf einer Schweizer Luxusmatratze. Max tat es einfach, er überlegte nicht, zögerte nicht, er gab einfach nach, nahm Lefteras Hand und ging mit ihr aufs Zimmer. Die Russen und Wilma Rose ließen sie im Kaminzimmer zurück.

Wortlos zog Leftera sich aus, nackt stand sie vor ihm und nahm ihm seine Hose, sein Hemd, alles. Bis auch er nackt war. Still und aufgeregt standen sie da, zwei Körper, bereit, sich zu berühren, bereit, sich fallen zu lassen, den anderen zu spüren. Max tat es einfach. Er ließ ihre Finger über seine streichen, wieder ließ er ihre Zunge in seinen Mund. Ihre Hände waren überall auf ihm, ihre Haut an seiner, wie sie ihn zum Bett schob, wie er nach hinten fiel und wie sie sich auf ihn legte. Wie Max seine Augen schloss und es passieren ließ. Alles. Leftera überall.

Wie gut sie tat, ihre Lust, sie kam wie eine Lawine über ihn, sie überrollte ihn, raubte ihm den Atem, ließ alles weit zurück, nahm ihm die Gedanken an alles, was sein Leben wieder durcheinandergebracht hatte. Leftera und Max. Wie sie in ihn eindrang und sich in ihm verteilte, warm und breit. Über eine Stunde lang rieben sie sich aneinander, leckten sich ab, berührten sich. Über eine Stunde lang spürte sich Max wieder. Er ließ sich nehmen von ihr, er ließ sich führen, Hand in Hand rannten sie über Wiesen, nackt durch Wälder, sie tanzten. Sie gab den Takt vor, sie redete, sie flüsterte, sie umspülte ihn. Sie nahm ihn, sie war überall, sie hörte nicht auf. So lange, bis der Hunger Max aus dem Bett trieb, so lange, bis er sie mit Küssen dazu brachte, von ihm abzufallen.

Ich muss etwas essen, sagte er.

Ausnahmsweise, sagte sie.

Max telefonierte. Das Haustelefon in seiner Hand. Zuerst das Freizeichen, dann ihre Stimme. So als wäre Wilma Rose immer und überall im Einsatz, war sie plötzlich wieder in seinem Ohr. Mitten in der Nacht diese freundliche Stimme.

Was sie noch für ihn tun könne, fragte sie selbstverständlich.

Max bestellte Mineralwasser, einen Käseteller für Leftera und ein Rahmschnitzel für sich.

Wir tun alles für unsere Gäste, sagte Wilma Rose, als Max fragte, ob überhaupt noch ein Koch im Dienst sei. Ich werde mich selbst darum kümmern, sagte sie und legte auf.

Zwanzig Minuten später stand eine junge Schönheit mit einem Tablett vor der Tür. Weitere zwanzig Minuten später begann das Schlafmittel zu wirken.

## Sechzehn

Seine Augen geschlossen.

Er kann sie riechen, ihren Körper, er kann sie atmen hören, er hört, wie sich ihr Brustkorb hebt und senkt. Er hört, wie sie neben ihm liegt, er spürt sie, wie sie sich bewegt, wie ihre Wange versucht, den richtigen Platz auf dem Polster zu finden. Max hört sie. Wie sie sich am Laken reibt. Er hört sie. Er sieht sie nicht. Er will nicht. Seine Augen nicht öffnen, er will nicht sehen, wie sie nackt ist neben ihm, er will nicht, dass es passiert ist, dass sie ihn ausgezogen hat, dass sie ihn abgeleckt hat, dass er in ihr verschwunden ist. Er will es nicht. Er kann es noch nicht, mit ihr zusammen sein, mit ihr reden, ihr sagen, dass es ein Fehler war, dass es nicht hätte passieren dürfen, dass er die Uhr zurückdrehen möchte, dass es ihm leidtut. Er will nicht, nicht reden, nicht neben ihr liegen, die Augen nicht aufmachen. Er will ihre Haut nicht, er will verschwinden in dem weißen Laken, er will sie nicht so nah. Leftera. Ihre Brüste, ihre Schenkel, ihre Zunge, diese Augen, die nach ihm schreien, die ihn lähmen, ihn schwach machen, ihm den Verstand nehmen. Max will, dass sie geht, dass sie aufwacht und geht, dass sie ihn auf der Luxusmatratze alleine zurücklässt, er will, dass sie nicht zurückkommt. Weil er es nicht kann. Noch nicht. Später vielleicht.

Wie sie neben ihm liegt. Wie sie ihn aufgesaugt hat, wie er nass zwischen ihren Beinen verschwunden ist. Wie warm sie war. Wie er es tief unten spürt. Dass es weh tut, weit weg. Wie es schmerzt. Dass sie es ist, die neben ihm liegt. Sie, nicht Hanni.

Wie sehr Max seine Augen zusammenpresst, minutenlang. Und wie er sie dann doch öffnet und zurückschreckt. Sich aufsetzt, wie er sie anstarrt, ihrem Körper entlangschaut, seinem. Wie seine Augen das Zimmer absuchen, jeden Zentimeter ihrer Haut, seiner Haut. Wie er versucht zu begreifen, was passiert ist. Die Striche auf ihr. Auf ihm. Überall auf ihnen.

Max versucht zu begreifen, seine Augen verfolgen die schwarzen Linien, sie sind überall, auch auf dem Rücken. Bemalte Körper. Seiner, ihrer. Gekennzeichnet, markiert, seine Waden, die Hüften, seine Brüste. So, wie sie es machen, bevor operiert wird, bevor sie Fett absaugen, Teile wegschneiden, Silikon einsetzen.

Max hat das im Fernsehen gesehen. Einen Arzt, wie er seine Patientin beschmiert hat, wie er mit seinem Stift modelliert hat, wie er sie in Gedanken zerschnitten hat, sie entstellt hat, wie er mit jedem Strich einige tausend Euro verdient hat, am Reißbrett hat er eine Frau erschaffen, mit jedem Strich, den er gezogen hat, hat er ihr gesagt, dass sie nicht gut ist, so wie sie ist, dass sie sich verändern muss, dass er sie aufschneiden muss, wenn sie in Würde weiterleben will. Jeder Strich war ein Hieb für ihre Seele, jeder Strich ein Stück Hoffnung, jeder Strich ein Stück Veränderung, damit das Leben erträglich bleibt.

Zu viele Striche, hat sich Max damals gedacht.

Zu viele Striche, denkt er sich auch jetzt.

Wer hat das getan? Leftera? Er selbst? Beides kann nicht sein, auch die Rücken sind markiert, präzise. Max ist aufgesprungen, er steht vor dem Spiegel und dreht sich. Wie ein Kunstwerk sieht er aus, ein bemalter Körper, Muskeln, Haut. Er stellt sich das Skalpell vor, das all diese Linien nachziehen sollte, er stellt sich vor, wie jemand in sein Zimmer kam und sie nackt sah, beide, wie diese Person sich über sie hermachte. Wie sie ihnen Strich für Strich drohte.

Das ist eine Warnung, hört Max sie sagen.

Er sieht sie vor sich. Wilma Rose mit dem Stift in der Hand. Wilma Rose mit Tränen in den Augen. Wilma Rose, wie sie das Skalpell am liebsten in ihn hinein-rammen würde. Wilma Rose.

Max ist sich sicher. Es kann nur sie gewesen sein. Sie haben zu lange geschlafen, es ist Nachmittag, sie hat etwas ins Essen getan, hat sie betäubt, sie war es, er weiß es.

Er greift nach dem Telefon und wählt die Nummer der Rezeption. Ohne sich mit Freundlichkeiten aufzu-halten lässt er sich mit ihr verbinden.


– Guten Morgen, Herr Broll.
– Fette alte Sau, Drecksau.
– Bitte?
– Warum hast du das getan?
– Hat Ihnen Ihr Rahmschnitzel nicht geschmeckt?
– Das wird dir noch leidtun.
– Ich habe keine Ahnung, wovon Sie reden.
– Und trotzdem wird es dir leidtun.
– Vielleicht wäre es besser für Sie, wenn Sie, der Fuß-baller und Ihre kleine Freundin den Rosenhof jetzt verlassen würden.
– Gar nichts werden wir.
– Haben Sie keine Angst?
– Ich verspreche dir, dafür packe ich dich bei den Eiern.
– Bei den Eiern?
– Ich mache dich fertig.
– Papperlapapp.
– Es reicht.
– Das finde ich auch. Die Polizei hat mich gestern Nacht noch angerufen. Sie haben Anton gefunden. Unglück-licherweise war das, was Sie mir erzählt haben, die Wahrheit.

– Du hast uns deinen Klimt-Verschnitt nur wegen deinem türkischen Spielzeug aufgemalt?

– Wenn Sie nicht abreisen, werden Sie das sehr bereuen, Herr Broll.

– Schneidest du uns dann auf, oder was?

– Ich werde der Polizei sagen müssen, was Sie mir erzählt haben.

– Was habe ich dir erzählt?

– Dass Sie und Ihr Freund Anton von der Straße gedrängt haben.

– Blödsinn, er ist ganz alleine den Hang hinuntergefahren.

– Man wird Lackspuren finden, Sie kennen das ja.

– Hören Sie auf damit.

– Sie packen jetzt Ihre Sachen und verschwinden.

– Ich werde mich jetzt anziehen, hinunterkommen und dir in den Arsch treten.

Max legt auf. Er ist wütend, er spürt, dass alles dabei ist, ihm zu entgleiten, er muss reagieren, er muss Baroni wecken, Leftera. Er muss sie nachhause schicken, sie loswerden, er muss es ihr erklären, dass es ein Fehler war, dass es wunderschön war, dass er es auf keinen Fall wiederholen möchte, dass er noch nicht bereit ist dafür. Er wird sie um Verständnis bitten, er wird ihr erklären, was er fühlt, er wird es tun, aber später. Nicht jetzt. Zuerst muss er duschen, sich waschen, die Striche.

Leise verschwindet er im Bad und reibt ihre Warnung von seinem Körper, Linie für Linie verschwindet, er seift sich ein, schrubbt. Bis nichts mehr da ist von dem, was Wilma Rose ihm sagen wollte. Kein Wort mehr auf seiner Haut. Nichts. Dann zieht er sich an, leise, er will Leftera nicht wecken, er will ihren Augen nicht mehr begegnen, ihren Händen, ihren Fingern, er muss sich aus dem Zimmer schleichen. Die Striche auf ihrem Körper wird er ihr erklären, er wird ihr sagen, dass er es war, dass er sie bemalt hat, als sie schlief. Er wird ihr sagen, dass sie so schön war, dass er alles unterstreichen wollte, jeden Teil von ihr. Irgendetwas wird er sagen, er wird sie bitten, ihm zu verzeihen, seinen plötzlichen Rückzug, die Striche. Dass er einfach ging. Er wird sie dazu bringen, ihm nicht böse zu sein, ihn nicht zu verachten. Sie wird es verstehen. Sie ist in Sicherheit. Die Warnung galt ihm. Nicht ihr.

Leise zieht Max seine Hose nach oben und drückt die Tür ins Schloss.

## Siebzehn

Die Leiche legten sie vorsichtig in den Springbrunnen.

Im Vorbeigehen schoben sie den Plastiksack ins Wasser, Baroni tat, was Max ihm sagte. Er war mitgekommen, er hatte keine Wahl, ein Nein hätte Max nicht akzeptiert.

Wütend war Max ins Schwimmbad gestürzt und hatte Baroni gezwungen mitzukommen, sich aus der Umarmung der älteren Dame zu lösen. Die Pensionistin mit den neuen Brüsten klebte förmlich an Baroni, nur äußerst ungern ließ sie ihre Eroberung ziehen.

Ich will, dass du wieder zurückkommst, sagte sie.

Beeil dich, sagte Max.

In seinem blauen Anzug stand er am Beckenrand und drohte damit, den Fön aus der Garderobe zu holen und ihn ins Wasser fallen zu lassen, wenn Baroni nicht augenblicklich herausstieg. Baroni fügte sich. Er ging mit ihm und tat alles, was von ihm verlangt wurde. Ohne viele Worte fuhren sie zurück ins Dorf und warteten auf die Dunkelheit. Max erzählte ihm, was passiert war, von den Strichen auf seiner Haut, von Wilma Fickinger, was sie zu ihm gesagt hatte. Max war wütend. Er war felsenfest davon überzeugt, dass sie für alles, was passiert war, verantwortlich war, dass es absolut notwendig war zurückzuschlagen, sie nicht ungestraft mit ihrer Malerei und ihrer Drohung davonkommen zu lassen. Max wollte ihr weh tun, er wollte ihr zeigen, dass sie sich mit den Falschen angelegt hatte, Max wollte die Sache zu Ende bringen, er wollte Wilma Fickinger den Wind aus den Segeln nehmen, er wollte ihr zurückgeben, was ihr zweifelsfrei gehörte.

Dass Baroni Zweifel hatte, war ihm egal. Sie warteten, bis alle Lichter ausgegangen waren, bis keiner mehr am Friedhof war, niemand mehr aus Fenstern starrte, sie warteten, bis das Dorf schlief. Dann begannen sie zu graben. Vorsichtig öffneten sie das Grab des Altbürgermeisters, hoben den Sarg und holten den Leichensack wieder nach oben. Die Leiche, die sie vor zwei Monaten verschwinden hatten lassen, das schlechte Gewissen, das seither jeden Tag mit ihnen aufgewacht war. Sie gruben es aus, legten es frei, holten es wieder an die Oberfläche. Ein Plastiksack mit den Überresten irgendeines Flüchtlings, einer Frau, eines Mannes, einem Moldawier wie Vadim. Ohne miteinander zu reden holten sie den Körper nach oben.

Der Gestank war grässlich. Es war nicht nur die Leiche im Sack, es war der Altbürgermeister, der friedlich in dem teuren Eichensarg vor sich hin faulte, er stank bestialisch. Trotzdem taten sie, was getan werden musste. Baroni wusste, dass es sinnlos war, Max zu stoppen, ihn davon abzubringen, er half einfach mit, sie holten den Leichensack nach oben. Wortlos hielten sie immer wieder die Luft an, wortlos zogen sie den Sarg nach oben, wortlos den Leichensack. Dann ließen sie den Sarg mit dem stinkenden Altbürgermeister wieder nach unten und gruben zu. Sie spritzten den Leichensack mit dem Gartenschlauch ab, sie befreiten ihn von der Friedhofserde, von Spuren, die zu ihnen hätten führen können. Sie taten alles, was notwendig war.

Immer wenn Baronis Zweifel doch lauter wurden, wenn er kurz davor war, alles hinzuwerfen und davonzulaufen, schaute Max ihn mit strengen Augen an.

Denk nicht einmal daran, sagten sie.

Das ist doch Wahnsinn, flüsterte Baroni und half Max, den Sarg mit dem Altbürgermeister wieder nach unten zu lassen. Wie ein eingespieltes Team arrangierten sie alles wieder so, wie es vorher gewesen war, sie lösten die Schalungen, warfen Erde nach unten, sie schlossen das Grab und setzten die Blumen wieder an ihren Platz. Alles war genau so, wie es vorher gewesen war, niemand würde bemerken, dass das Grab noch einmal geöffnet worden war. Alles funktionierte reibungslos, jeder Handgriff, alles, was sie taten, wirkte koordiniert und geplant, es war fast so, als würden sie täglich Gräber öffnen und wieder schließen, Blumen arrangieren, Verbrechen verbergen. Wie unter Strom waren sie, Adrenalin schoss durch ihre Körper, die stinkende Leiche lag neben ihnen.

Vorsichtig luden sie sie auf eine Schubkarre, bedeckten sie mit einer Plane und schoben sie über den Friedhof. Anschließend legten sie sie auf die Ladefläche des Pritschenwagens, sie verbargen den Leichensack und den Geruch, so gut sie es konnten, mit Plastikfolie und Decken. Dann fuhren sie zurück zum Rosenhof und warteten.

- Und was jetzt?
- Wir warten.
- Und was, wenn uns jemand gesehen hat?
- Es hat uns niemand gesehen.
- Wie kannst du dir nur so sicher sein?
- Bitte, mein lieber Baroni, du musst dich endlich einmal bemühen, die ganze Sache positiv zu sehen.
- Was kann man hier positiv sehen, wir sind ständig umgeben von Leichen, die Fickinger will dich und deine Bumsmaus aufschneiden, und unser Vadim ist kurz davor, zum Organspender zu werden.

- Leftera ist keine Bumsmaus.
- Wo ist er überhaupt?
- Ich weiß nicht, wo sie ist, aber Bumsmaus ist sie bestimmt keine.
- Wo Vadim ist, will ich wissen, Max, wir dürfen ihn nicht so lange alleine lassen.
- Das ist ein Scherz, oder? Du hast den ganzen Tag mit der alten Oma herumgemacht, und jetzt willst du mir sagen, wir dürfen ihn nicht so lange alleine lassen?
- Sagst du mir jetzt bitte, wo er ist?
- In seinem Zimmer, ich habe ihm gesagt, er soll die Türe absperren und dort bleiben, bis wir ihn abholen.
- Sie ist erst dreiundsechzig.
- Wer?
- Die alte Oma.
- Baroni, unser alter Seniorenbumser.
- Sie ist wunderschön.
- Sie ist reich.
- Das auch.
- Du hast das Geld gerochen, gib's zu.
- Gar nichts hab ich.
- Doch, hast du.
- Sie war geil, ich war geil.
- Sie könnte deine Mama sein.
- Idiot. Sie ist nur fünfzehn Jahre älter als ich.
- So alt bist du schon?
- Depp.
- Die wartet sicher schon in deinem Zimmer auf dich.
- Und?
- Die macht dich fertig.
- So wie dich deine kleine Bumsmaus, oder?
- Blödsinn.
- Wie gesagt, ich find's gut.
- Aber ich nicht.

- Warum nicht?
- Ich kann das noch nicht.
- Doch, Max, du kannst.
- Ich will nicht, verstehst du.
- Spielst du lieber mit Leichen, oder was?
- Hanni.
- Jetzt lass endlich gut sein, Max, bitte, das Leben geht weiter.
- Du hast leicht reden.
- Mein Leben ist richtig im Arsch, Max, nichts ist leicht. Und trotzdem muss es irgendwie weitergehen, oder?
- Bravo, Baroni.
- Was?
- Du siehst endlich mal etwas positiv.

Beide lächelten. Beide wussten, dass das, was sie getan hatten, und das, was sie vorhatten, einem Himmel-fahrtskommando gleichkam. Trotzdem taten sie es.

Über zwei Stunden lang blieben sie im Wagen sitzen, so lange, bis alle Lichter in den Zimmern zum Garten ausgingen. Bis niemand mehr da war, keiner, der hätte sehen können, was sie im Vorbeigehen in den Brunnen warfen.

Augen zu und durch, sagte Baroni.

Augen zu und durch, wiederholte Max.

Leise trugen sie den Körper über den Parkplatz, über ein kleines Rasenstück hin zu einem Springbrunnen, der unter einem Kastanienbaum im Dunkel lag. Mit zusammengekniffenen Nasen verabschiedeten sie sich von dem Gestank, von dem Körper, von dem armen Kerl, der zum Glück nichts mehr von dem mitbekam, was mit ihm passierte.

Fast lautlos glitt der Körper ins Wasser. Ein kleines Plätschern hörte man, sonst nichts.

## Achtzehn

Max und Baroni in Liegestühlen am Pool.

Weiße Bademäntel. In den Händen Teetassen, der Blick auf den Springbrunnen ist frei.

– Das kann doch nicht sein, dass niemand in den beschissenen Brunnen schaut.
– Geduld, Baroni, Geduld.
– Sollen wir ihnen einen anonymen Tipp geben, oder was? Wir können nicht den ganzen Tag hier sitzen.
– Warum nicht, hast du noch was vor?
– Ich will, dass die Leiche gefunden wird, und dass das ganze Drama ein Ende hat, ich will zurück in meinen Würstelstand.
– Echt?
– Ja, echt.
– Und deine neue Bekanntschaft?
– Was soll mit ihr sein?
– Warst du noch bei ihr gestern?
– Ich war noch bei Vadim.
– Und?
– Er sagt, er hat den ganzen Tag geschlafen.
– Gut so.
– Er hat sich dauernd bedankt, er hat nicht damit aufgehört.
– Armer Kerl.
– Was machen wir mit ihm?
– Im Zimmer ist er sicher.
– Ich meine, wenn das hier vorbei ist.
– Ich weiß es nicht.
– Du hast gesagt, wir kommen heil aus dieser Sache heraus.

- Ja, das habe ich.
- Wie soll das gehen, Max? Die blinden Vollidioten hier sind nicht einmal in der Lage, die Leiche zu finden.
- Wie gesagt, Baroni, Geduld, die Polizei wird hier bald aufräumen.
- Tilda?
- Ja.
- Sie wird sich wundern, Max.
- Dann wundert sie sich halt.

Gelassen nippt Max an seinem Tee. Die Sonne scheint in sein Gesicht, eine Mitarbeiterin spannt Sonnenschirme auf. Alles ist ruhig, das Leben ist still am Rosenhof, nichts stört die teuer bezahlte Ordnung, ein Millionär nach dem anderen kommt in den Garten. Sie legen sich unter den Alpenhimmel, sie lassen ihre Wunden verheilen, die Silikonkissen in ihren Körpern ankommen, sie baden ihre gestrafften Häute, wärmen ihre fettentleerten Bäuche und Schenkel. Baroni und Max mitten unter ihnen. Wie ihre Augen nach etwas Besonderem suchen, nach jemandem, der mehr will als künstliche Brüste oder ein Lifting. Irgendjemand hier will Vadims Organe, sein Herz vielleicht, seine Leber, seine Nieren, irgendetwas von ihm, das sein Weiterleben garantiert. Ein neues Leben auf Bestellung, unkompliziert, komfortabel, Wilma Rose macht es möglich. Max weiß es. Sie ist verantwortlich für die Leiche im Brunnen, für die Nähte, für den Gestank, für alles, was passiert ist, Wilma Rose. Wilma Fickinger.

Wie arrogant sie zu ihnen herüberschaut. Wie sie den Kopf schüttelt, weil Max ihr zuwinkt. Sie versteht es nicht, warum Max und Baroni immer noch da sind, warum sie nicht gegangen sind, warum sie die Warnung nicht ernst genommen haben. Baroni wendet seinen Blick irritiert von ihr ab, er kann sie nicht ansehen, er hat Angst vor ihr, er hat Angst vor dem, was sie getan haben könnte, vor dem, was sie noch tun wird. Er flüstert.

- Du denkst wirklich, dass sie für alles verantwortlich ist?
- Hundert Prozent.
- Dann ist ihr aber auch zuzutrauen, dass sie euch wirklich aufschneidet, Max.
- Das wird nicht passieren.
- Warum nicht?
- Weil die nigerianische Küchenhilfe da drüben eben unsere Brunnenleiche entdeckt hat.

Die Küchenhilfe schreit und rennt mit erhobenen Händen zurück ins Haus. Alles nimmt seinen Lauf. Neugierige Gäste in Bademänteln verfolgen, was passiert. Wilma Rose traut ihren Augen nicht. Niemand tut das. Was sie sehen, übersteigt alles, was sie sich vorzustellen bereit sind. Dass da im Wasser eine Leiche liegt, dass durch den Plastiksack Haut schimmert, dass sich ein Körper abzeichnet, ein Kopf, es ist unfassbar, sie flüstern, sie tuscheln, sie halten sich die Hände vor die Münder, Angestellte und Gäste, alle. Auch Max und Baroni stehen auf, sie folgen den anderen, sie stellen sich in die Reihe, sie stellen dieselben Fragen wie alle anderen, sie sind erstaunt wie sie, schockiert und entsetzt wie sie. Kurz nur, dann gehen sie wieder zurück zum Pool und bestellen Tee. Von ihren Liegen aus verfolgen sie das Drama, beobachten das Chaos, das ausbricht, das Entsetzen, das sich breitmacht. Seelenruhig verfolgen sie das Treiben, sie schauen zu, wie der Bereich um den Brunnen von Hotelmitarbeitern abgesperrt wird, sie schauen zu, wie sie aufgeregt durcheinanderrennen, telefonieren, wie sie nicht begreifen, was passiert, welches Unglück über den Rosenhof hereingebrochen ist.

- Jetzt geht die Post ab, Baroni.
- Schau, da kommen die Bullen.
- Das volle Programm, nehme ich an. Tilda, die Spurensicherung, der Gerichtsmediziner und Leftera.
- Schon wieder die Bumsmaus.
- Die nehmen den Laden jetzt auseinander, schon wieder eine abgelegte Leiche, ein halbverwester Körper in einer Schönheitsklinik, das kommt richtig gut.
- Es ist so schön, dass du mein Freund bist, Max.
- Weil ich mit dir Bambustee trinke, oder was?
- Deshalb auch.
- Warum noch?
- Weil du völlig verrückt bist.
- So wie du, mein lieber Baroni.
- Genau so ist es, mein Freund.

# Neunzehn

Tilda verstand es nicht.

Dass Max und Baroni in Bademänteln am Einsatzort saßen, dass sie überhaupt da waren. Dass hier in der Provinz, in der sie nun schon seit dreißig Jahren lebte, und in der seit dreißig Jahren fast nichts passiert war, schon wieder ein Toter auftauchte, eine bereits stark verweste Leiche, ein aufgedunsener, fauliger Körper in einem Leichensack, vermutlich wieder aufgeschnitten und zugenäht, wieder an einem Ort, an dem niemand damit gerechnet hätte. Tilda schüttelte nur den Kopf. Ununterbrochen, sie murmelte vor sich hin, sie fluchte. Max wusste, dass sie nichts lieber getan hätte, als sich in einem Bademantel neben sie zu legen, Tilda hätte mit jedem getauscht in dem Moment, als sie die Leiche aus dem Brunnen zogen und den Reißverschluss leicht öffneten. Sie wollten sehen, ob da wirklich wieder eine Leiche war, ob das Grauen sich tatsächlich wieder breitgemacht hatte. Alle rümpften die Nasen, hielten sie zu, drehten sich weg, sie machten drei Schritte zurück, sie ekelten sich. Nur Leftera nicht.

Sie stand bei der Leiche und rührte sich nicht. Sie machte ihre Arbeit, souverän, ohne Zögern, gemeinsam mit dem Gerichtsmediziner untersuchte sie den Sack, sie verhinderten, dass die Leiche am Rosenhof ausrann. Keine Regung war in ihrem Gesicht, während Tilda sich beinahe übergeben musste und rasch hinter die Absperrung ging, die die Polizisten errichtet hatten, um sich in den Liegestuhl neben Max zu setzen. Es war ihr egal, was man über sie denken mochte, sie brauchte eine Minute für sich, zwei Minuten, sie nahm sie sich. Tilda Broll war müde. Tilda Broll wollte das nicht mehr riechen, sie wollte nichts mit dem zu tun haben, sie legte sich zurück und streckte ihre Beine aus, mit einem leisen Stöhnen schmiegte sie ihren Kopf in den weichen Polster.

– Ich nehme an, es ist sinnlos, dich zu fragen, warum du schon wieder genau dort bist, wo eine Leiche gefunden wird?
– Nein, ist es nicht.
– Eigentlich ist es mir auch scheißegal, Max.
– Ich sagte, dass es nicht sinnlos ist, mich zu fragen.
– Dir Ratschläge zu erteilen ist ohnehin sinnlos.
– Frag mich doch.
– Du sollst dich nicht in Gefahr bringen, Max, dich nicht, Baroni nicht, niemanden. Du sollst zurück auf deinen Friedhof gehen und ein Buch lesen, du sollst deine Finger von diesem Wahnsinn lassen.
– Du sollst mich jetzt endlich fragen, was hier los ist.
– Ich kann nicht mehr auf dich aufpassen, Max, ich habe keine Kraft mehr. Ich kann nicht mehr, Max.
– Ich werde mit dem Innenminister reden.
– Was wirst du?
– Der Innenminister, er wird hier sicher bald auftauchen, er ist an dem Laden beteiligt.
– Was machst du hier, Max?
– Egal, wie unwahrscheinlich das für dich alles klingen wird, du musst mir jetzt einfach glauben.
– Was, Max?
– Es geht um die Organe, Tilda.
– Was du nicht sagst. Ich musste bei der Obduktion anwesend sein, ich weiß, dass es um die Organe geht, Max. Leider.
– Dann weißt du sicher auch, dass sie hier entnommen wurden. Und auch hier transplantiert, dass irgend-

welche reichen Russen sich hier neue Herzen einsetzen lassen. Transplantationstourismus, verstehst du?

– Was redest du da?

– Es gibt keinen Zweifel.

– Blödsinn, Max.

– Kein Blödsinn, Baroni wird dir nichts anderes sagen. Du musst den Laden auseinandernehmen.

– Du schaust dir zu viel Schwachsinn im Fernsehen an, Max.

– Glaub mir einfach, bitte.

– Glauben ist in meinem Beruf zu wenig, Max. Wenn du willst, dass ich diesen Unsinn ernst nehme, dann brauche ich Beweise.

– Wilma Rose ist dafür verantwortlich, dass da eine ausgeweidete Leiche im Brunnen liegt.

– Wilma Rose?

– Ja, die Fickinger.

– Max, noch mal, ich weiß nicht, was du mit all dem zu tun hast, und ich will es auch gar nicht wissen, aber bitte, mach mir mein Leben nicht noch schwerer, als es ohnehin schon ist.

– Das mache ich nicht, Tilda, im Gegenteil.

– Ich kann euch nicht zwingen, von hier zu verschwinden, Max, aber ich will euch auch nicht im Gefängnis besuchen müssen. Hast du das verstanden?

– Warum Gefängnis? Was redest du? Ich will dir helfen, deinen Fall zu lösen, ich serviere dir deinen Täter im Liegestuhl, und du redest davon, uns im Gefängnis zu besuchen.

– Es reicht, Max. Bis hierher und nicht weiter. Ab jetzt kann ich nichts mehr für dich tun.

– Was soll das, Tilda?

– Ich habe euch gesehen gestern Nacht.

Mit einem besorgten Blick zurück geht sie. Auf die Rufe von Max reagiert sie nicht, als er aufspringt, ihr nachrennt und mit ihr reden will, schiebt sie ihn von sich, sie drückt ihn weg.

Nein, sagt sie.

Bitte, sagt Max und versucht es weiter. Aber Tilda bleibt dabei, sie will nicht mehr darüber reden, darüber, was sie gesehen hat, was sie nicht gesehen hat.

Max kann es nicht fassen. Dass da wirklich noch jemand wach war, dass jemand sie gesehen hat, dass es nicht verborgen geblieben war, was sie vertuschen wollten. Schlimmer noch. Tilda hat sie mit der Leiche gesehen, sie macht sich Gedanken, ihre Phantasie kann mit ihr durchgehen, sie wird nicht wissen, was es in Wirklichkeit zu bedeuten hat. Max will es ihr erklären, er will ihr alles erzählen, er will nicht, dass sie denkt, er hätte etwas mit dem Tod dieser Menschen zu tun. Dass sie sich unnötig sorgt, dass ihr Leben noch schwerer wird, als es ohnehin schon ist.

Ich muss mit dir reden, sagt Max.

Ich will nichts davon wissen, sagt Tilda und geht hinter die Absperrung.

Max bleibt zurück. Er schaut ihr nach, beobachtet das Treiben, die Spurensicherung, all die Beamten, wie sie fotografieren, sich Notizen machen, telefonieren, wie Leftera und der Gerichtsmediziner über der Leiche knien. Ein Spektakel, der Rosenhof im Ausnahmezustand. Wilma Fickinger am Rande eines Nervenzusammenbruchs, mit Händen und Füßen bemüht, den Schaden zu begrenzen. Wie rot ihr Gesicht ist, wie sie schäumt vor Wut, beinahe übergeht, wie sie Max am liebsten umbringen würde, mit Blicken, in Gedanken, brutal und wild. Er spürt es. Ihre wütenden Augen verraten es, am liebsten würde sie einfach die Stopptaste drücken und den ganzen Dreck wegwischen.

Max weiß nicht, was er tun soll, er steht neben anderen Gästen in Bademänteln und schaut zu, wie sie versuchen, Fußabdrücke zu finden, Spuren, irgendetwas, das ihnen sagt, wer diese Leiche hier abgelegt hat. Max hadert. Er muss mit ihr reden, er muss ihr die Wahrheit sagen, alles, er muss. Und er muss es jetzt tun. Entschlossen bricht er unter der Absperrung durch und stürmt auf sie zu, er packt Tilda am Arm und zieht sie mit sich.

Du musst dir das jetzt anhören, sagt er und bleibt hundert Meter oberhalb des Rosenhofes stehen. Von unten sieht man nur einen Mann im Bademantel, wie er wild gestikuliert, wie er unruhig von einem Bein auf das andere tritt, und man sieht eine Frau, die ruhig dasteht und nur den Kopf schüttelt.

Immer wieder geht er hin und her, er umkreist sie, er redet um sein Leben. Tilda kann nicht fassen, was Max ihr erzählt, mit ihrem Kopfschütteln will sie es ungeschehen machen, es auslöschen, sie will es nicht glauben, sie kann nicht. Dass Max und Baroni das mit den Leichen gemacht haben. Das Rennen im Supermarkt, die erste Leiche, das Geld, jetzt der verweste Körper im Brunnen. Immer im selben Rhythmus bewegt sich Tildas Kopf hin und her, immer wieder fragt sie nach, will Details hören, sie will herausfinden, ob der Irrsinn, den Max erzählt, wahr ist, ob ihr Sohn tatsächlich dumm genug war, sich metertief in die Scheiße zu reiten.

Tilda flucht. Sie muss das erst verdauen, sie muss überlegen, was zu tun ist, wie sie reagieren soll, wie sie das Schlimmste verhindern kann. Wie sie Max und

Baroni aus der Sache heraushalten kann. Max weiß, dass sie ihm helfen will, dass sie bereits dabei ist, einen Ausweg zu suchen, er kennt sie, sie würde alles für ihn tun. Immer weiter fragt sie, immer weiter schüttelt sie den Kopf, immer tiefer fragt sie sich in den Wahnsinn, der sich von Minute zu Minute mehr auftut. Sie beginnt Max zu glauben, sie will es nicht, aber sie muss es. Und sie hasst ihn dafür, sie packt ihn bei den Schultern und schüttelt ihn. Baroni kann es sehen. Alle können es sehen. Kriminalhauptkommissarin Tilda Broll, wie sie ihren Stiefsohn im Bademantel zurechtweist, wie sie ihm den Kopf wäscht, wie sie plötzlich auf ihn einredet, wie es vom einen Moment zum anderen aus ihr herausbricht, ihre Wut, ihr Abscheu, ihre Zweifel. Obwohl sie spürt, dass Max die Wahrheit über die Leichen sagt, will sie nicht wahrhaben, dass Wilma Rose mit all dem etwas zu tun hat, sie will nicht glauben, dass Max mit seinem Verdacht Recht hat. Sie will, dass es nicht wahr ist, nichts davon. Die Geschichte vom türkischen Anton, Vadim, der Rosenhof, ein illegales Transplantationszentrum. Tilda will nicht, dass sich dieses schwarze Loch auftut, dass sie erneut von etwas Furchtbarem nach unten gezogen wird. Sie will es nicht. Nicht daran glauben, was Max sagt. Sie will es von sich schieben. Sie will im Friedhofsgarten sitzen, sie will nichts davon wissen. Gar nichts.

Das sind alles nur Vermutungen, sagt sie.

Keine Beweise, sagt sie.

Zufälle, sagt sie.

Was bist du nur für ein Kind, sagt sie.

Max ärgert sich. Er wehrt sich. Er redet auf sie ein. Er will, dass sie ihm endlich wirklich zuhört, dass sie sich in Bewegung setzt, er will, dass sie die Operationssäle durchsucht, dass sie mit den anderen Ärzten spricht, mit den OP-Schwestern, er will, dass sie Wilma Rose ans Kreuz nagelt, jetzt. Auf der Stelle. Max nimmt ihre Hand.

Bitte, sagt er. Fünf Minuten.

Nein, sagt sie.

– Du solltest dich jetzt besser ganz still in deinen Liege-stuhl legen und hoffen, dass meine Leute nichts fin-den, was zu dir führt.
– Das werden sie nicht.
– Sei dir nicht zu sicher, vielleicht hat euch ja noch jemand gesehen, vielleicht finden sie einen Finger-abdruck, vielleicht Fußabdrücke. Du hast es über-trieben, Max, das kann ins Auge gehen.
– Wird es nicht. Aber du musst jetzt mit mir zu Vadim kommen. Er wird dir bestätigen, was ich dir erzählt habe. Wenn du mir schon nicht glaubst, dann ihm. Er sitzt da oben in seinem Zimmer, er ist die nächste Leiche, verstehst du.
– Das ist doch alles Unsinn, Max.
– Die ausgeweideten Körper, Baronis Tochter, ihr Freund ein Schlepper, der am Rosenhof arbeitet, die Leiche im Brunnen, das ist kein Unsinn.
– Ihr habt die Leiche hier abgelegt.
– Abgelegt ja, aber nicht ausgenommen.
– Das alles muss nichts miteinander zu tun haben, Max.
– Doch, hat es. Komm mit, bitte.
– Ich muss zurück an den Tatort, Max.
– Das bist du mir schuldig.
– Was willst du damit sagen?
– Ich will, dass du mir vertraust, genauso wie ich dir vertraue.
– Scheiße, Max, ich kann nicht.

– Doch, Tilda, du kannst. Fünf Minuten. Wir gehen
  zu Vadim und du redest mit ihm. Wenn du mir dann
  immer noch nicht glaubst, dann lege ich mich in
  meinen Stuhl und bin für immer still.

–

– Bitte.

– Von mir aus.

Tilda und Max. Sie gibt ihren Kollegen Bescheid, dann
geht sie mit Max. In die Halle, in den ersten Stock. Sie
steht neben ihm, während er an die Zimmertüre klopft.
Tilda. Wie sie ungeduldig auf die Uhr schaut. Wie Max
Vadims Namen ruft, wie er seine Hand immer fester
gegen die Tür schlägt, wie er Tilda bittet, auf ihn zu
warten. Wie er zur Rezeption rennt und den Zimmerschlüssel an sich reißt. Wie er zurück nach oben kommt.
Wie Tilda wieder beginnt, ihren Kopf zu schütteln. Wie
er aufsperrt und ins Zimmer stürmt.

## Zwanzig

Von Vadim fehlte jede Spur.

Er war weg. Sein Zimmer war unberührt, die Betten gemacht, das Bad blitzblank, nichts hätte verraten, dass Vadim jemals hier gewesen war. Da war nichts. Nur ein leeres Zimmer und Tildas Gesicht, das sagte, sie wolle nichts mehr davon hören, kein Wort.

Max hätte in diesem Moment alles getan, um die Sache mit den Leichen ungeschehen zu machen. Wie sie ihn anschaute, kurz bevor sie sich von ihm wegdrehte und nach unten ging. Max schämte sich, laut schrie es in ihm, laut verfluchte er jeden Augenblick, der ihn an diesen Punkt gebracht hatte. Laut. Innerlich. Wie ein dummer Schuljunge stand er in dem leeren Hotelzimmer. Beschämt und wütend, hilflos. Max wusste, dass es sinnlos war zu versuchen, Tilda weiter davon zu überzeugen, dass in diesem Haus Organe verkauft wurden, dass Menschen sterben mussten, weil andere Menschen dafür bezahlt hatten. Tilda wollte nichts mehr davon wissen, sie wollte keinen Hirngespinsten hinterherlaufen, sie wollte Dienst nach Vorschrift. Mehr nicht. Sie würde mit Wilma Rose reden, mit den Mitarbeitern, mit den Gästen, alle würden befragt werden, die Polizei würde alle in den Speisesaal bitten, oder ins Kaminzimmer, nacheinander würde sie alle befragen, alle peinlich berühren, schnell, ohne großes Aufsehen, weil mittlerweile jeder wusste, dass der Innenminister Miteigentümer des Rosenhofes war.

Dienst nach Vorschrift. Dienst unter besonderer Rücksichtnahme auf besondere Verhältnisse. Max wusste, wie das funktioniert, wenn Politiker Einfluss nehmen. Ein Schulterklopfen da, eines dort, eine Anweisung hier, eine da. Max stand in dem Zimmer und wusste, dass niemand nach Vadim suchen würde, nach Spuren, die seine Theorie belegen würden.

Keine Beweise, hatte Tilda gesagt.

Während draußen die Arbeit der Kripo weiterging, durchkämmten Max und Baroni den Rosenhof. Aber Vadim blieb verschwunden. Niemand hatte ihn gesehen, niemand wusste etwas, Vadim war einfach nicht mehr da. Sie durchstreiften jedes Stockwerk, sie drängten sich hinter Türen, sie durchsuchten Räume, aus denen sie freundlich, aber bestimmt wieder hinausbegleitet wurden. Sie durchsuchten jeden Winkel des Hauses, sie schlichen in den Personaltrakt, sie stöberten im Keller, sie störten Beautybehandlungen und platzten in eine Fettabsaugung. Doch keine Spur von Vadim. Absolut nichts. Es war so, als hätte es ihn nie gegeben. Auch die Hotelgäste, die vor zwei Tagen mit ihnen getrunken hatten, wollten sich nicht an ihn erinnern. Sie spürten, dass es unangenehm für sie werden hätte können, die Polizei im Haus machte ihnen Sorgen, sie wollten nirgendwo mit hineingezogen werden, sie wollten ihre Ruhe, sie verkrochen sich in ihren Zimmern und ließen den Sturm vorüberziehen. Sogar Baronis Eroberung zog es vor zu schweigen, allein die Frage nach Vadim ließ sie alle Rollläden herunterlassen.

Ich habe Migräne, sagte sie, strich Baroni mit ihren Fingern über die Wange und machte ihre Zimmertüre zu.

Niemand konnte helfen. Niemand außer dem Personal und Wilma Rose, aber keiner von ihnen half. Das Personal schwieg, und Wilma Rose lächelte nur. Auf die Frage, wo sie Vadim hingebracht hatte, grinste sie. Es war so, als würde die Welt einen Moment lang stillstehen, einen kleinen Moment, in dem Wilma Rose ein-

mal kurz noch ihre Überlegenheit spürte, einen kleinen Moment, in dem sie siegte.

Kein Wort sagte sie. Da war nur dieses Grinsen.

Wilma Rose stand vor den beiden Männern in ihren
weißen Bademänteln. Max und Baroni. Wie sie es am
liebsten herausgeprügelt hätten, wie sie den mittlerweile mit einem Hubschrauber eingeflogenen Innenminister am liebsten im Klo versenkt hätten.

## Einundzwanzig

- Ist ja schon gut, ich bin's nur.
- Ach du Scheiße.
- Das ist ja eine schöne Begrüßung.
- Was machst du hier?
- Ich will ihn in den Mund nehmen.
- Warte.
- Worauf denn?
- Du hast mich zu Tode erschreckt.
- Und trotzdem steht er.
- Er steht nicht.
- Doch, tut er.
- Finger weg.
- Du bist süß, wenn du dich erschreckst.
- Und du hast Glück, dass ich dich nicht erschossen habe.
- Du hast eine Waffe?
- Nein, aber ich hätte eine haben können.
- Du bist ja reizend heute.
- Wie bist du überhaupt ins Zimmer gekommen?
- Über die Terrasse. Die Tür stand offen. Sehr unvorsichtig von dir, wenn man bedenkt, was heute los war.
- Du kannst nicht einfach hier einsteigen.
- Wenn du nicht zu mir kommst, muss ich zu dir kommen.
- Hör endlich mit der Fummelei auf.
- Das geht nicht, ich träume schon den ganzen Tag davon.
- Du bist völlig verrückt.
- Das könnte ich von dir auch behaupten, nachdem du mich von oben bis unten angemalt hast.

- Oh.
- Ich habe mich zwar sehr gewundert, aber ich fand's gut. Das hat noch keiner mit mir gemacht.
- Es tut mir leid, ich wollte es dir erklären heute, aber du warst so beschäftigt mit der Brunnenleiche, ich wollte dich nicht bei der Arbeit stören.
- Das muss dir nicht leidtun, Max.
- Es ist mit mir durchgegangen, ich wollte das eigentlich gar nicht, aber da war dieser Stift. Und du warst so schön. Und dann habe ich angefangen. Ich ...
- Vergiss es, Max. Fick mich lieber.
- Ich kann nicht.
- Gefalle ich dir nicht mehr?
- Doch, du gefällst mir.
- Du hast Probleme mit deiner Mutter?
- Nein, warum?
- Du hast dich mit ihr gestritten.
- Das war nicht so wichtig.
- Hat aber wichtig ausgesehen. Sie war ziemlich durcheinander während der Obduktion.
- Tilda hat das mit der Entführung im vergangenen Jahr noch immer nicht verdaut, sie kann nicht mehr. Sie will keine Leichen mehr sehen, verstehst du.
- Aber du lässt keine aus, so wie es aussieht.
- Wie meinst du das?
- Zuerst schnüffelst du im Obduktionssaal herum, und jetzt liegst du zufällig hundert Meter neben dem Fundort im Liegestuhl. Steht dir übrigens sehr gut, der Bademantel. Fast so sexy wie der blaue Anzug.
- Alles Zufall.
- Was?
- Dass ich hier war. Oder dass hier wieder eine Leiche abgelegt wurde.

- Was sonst?
- Was meinst du?
- Was sollte es sonst sein, außer Zufall?
- Ich dachte, du willst ihn in den Mund nehmen.
- Das heißt, ich soll still sein, oder was?
- Nein.
- Was denn dann?
- Ich würde gerne wieder zurück an den Strand.
- Dort erfährst du aber nicht, was hinter den Kulissen passiert.
- Was passiert hinter den Kulissen?
- Sie drehen alle durch.
- Wer?
- Alle. Seit der Innenminister aufgetaucht ist, sind sie noch wichtiger als sonst, der Gerichtsmediziner, die Leute von der Kripo. Nur deine Mutter verbiegt sich nicht.
- Der Minister macht Druck?
- Der Minister ist ein Arschloch.
- Dem Minister gehört der halbe Laden hier.
- Der Minister ist ein korrupter Drecksack, der hat sich hier mit einem Haufen Schmiergeld eingekauft, der Junge hat richtig Dreck am Stecken.
- Kann schon sein.
- Ich weiß, dass es so ist.
- Ich glaube, dass die Chefin hier etwas mit dem Ganzen zu tun hat.
- Die Fickinger?
- Du weißt, wie sie heißt?
- Jeder weiß das.
- Ich glaube, sie hat die drei Moldawier auf dem Gewissen.
- Moldawier?
- Oder Albaner oder Weißrussen oder was weiß ich.

- Es gibt keine Hinweise auf die Herkunft der Toten.
- Ich rate nur. Ist ja auch egal, woher sie kommen, ich will nur sagen, dass ich glaube, die Fickinger hat ihre Finger da im Spiel.
- Glaube ich nicht.
- Warum nicht?
- Die ist nicht schlau genug.
- Wofür?
- Um die Organe zu verkaufen.
- Wie schlau muss man dazu sein?
- Keine Ahnung. Jedenfalls schlauer als sie, die ist zu oberflächlich für so etwas. Schau sie dir doch an.
- Und trotzdem glaube ich, dass sie die Sau ist in diesem Misthaufen.
- Und wenn sie es ist?
- Mache ich sie fertig.
- Das ist die kriminalistische Ader in der Familie, oder? Ihr könnt die Finger nicht vom Verbrechen lassen, was?
- Möglich.
- Max Broll, der Hobbydetektiv.
- Mach dich nur lustig, du wirst schon sehen.
- Bestimmt, Max, ich bin mir sicher, dass du das Ganze aufklären wirst.
- Schluss jetzt. Sag mir lieber, ob es etwas Neues gibt.
- Nichts, mein Hase. Wir wissen weniger als nichts. Wieder keine Spuren, wieder haben Organe gefehlt, diesmal die Nieren, eine unbekannte Frau Mitte dreißig, fortgeschrittene Verwesung.
- Widerlich, oder? Ist mir ein Rätsel, wie du das kannst.
- Was?
- Diesen Sack öffnen, sie da herausholen.
- Ist mir auch ein Rätsel, wie du das schaffst.
- Was?

– Mit mir über Leichen zu reden und trotzdem eine Erektion zu haben.

– Ich habe keine Erektion.

– Was ist das dann?

– Ich kann das noch nicht, Leftera. Du musst das verstehen.

– Schaut aber gar nicht so aus, als würdest du das noch nicht können.

– Ich will nicht, dass du dich in mich verliebst.

– Ich wollte dir nur einen blasen, Max.

– Im Ernst.

– O. k., ich wollte ihn nur anblasen, und dann wollte ich dich reiten. Deshalb bin ich hier. Nur deshalb, versprochen.

– Ich wollte dir nicht aus dem Weg gehen heute, ehrlich.

– Was soll das jetzt?

– Ich mag dich, aber es fühlt sich nicht richtig an.

– Max?

– Was?

– Halt jetzt die Klappe.


Wild und laut. Max hat keine Wahl mehr. Leftera drückt ihm eine Hand auf den Mund. Sie nimmt ihn einfach. Lässt ihn nicht mehr zu Wort kommen. Sie verschluckt ihn, seine Zweifel, alles, was ihn treibt. Da ist nur sie, ihre Haut, ihr Körper, ihr Mund, wie er schreit und stöhnt.

Nicht so laut, flüstert Max.

Darauf geschissen, sagt sie und stöhnt weiter.

Leftera reitet das Pferd. Sie galoppiert, sie springt, sie trabt, sie nimmt die Peitsche, sie schreit, sie schwitzt, sie weckt alle im Umkreis von fünfhundert Metern auf.

Sie tut es einfach. Wild und laut, weil sie ihn will. Max, jetzt.

Wie er unter ihr liegt. Wie er seine Augen geschlossen hält, sich nicht rührt, sich an ihren Brüsten festhält. Wie er sich in sie ergießt und sie trotzdem weiterreitet. Immer weiter. Wie sie ihn anspuckt, ihm ihren Speichel wieder aus dem Gesicht leckt, wie laut sie ist, ohne Grenze, ohne Hemmung. Wie Max sich plötzlich wünscht, dass es still ist. Dass sie endlich liegen bleibt auf ihm. Dass sie absteigt. Wie sehr sich das Pferd nach dem Meer sehnt. Nach dem grünen Plastikstuhl.

Max, wie er daliegt. Wie er die Brandung hört, das Rauschen.

Sonst nichts mehr.

## Zweiundzwanzig

Die Suche nach Vadim war erfolglos geblieben.

Nachdem die Polizei das Gelände mit der Leiche verlassen hatte, kam der Rosenhof sehr schnell zur Ruhe. Alle verkrochen sich in ihren Zimmern, es war so, als wollten sie sich in Sicherheit bringen. Das Abendessen ließen viele der Gäste einfach ausfallen, die betretenen Gesichter der Mitarbeiter und allen voran das von Wilma Rose lud nicht dazu ein, sich länger als nötig im Speisesaal aufzuhalten. Auch Max und Baroni zogen sich zurück. Sie waren ratlos und enttäuscht. Ratlos, weil sie sich nicht erklären konnten, wo Vadim verschwunden war, und enttäuscht, weil Tilda Max' Verdacht nicht nachgegangen war. Niemand kümmerte sich um Wilma Rose, keiner stoppte sie. Alles war immer noch in Unordnung, nichts hatte sich zum Guten gewendet, im Gegenteil.

Vadim war verschwunden, sie hatten alles abgesucht, sie wussten nicht weiter. Nachdem sie über zwei Stunden auf der Terrasse von Max darüber diskutiert hatten, was als Nächstes zu tun war, beschlossen sie, schlafen zu gehen. Der nächste Tag würde Antworten bringen, sagte Baroni.

Hoffentlich, sagte Max und machte das Licht aus.

Dass Leftera danach über ihn kam wie ein Orkan, dass sie ihn mit einem Rennpferd verwechselte, damit hatte Max am allerwenigsten gerechnet. Dass sie nach der Obduktion in sein Zimmer einsteigen würde, dass sie die ganze Nacht bleiben würde, dass sie neben ihm liegen, dass er sie atmen hören würde. Obwohl er es nicht wollte, hat Max es wieder getan. Er hat sie berührt, wieder ist sie in ihn eingedrungen, er hat es zugelassen.

Weil er alleine war, weil sie plötzlich einfach da war, weil sie sich einfach nahm, was sie wollte.

Leftera. Wie sich ihr Brustkorb hebt und senkt. Eine fremde Frau so nah. Ihre Hand liegt auf seinem Bauch, sie schläft.

Max liegt wach. Er konnte nicht einschlafen, so sehr er es auch wollte, aber die tausend Gedanken in seinem Kopf ließen es nicht zu. Leftera hatte sich vor Erschöpfung schwer atmend neben ihn gelegt und war innerhalb von wenigen Minuten eingeschlafen. Seit über einer Stunde dreht er sich hin und her, versucht mit Gewalt, das grelle Licht in seinem Kopf auszumachen, aber es geht nicht. Er kann nicht aufhören, an Vadim zu denken, er macht sich Sorgen, Vorwürfe. Er hat es ihm versprochen.

Wir passen auf dich auf, haben sie zu ihm gesagt.

Jetzt war er außerhalb ihrer Reichweite, sie konnten ihn nicht beschützen, nichts mehr für ihn tun. Vadim war hilflos, und sie waren schuld daran. Er und Baroni. Anstatt ihn im Auge zu behalten, haben sie die Leiche ausgegraben und ein Spektakel in die Wege geleitet. Und wofür? Für nichts. Wilma Rose schläft nach wie vor auf ihrer teuren Matratze und grinst. Die Polizei ist weg, der Innenminister passt auf, dass sie nicht wiederkommt, und Vadim sitzt irgendwo, eingesperrt, verängstigt, kurz davor, aufgeschnitten zu werden.

Drecksau, denkt Max und versucht, das Schnarchen neben sich zu ignorieren. Wilma Rose. Max weiß es. Sie war es. Sie hat Vadim versteckt, irgendwo im Haus, er muss sie finden. Lefteras Schnarchen wird lauter, Max schaut sie an, während er aufsteht. Dass sie auch noch zu schnarchen beginnt, macht ihm Angst. Dass sie sich einfach in sein Bett legt, sich ausbreitet, schläft und schnarcht. So als wäre sie neben ihm zuhause, als wären sie seit Jahren Vertraute. Max zieht sich an. Er will nicht noch eine Stunde wach liegen, er will etwas unternehmen, einen Dominostein umstoßen, damit die Dinge in Bewegung kommen, damit ein Wunder passiert, irgendetwas, das ihm weiterhilft. Max muss ihn suchen.

Der einzige Ort, an dem sie noch nicht waren, ist Wilma Roses Wohnung.

So dumm ist sie nicht, hat Baroni gesagt.

Max hat ihm Recht gegeben. Jetzt aber zweifelt er. Wo soll Vadim sonst sein, sie braucht ihn in der Nähe, sie muss ihn bewachen. Warum nicht? Warum soll sie ihn nicht einfach in ihrem Kleiderschrank versteckt haben? Vielleicht hat sie ihn betäubt und er schläft auf ihrer Couch, vielleicht hat sie ihn geknebelt, gefesselt, vielleicht ist er bereits hirntot, vielleicht ist er nur noch ein Atmen und sonst nichts. Vielleicht.

Lefteras Schnarchen wird lauter. Max zieht seinen Bademantel an und geht aus dem Zimmer. Schnell den Gang entlang, die Stiegen hinauf. Er weiß noch nicht, wie er es anstellen soll, aber er wird in ihre Wohnung eindringen, er wird ihre Türe aufbrechen, irgendwie wird es ihm gelingen. Zur Not wird er einfach läuten. Sie wird ihm aufmachen und er wird sie überrumpeln, er wird an ihr vorbeistürmen und durch die Wohnung rennen, er wird ihn finden. Vadim, lebend.

Barfuß steigt er die Treppe nach oben. Alles schläft, da ist kein Laut im Haus, so als läge der Schock über den Leichenfund auch in dem alten Gebälk, in den Böden und Wänden. Keine Diele knarrt, nichts. Kein Fernseher, kein Radio, kein Laut, nur Max ist wach. Auch hinter Wilma Roses Türe hört man nichts. Max drückt die Türklinke hinunter, leise, niemand hört ihn, niemand sieht ihn, er ist allein. Seine Finger auf der Klinke, sein

Herz pocht, er kann es nicht glauben, die Tür ist offen, nicht versperrt. Er hat keine Zeit zu überlegen, lautlos macht er sie auf und hört hin, ob da ein Geräusch ist, das ihm sagt, er soll rennen, davonlaufen, oder in jedes Zimmer stürmen, um nach Vadim zu suchen, aber da ist kein Geräusch. Nur eine Wohnung im Dunkel, ein Gang, mehrere Zimmertüren.

Egal, was passiert, denkt Max, er hat nur eine Tür aufgemacht, er wird sagen, dass er sich in der Tür geirrt hat, er wird sagen, dass er geglaubt hat, Schreie zu hören, dass er helfen wollte. Er geht weiter. Langsam. So leise er kann, öffnet er Tür für Tür, schnell suchen seine Augen die Räume ab, er sucht Wilma Rose in ihrem Bett, er will sich sicher sein, dass sie schläft, er will wissen, von wo sie kommt, wenn sie aufwacht.

Max schleicht weiter. In keinem der Räume, die er betritt, die er mit schnellen Blicken absucht, ist Vadim oder Wilma Rose. Nur leere Zimmer, das Bad, die Toilette, die Küche und das Schlafzimmer. Auch wenn das Licht nur spärlich durch die Fenster kommt, sieht Max, dass Wilma Roses Bett leer ist, dass sie nicht dort liegt, wo sie liegen sollte. Max geht ganz nah an das Bett heran, aber sie ist nicht da, das Bett ist unberührt. Noch vorsichtiger, noch leiser geht er weiter und öffnet die vorletzte Tür. Als seine Augen sich an die Dunkelheit gewöhnt haben, begreift er, dass da jemand vor ihm auf dem Boden liegt. Ein Körper ohne Regung, mitten im Raum.

Über eine Minute lang steht Max wie versteinert da. Er hört hin, ob sich etwas bewegt, ein Arm, ein Bein, ein schlafender Körper, der sich hin und her wälzt. Aber da ist nichts, kein Geräusch, kein Atmen, außer seinem. Er weiß, dass es Vadim ist, der schwarze Körper vor ihm, er weiß es. Entschlossen drückt er den Lichtschalter. Mit einem Schlag wird es hell.

Max braucht einige Sekunden, bis er begreift, was er sieht. Das Kuhfell, das viele Blut. Wie es sich über das ganze Fell verteilt hat. Ein weißes Fell, jetzt rot, überall ist Blut, auch auf ihrer Schürze.

Nicht Vadim liegt da am Boden, sondern Wilma Rose. Mit aufgeschnittenen Pulsadern auf einer Pinzgauer Kuh. Tot, ihr Gesicht ist blass, ihre Augen schauen ins Nichts.

Es ist wie ein Gemälde. Max steht davor und atmet tief ein und aus. Damit hat er nicht gerechnet, nicht damit, dass er so schnell wieder die nächste Leiche sehen würde, und schon gar nicht damit, dass es Wilma Rose wäre. Die Fickinger tot, verblutet in ihrem Arbeitszimmer. Während das Haus schläft und sich erholt, nimmt die nächste Katastrophe ihren Lauf. Dass Max schon wieder mitten in sie hineingesprungen ist, wundert ihn nicht. Ihn wundert gar nichts mehr. Ein Unglück zieht das andere an, hat sein Vater immer gesagt. Und genau so ist es. Anstatt dass alles besser würde, wird es immer schlimmer.

Benommen und ohne den Blick von ihr abzuwenden, geht er zum Schreibtisch, nimmt das Telefon und ruft Tilda an. Es dauert lange, bis sie abhebt, bis Max sie dazu bringt zuzuhören, bis sie ihm glaubt, was er sagt. Zuerst will sie auflegen, dann beginnt sie ihn zu beschimpfen, sie will nicht hören, was ihr Stiefsohn schon wieder zu sagen hat, sie will ihn bestrafen, sie will ihn einsperren, sie will ihn beschützen vor sich selbst. Erst als Max sagt, dass Wilma Rose tot vor ihm am Boden liegt, hört sie zu.

Selbstmord, sagt er. Das Skalpell liegt noch neben ihr am Boden, auf dem Schreibtisch ein Glas und eine leere Flasche Wein, der Kuhteppich ist voller Blut.

Max hält den Hörer fest in seiner Hand. Er schüttelt seinen Kopf, er setzt sich in den großen ledernen Chefsessel.

Es tut mir alles sehr leid, sagt er.

Das hättest du dir früher überlegen sollen, sagt Tilda.

– Ich sagte doch, dass es mir leidtut.
– Wie soll ich auf dich aufpassen, Max, wenn du ständig deine Nase in Dinge steckst, die dich nichts angehen?
– Ich habe es für Baroni getan, ich war es ihm schuldig.
– Du hättest zu mir kommen sollen.
– Du bist bei der Kripo, Tilda, ich hätte dich in eine sehr unangenehme Situation gebracht.
– Und das hast du jetzt nicht, oder?
– So weit hätte es nicht kommen sollen, es ist einfach alles passiert, ich weiß auch nicht warum.
– Es ist passiert?
– Ja, passiert.
– Bravo, Max.
– Das bringt doch nichts, Tilda, lass uns lieber überlegen, was wir jetzt tun.
– Nichts tun wir, Max. Wenn das alles wahr ist und du mir nicht völlig betrunken Unsinn erzählst, dann ist die Böse ja jetzt tot und der Spuk vorbei.
– Vadim ist immer noch nicht aufgetaucht.
– Ach ja, dein illegaler Freund.
– Bitte, du musst mich ernst nehmen.
– Wenn ich nicht versuche, das Ganze mit Humor zu nehmen, geht gar nichts mehr, verstehst du?
– Ach, komm schon, Tilda, so schlimm ist es ja auch wieder nicht.

- Ihr habt ein Rennen mit zwei Leichen durch den Supermarkt veranstaltet und sie anschließend in einem Kühlregal drapiert. Das ist schlimm, Max.
- Ich weiß.
- Und?
- Es tut mir ja leid, sagte ich doch schon.
- Das ist zu wenig.
- Was denn noch? Soll ich auf die Knie und um Vergebung bitten?
- Ihr werdet ordentliche Gräber für die drei bezahlen, und ihr werdet die Gräber liebevoll pflegen, ihr seid dafür verantwortlich. Verstanden?
- Verstanden.
- Und du wirst meine Wohnung ausmalen.
- Einverstanden.
- Und du wirst dich in Zukunft von Leichen fernhalten.
- Ich bin Totengräber, Tilda.
- Von nicht eingesargten Leichen, Max.
- Aber ich habe mir das hier nicht ausgesucht.
- Doch, hast du. Du hast sie gefunden, und kein anderer.
- Ich habe in ihrer Wohnung nach Vadim gesucht.
- In ihrer Wohnung?
- Ja, in ihrer Wohnung, wo hätte ich denn sonst noch suchen sollen?
- Sie hat dich aber kaum hereinlassen können, wenn sie tot am Boden lag.
- Die Tür stand offen.
- Ganz bestimmt, Max, da bin ich mir absolut sicher. Du bleibst jetzt genau dort, wo du bist, bis ich komme. Du rührst dich nicht von der Stelle, verstanden?
- Ja, ja, ich passe auf die Leiche auf.
- In einer Dreiviertelstunde bin ich bei dir.

- Keine Eile, die läuft uns nicht mehr davon.
- Und noch was, Max.
- Was?
- Schau nicht hin. Solche Bilder vergisst man nicht so schnell.
- Zu spät.

## Dreiundzwanzig

Auf dem Schreibtisch vor ihm liegen Gummibärchen.

Neben der leeren Weinflasche, geöffnet. Max nimmt sie, lehnt sich zurück und isst. Er lutscht sie, zerbeißt sie. Während er wartet, gehen seine Augen immer wieder zurück zu dem Kuhfell, zu Wilma Rose, zu ihrem Handgelenk. Neugierig starrt er sie an, ihr totes Gesicht, ihren Arm, den Schnitt, aus dem das Blut kam. Max lutscht einen roten und einen grünen Bären. Er möchte gerne zu Baroni, ihn holen, ihm zeigen, was passiert ist, aber gleichzeitig möchte er seinem Freund den Anblick ersparen. So faszinierend das skurrile Bild auch ist, Max starrt auf eine tote Frau. Er ist im selben Raum mit ihr, ihr Körper ist noch warm, Wilma Rose am Ende ihrer Karriere. Nichts als eine Leiche, eine weitere in seinem Leben.

Feige Sau, denkt Max. Stirbt einfach. Bringt sich einfach um, haut ab, entgeht ihrer Strafe.

Max hatte sich das alles anders vorgestellt. Er wollte sie bluten sehen, aber nicht so. Er wollte, dass sie bestraft wird für das, was sie getan hat. Für die toten Moldawier, für das, was sie mit ihm und Baroni gemacht hat. Sterben war zu wenig. Einfach das Licht ausmachen, einfach aufhören zu atmen.

Alles wird gut, sagt er laut vor sich hin und beginnt in Wilma Roses Computer nach irgendetwas zu suchen, das ihm weiterhilft, irgendetwas, das seine Theorie untermauert, das Tilda dazu bringt, den Laden zu schließen.

Er hat dreißig Minuten Zeit, bis sie da ist, vielleicht vierzig. Sobald die Kripo im Haus ist, wird er keine Gelegenheit mehr haben, irgendetwas herauszufinden. Tilda wird von ihm verlangen, dass er seine Sachen packt und im Friedhofswärterhaus verschwindet, bis Gras über die Sache gewachsen ist. Er muss sich beeilen, er sucht, er klickt sich durch ihre Dateien, aber da ist nichts, gar nichts, weniger als gar nichts. Die Festplatte ist leer, in keinem der Ordner findet er etwas, keine Reservierungslisten, keine Abrechnungen, keine Mails, keine Kontaktdaten, nichts. Es ist so, als wäre der Rechner keinen Tag alt, aber dem ist nicht so. Sie muss alles gelöscht haben, bevor sie sich aufgeschnitten hat. Sie hat alle Spuren verwischt, sie hat sogar den digitalen Papierkorb geleert, so als hätte sie gewusst, dass er danach suchen würde, nach Namen, nach Personen, die Organe bekommen haben, nach Mitwissern. Wahrscheinlich wollte sie nicht, dass der Rosenhof im Dreck versinkt, dass der Ort ihrer Kindheit besudelt wird, wahrscheinlich wollte sie das. Oder er wollte es. Der ehrenwerte Minister, der stille Teilhaber, der Mann mit den besten Kontakten. Vielleicht war er es, der alles gelöscht hat, vielleicht hat er sie dazu gezwungen, Max hat noch zwanzig Minuten, um es herauszufinden. Er muss mit ihm reden. Allein. Jetzt. Er muss herausfinden, ob er Bescheid weiß, er darf keine Minute länger warten.

So als wäre es sein Handy, sucht er nach der Nummer des Ministers. Sie hat ihn mit Vor- und Nachnamen abgespeichert, Max wählt. Kurz nur ist da das Freizeichen, dann hebt er ab. Verschlafen und überrascht begrüßt er seine Freundin Wilma. Ohne Umschweife kommt Max zum Punkt.

Wilma Rose ist tot, sagt er. Und Sie sollten besser auf der Stelle in ihre Wohnung kommen. Jetzt.

Dann legt Max auf. Einen kurzen Moment lang hat Max das Entsetzen im Gesicht des Ministers gesehen, die aufgerissenen, fragenden Augen. Max hat die Antwort des Ministers nicht abgewartet, er hat einen kleinen Augenblick gezögert, dann hat er aufgelegt, sich im Chefsessel nach hinten fallen lassen und ein gelbes Bärchen in seinen Mund geschoben. Er zerbeißt es und fragt sich, warum sie sich die Pulsadern aufgeschnitten hat, warum sie sich keine Todesspritze verpasst hat, warum sie nicht vom Hausdach gesprungen ist, warum sie nicht mit dem Auto gegen einen Baum gefahren ist. Warum sie sich auf das Kuhfell gelegt hat und nicht in ihr Bett. Je länger Max sie anschaut, desto selbstverständlicher wird das Bild vor ihm am Boden. Wilma Rose und Max Broll, eine Frau im Dirndl, ein Mann im Bademantel, barfuß, seine Beine auf dem Schreibtisch.

Max bleibt einfach sitzen. Auch, als er hört, wie jemand durch die Wohnungstür kommt, durch den Gang. Max rührt sich nicht und schaut zu, wie die Augen des Innenministers versuchen, die Situation zu erfassen, wie sein Verstand versucht zu begreifen. Wie er blass in der Tür steht. Wie er Wilma Rose anstarrt. Wie er Max anstarrt. Wie er keinen Schritt weiter macht. Wie er das Blut anstarrt, die Gummibärchen, die Max aus der Tüte nimmt. Wie er versucht, die Kontrolle zu behalten.

Was ist das hier, fragt er.

Hier ist die Endstation, sagt Max.

– Was machen Sie hier?
– Ich suche Vadim, den Moldawier, den deine Freundin hier ins Land bringen hat lassen, damit er unten im Keller ausgeweidet wird. Du weißt ja Bescheid, oder?
– Was reden Sie da? Was ist hier passiert, was ist mit ihr? Woher kommt das ganze Blut?

- Sie hat sauber geschnitten, sie war ja schließlich auch Chirurgin. Das mit den Pulsadern, das machen viele falsch, aber sie hat es perfekt hinbekommen.
- Ich will sofort wissen, was hier vor sich geht.
- Ich mir nicht sicher, ob das Blut aus dem Kuhfell jemals wieder rausgeht.
- Hören Sie auf damit.
- Ich fange gerade erst an.
- Was wollen Sie hier? Was haben Sie damit zu tun? Warum sitzen Sie an ihrem Schreibtisch? Und nehmen Sie verdammt noch mal Ihre Füße vom Tisch.
- Ich denke, du hast jetzt andere Sorgen.
- Ich werde die Polizei rufen.
- Habe ich schon. Ich wollte nur noch kurz mit dir alleine reden, bevor deine Schergen hier aufräumen.
- Hören Sie auf, mich zu duzen.
- Sonst hast du keine Probleme, oder was?
- Wer sind Sie überhaupt?
- Ich bin der Totengräber hier im Dorf. So wie es ausschaut, muss ich deine Freundin hier vergraben.
- Ich möchte, dass Sie mir jetzt sagen, was hier passiert ist. Auf der Stelle.
- Was du möchtest, ist mir scheißegal.
- Warum hat sie das getan?
- Das weißt du besser als ich.
- Nichts weiß ich. Warum ist hier überall Blut, warum bewegt sie sich nicht? Sie soll aufstehen, sie soll damit aufhören, Wilma.
- Das ist ja rührend, der Herr Minister ist außer sich.
- Ich werde Sie verhaften lassen.
- Reizend.
- Was haben Sie damit zu tun?
- Ich gar nichts, aber du, so wie es aussieht. In deiner hübschen Klinik wurden drei Menschen umgebracht,

vielleicht sogar mehr. Und es wurden illegal Organe entnommen und in der Folge transplantiert. Deine Freundin hier hat ihren Hals wohl nicht voll bekommen.

– Was reden Sie da?

– Das war ja klar. Du hast also keine Ahnung, wovon ich rede.

– Wenn Sie etwas mit ihrem Tod zu tun haben, mache ich Sie fertig.

– Umgekehrt. Ich mache dich fertig.

– Falls Sie es noch nicht begriffen haben, ich bin der Innenminister.

– Und ich bin der Totengräber.

– Verschwinden Sie.

– Ich habe die gute, alte Fickinger gefunden, du als oberster Polizist im Land müsstest wissen, dass ich den Tatort nicht verlassen darf.

– Hören Sie auf damit.

– Komm schon, wir sind unter uns, du kannst es mir ruhig sagen. Du weißt über alles Bescheid, ist doch so, oder?

– Es ist respektlos, wie Sie über sie sprechen.

– Es ist respektlos, jemandem bei lebendigem Leib das Herz zu entnehmen.

– Ich habe nicht die geringste Ahnung, wovon Sie sprechen.

– Eigentlich spielt es keine Rolle, ob du Bescheid weißt oder nicht, deine Karriere ist so oder so zu Ende, wenn ich zur Zeitung gehe. Du weißt ja, wie das ist, ein Verdacht, der einmal gesät ist, den wird man so einfach nicht mehr los. Beweise hin oder her, ich weiß, was hier passiert ist, und ich werde es den Journalisten haarklein erzählen, jedem, der es wissen will.

- Sie reden von den drei Leichen, die man gefunden hat?
- Bravo, Herr Minister, genau die meine ich.
- Das hat doch mit dem Rosenhof nichts zu tun, um Himmels willen, was Sie da andeuten ist grotesk, geradezu lächerlich. Wilma hätte so etwas nie getan, sie war eine der erfolgreichsten plastischen Chirurginnen, die dieses Land je hervorgebracht hat, warum hätte sie so etwas tun sollen? Sie war eine Ehrenfrau.
- Das war sie nicht.
- Sie müssen mir jetzt gut zuhören, junger Mann. Was immer Sie da auch vermuten, ich habe nichts damit zu tun.
- Politiker. Ihr putzt euch immer irgendwo ab, aber das wird in diesem Fall nicht funktionieren, die Schmierblätter werden über meinen Verdacht schreiben, versprochen. Meine Geschichte ist besser als deine.
- Das werden sie nicht tun.
- Menschen sind gestorben.
- Ja, aber um Himmels willen, da kann doch ich nichts dafür.
- Das sagst du.
- Was Sie vorhaben ist Rufmord.
- Besser ein kleiner Rufmord, als dass du mit der ganzen Sache einfach davonkommst.
- Wie oft denn noch? Was Sie da reden ist Schwachsinn, ich bin finanziell am Rosenhof beteiligt, das ist aber auch das Einzige, womit Sie mich in Verbindung bringen können.
- Du wirst untergehen, das verspreche ich dir.
- Aber warum denn?
- Einer muss dafür bezahlen. Und außerdem ist Vadim verschwunden.
- Ich habe keine Ahnung, wer dieser Vadim ist.

- Das sagte ich dir doch bereits, er ist einer deiner Organspender.
- Ich verstehe das alles nicht, aber ich flehe Sie an, behalten Sie Ihre absurden Thesen und Vermutungen für sich, das bringt doch niemandem etwas. Wilma ist tot, wieso sollten Sie jetzt noch ihr Ansehen beschmutzen? Das ist moralisch verwerflich. Sie haben doch ein Herz, denken Sie doch nach. Lassen Sie uns darüber reden, wir werden eine Lösung finden.
- Rede du mir nicht von Moral. Und das Ansehen von Wilma Fickinger ist mir scheißegal. Deines übrigens auch.
- Ich bitte Sie, lassen Sie das.
- Reizend. Der mächtige Minister bettelt.
- Es geht um meine Karriere.
- Ist mir klar.
- Das können Sie nicht tun.
- Doch, kann ich.
- Man wird Ihnen nicht glauben.
- Der eine oder andere wird es schon tun, du weißt ja, wie die Medien heutzutage sind, Hauptsache, es ist eine Sensation, egal, ob es wahr ist oder nicht. Ich bin mir sicher, ich bringe dich auf fünf verschiedene Titelseiten.
- Bitte nicht, ich flehe Sie an.
- Das gefällt mir. Der Minister fleht. Der Totengräber isst Gummibärchen und genießt.
- Ich meine es ernst, bitte, tun Sie das nicht.
- Es gäbe da etwas, das Sie für mich tun könnten.
- Was? Reden Sie schon, ich sagte doch schon, wir können eine Lösung finden.
- Tilda Broll, die leitende Ermittlerin hier. Sie ist meine Mutter.
- Ach, daher weht der Wind.

- Du bist jetzt besser still. Tilda will von dem ganzen Dreck nichts mehr wissen, sie will in Pension, aber ihr Antrag wurde abgelehnt. Dass ihr der frühzeitige Ruhestand verwehrt wird, ist ein Skandal. Und um diesen Skandal wirst du dich kümmern.
- Auch dafür bin ich nicht verantwortlich.
- Du bist der verschissene Innenminister in diesem Land, und genau aus diesem Grund bist du dafür verantwortlich.
- Aber ...
- Du hörst mir jetzt gut zu. Wenn Tilda Broll jetzt gleich in den Raum kommt, wirst du ihr vor allen Leuten sagen, dass ihr Pensionsantrag angenommen wurde. Du wirst dich herzlich bei ihr für die jahrelange Arbeit bedanken und das Ganze offiziell machen, sobald die Sonne aufgeht. Tilda Broll geht in den Ruhestand, mit sofortiger Wirkung, verstehst du das?
- Das ist alles?
- Nein.
- Was noch?
- Vadim.
- Wie oft denn noch, ich kenne keinen Vadim.
- Er bekommt eine Aufenthaltsgenehmigung. Falls er noch lebt. Du solltest beten, dass es so ist.
- Wo kommt er her?
- Moldawien.
- Unmöglich.
- Dann war es das für dich.
- Wie soll ich das machen? Es gibt Gesetze in diesem Land.
- Es ist mir scheißegal, wie du es anstellst, aber wenn du dich nicht darum kümmerst, werde ich dich ans Kreuz nageln. Egal, was kommt, ich werde dafür sorgen, dass du untergehst.

- Gut.
- Was, gut?
- Ich mache es.
- Wie?
- Ich sagte, ich werde mich darum kümmern.
- Siehst du, funktioniert ja, ich wusste, auf unsere Politiker ist Verlass.
- Sie werden Ihren Mund halten?
- Zuerst Tilda, dann Vadim.
- Das darf alles nicht wahr sein.
- Ist es aber. Und jetzt setz wieder dein entsetztes Gesicht auf und spiel den Minister.

## Vierundzwanzig

Tilda kam und wurde pensioniert.

Zum zweiten Mal innerhalb von vierundzwanzig Stunden bevölkerte die Polizei den Rosenhof. Zwei Leichen innerhalb von so kurzer Zeit mobilisierten alles, was zur Verfügung stand. Erneut Blaulichter, Absperrungen und Dutzende Beine und Füße, die durch den Rosenhof trampelten. Das Paradies der Reichen und Schönen versank ein zweites Mal im Chaos.

Mitten in diesem Chaos stand Tilda und starrte den Minister an. Neben ihnen am Boden lag Wilma Rose, der Innenminister tat, was Max ihm gesagt hatte. Verständnislos und mit offenem Mund hörte Tilda ihnen zu, sie verstand zuerst nicht, was er ihr sagte, dass er sie an einem Tatort einfach pensionierte, dass er sie nachhause schickte, anstatt sie anzubrüllen, so schnell wie möglich wieder Ordnung am Rosenhof herzustellen.

Der Staat ist Ihnen zu großer Dankbarkeit verpflichtet, sagte er und drückte ihr die Hand.

Und die Tote, fragte Tilda.

Um die würde sich ihr Kollege kümmern, sagte der Minister, Tilda solle jetzt in den verdienten Ruhestand gehen. Es sei ja schließlich auch höchste Zeit, sagte er, sie habe lange genug auf diesen Augenblick gewartet. Vertraulich klopfte er ihr auf die Schulter, dann drehte er sich um und ließ sie allein.

Tilda Broll. Kriminalhauptkommissarin. Bei der Polizei seit vierzig Jahren, sie hatte alles gegeben, jetzt war nichts mehr da, keine Kraft mehr, gar keine. Benommen und wie in Zeitlupe setzte sie sich in Bewegung, wie paralysiert schlängelte sie sich zwischen ihren Kollegen durch. Sie reagierte auf nichts, wie ferngesteuert wandelte sie durch den Raum.

Es war so, als hätte sie einfach einen Motor abgestellt, als hätte sie ihr System heruntergefahren, es war so, als würde sie die letzten Schritte machen, langsam, als würde sie ins Ziel einlaufen, erschöpft, aber glücklich. Sie war nicht mehr verantwortlich. Sie musste sich nicht mehr um die Tote am Boden kümmern, Wilma Rose konnte ihr egal sein, Tilda war frei. Immer wieder hörte sie die Worte. Sie verstand es zwar nicht, warum es passiert war, aber sie nahm es hin. Ihre Mundwinkel gingen langsam nach oben, ihr Gesicht hellte sich auf, es wurde glücklicher, von einem Moment zum anderen. Ihre Züge, ihre Augen.

Wie Max sie beobachtete, während er ihren Kollegen erzählte, wie er Wilma Rose gefunden hatte. Wie schön es war zu sehen, was mit Tilda passierte. Wie schön es war zu sehen, wie seine Stiefmutter wieder zu leben begann. Egal, ob eine Tote im Raum war, egal, ob Chaos herrschte, egal, was das Blut auf der toten Kuh bedeutete, Tilda wandelte durch die Wohnung, ohne Sinn, ohne Aufgabe, nur mit diesem Lächeln auf den Lippen. Er hatte sie tatsächlich pensioniert, er hatte tatsächlich getan, was Max verlangt hatte. Ohne Zögern, ohne vorher mit jemandem telefoniert zu haben, der Minister hatte seine Macht ausgespielt, er hatte den ersten Schritt getan, um seinen Arsch zu retten. Der Innenminister machte seine Arbeit, er tat, was gut für das Land war, er bemühte sich, die Ordnung wiederherzustellen.

Als Max auf alle Fragen geantwortet hatte, kam der Minister zu ihm und legte ihm die Hand auf die Schulter.

Nehmen Sie Ihre Mutter und gehen Sie, sagte er.

Dann drehte er sich um und kümmerte sich wieder um Wilma Rose.

Max stand auf, ging zu ihr in den Vorraum und umarmte sie. Dann zog er sie aus der Wohnung und ging mit ihr nach unten an die Bar. Ohne zu fragen verschwand er hinter dem Tresen und durchwühlte die Schränke. Mit zwei Gläsern und einer Flasche Schnaps setzte er sich wieder zu Tilda an die Bar.

Seit drei Minuten sitzen sie nebeneinander, ohne Worte.

Die Sonne geht auf, es rumort im Haus. Die ersten Gäste verlassen das sinkende Schiff. Operierte Ratten mit Koffern, denkt Max. Sie wollen ihre fettentleerten Bäuche nicht in die Öffentlichkeit stellen, ihre gelifteten Gesichter, sie wollen ihre Ruhe zurück, sie wollen verschwinden, bevor die Medien den Rosenhof überrennen, bevor die nächste Leiche auftaucht. In Windeseile spricht es sich herum, die Blaulichter haben sie aufgescheucht, die Uniformen, das Gerücht, dass Wilma Rose tot in ihrem Blut liegt. Sie flüchten. Einer nach dem anderen. Max und Tilda schauen zu. Eine Zeitlang ohne etwas zu sagen, dann hebt Max sein Glas.

Auf deinen Ruhestand, sagt er.

Danke, sagt Tilda.

– Wofür?
– Egal, wie du das gemacht hast, ich danke dir.
– Warum glaubst du, dass ich etwas damit zu tun habe?
– Du warst allein im Raum mit dem Minister, als ich gekommen bin.
– Die Fickinger war auch da.
– Max, ich will absolut nichts mehr von dem Ganzen wissen. Nichts mehr von irgendwelchen Toten, nichts mehr von Wilma Rose und schon gar nicht davon,

was genau da zwischen dir und dem Minister war. Ich bin dir einfach nur dankbar, Max.

– Du hast es verdient.

– Es ist sieben Uhr früh, das ganze Dezernat ist auf den Beinen, und ich sitze hier und trinke einen Schnaps. Jetzt ist alles gut, Max.

– Nicht alles.

– Das mit den Leichen wird niemals jemand erfahren, Max. Nicht von mir.

– Das meine ich nicht.

– Was dann? Es scheint ja sogar in deinem Liebesleben wieder Licht am Ende des Tunnels zu geben.

– Sagt wer?

– Leftera.

– Bitte was?

– Sie hat mir gestern Abend im Obduktionssaal gesagt, dass ihr zusammen seid.

– Blödsinn.

– Hat sich aber anders angehört.

– Das ist nichts.

– Sie sagt, ihr seid euch nähergekommen. Und sie sagt auch, dass du gut küsst.

– Von mir aus, da war kurz etwas, aber was übrigbleibt ist, dass ich das noch nicht kann.

– Ist sie nett?

– Sie ist etwas Besonderes.

– Das ist ganz bestimmt so. Sie ist Obduktionsassistentin. Sie ist die Einzige in ganz Österreich, sonst machen diesen Job nur Männer.

– Wir sind nicht zusammen, Tilda, du musst dir keine Gedanken über sie machen.

– Das ist deine Entscheidung, Max.

– Ich finde es seltsam, dass sie mit dir darüber redet.

– Ich finde etwas anderes seltsam.

- Was?
- Eigentlich wollte ich ja nichts mehr von der ganzen Sache wissen.
- Bitte, Tilda, was?
- Vielleicht bedeutet es auch gar nichts.
- Was, Tilda?
- Ich habe da etwas gesehen in der Wohnung von der Fickinger, was ich nicht verstanden habe.
- Was?
- Ein Foto.
- Was für ein Foto?
- Ein Foto von der Fickinger.
- Und? Was ist Besonderes daran?
- Leftera ist auch auf dem Foto.
- Bitte was?
- Leftera, ein Mann, den ich nicht kenne, und die Fickinger.
- Die Leftera aus der Gerichtsmedizin?
- Wie viele Lefteras kennst du, Max?
- Das kann nicht sein.
- Warum nicht?
- Dass die sich kennen, das kann nicht sein.
- Doch, Max, sie kennen sich. Gut sogar. Die Fickinger umarmt die beiden auf dem Foto. Sie wirken sehr vertraut.
- Scheißdreck.
- Was, Max?
- Alles Scheißdreck, alles.
- Was ist los, Max, wo willst du hin? Bleib hier.

Ohne auf Tilda zu hören, rennt Max los. Sie ruft ihm nach, aber er bleibt nicht stehen. Er muss dieses Foto sehen, jetzt, sofort. Mit großen Schritten rennt er die Stiegen hinauf. Er hat das Foto nicht bemerkt, als er in die Wohnung kam, es war dunkel, und als die Polizei alles auf den Kopf stellte, hat er auf nichts mehr geachtet. Er dachte, alles sei zu Ende. Es gab keine Spur mehr, nichts, das ihm und Baroni gesagt hätte, wo sie noch nach Vadim suchen hätten können, wo sie vielleicht doch noch einen Beweis für ihre Theorie finden hätten können.

Ein Teil des medizinischen Personals hat bereits am Vortag gepackt. Als sie die Operationssäle durchsuchten, waren sie dabei zu verschwinden. Mitwisser. Mitarbeiter von Wilma Rose, vielleicht sogar Mörder. Ärzte, Krankenschwestern, die gegen Wilma Rose hätten aussagen können. Doch nichts. Kein Wort kam aus den leeren Operationssälen, nichts. Max war überzeugt davon gewesen, dass es dabei bleiben würde. Drei unbekannte Leichen, Vadim verschwunden und Wilma Roses Selbstmord. Es blieb nur noch der Schnaps mit Tilda an der Bar. Und der Gedanke an Bier mit Baroni später im Würstelstand. Alle Würfel waren gefallen, Max glaubte daran. Bis Tilda von dem Foto erzählte. Bis vor zwei Minuten war er dabei gewesen, seine Gedanken wieder neu zu ordnen, sich sein neues Leben zurück im Dorf vorzustellen, er und Baroni, sie hatten das Schlimmste abgewendet.

Jetzt aber liegt das Lachen weit hinter ihm. Max ahnt, dass da etwas ist, dass Tilda etwas Wichtiges gesehen hat, etwas, das alles wieder ans Licht holt, etwas, das ihn und Baroni wieder in Atem halten wird. Max weiß es, und er rechnet mit dem Schlimmsten.

Erneut betritt er die Wohnung von Wilma Rose. Unauffällig schlängelt er sich an den Beamten vorbei, selbstbewusst den Gang entlang. Er bewegt sich ohne Zögern, so als hätte er einen Auftrag, eine Berechtigung, hier zu sein. Neben einer Jugendstilkommode bleibt Max stehen, vor ihm die Fotos an der Wand. Seine Augen wandern von Bild zu Bild, schnell, unruhig, bis sie es entdecken. Das Foto, von dem Tilda gesprochen hat, fassungslos steht er davor, fassungslos schüttelt er den Kopf, er kann nicht glauben, was er sieht, er kann nicht.

Ein Schnappschuss, in irgendeinem Garten aufge- nommen, Sonne in den Gesichtern. Alle drei. Lachend stehen sie nebeneinander, ein Bild aus guten Zeiten, miteinander verbunden, Wilma Fickinger in der Mitte, Leftera links und rechts der türkische Anton. Leben- dig grinsend. Wie er die Fickinger umarmt, wie er sie anhimmelt. Wie Leftera lacht. Ihr Gesicht ist so, wie er es vor zwei Stunden in seinem Bett zurückgelassen hat. Auf dem Foto ist sie jünger, viel jünger, vielleicht zehn Jahre, aber sie ist es. Ohne Zweifel, Leftera, die Obduktionsassistentin, Leftera, die eben noch auf ihm gesessen ist, ihn geritten hat wie ein Pferd, Leftera, auf einem Bild mit Schweinen, mit Mördern, Schleppern, Verbrechern. Leftera, lachend an ihrer Seite.

## Fünfundzwanzig

– Das muss nichts bedeuten, Max.
– Zieh dich an und komm mit.
– Wohin?
– Zu ihr.
– Weißt du überhaupt, wo sie wohnt?
– Tilda wird das für mich herausfinden, während wir auf dem Weg sind.
– Und du?
– Was?
– Du fährst im Bademantel?
– Ja, ich fahre im Bademantel, ist bequemer als der Anzug.
– Ach, Max, sie muss nicht zwangsläufig etwas damit zu tun haben.
– Und was, wenn doch?
– Dann suchst du dir eine andere Bumsmaus.
– Das ist nicht witzig, Baroni, ich bin mir sicher, dass sie weiß, wo Vadim ist.
– Warum?
– Ich weiß es einfach.
– War sie so schlecht?
– Was meinst du?
– Im Bett.
– Idiot.
– Wenn du den Bademantel anziehst, dann mache ich das auch.
– Tu, was du willst, aber komm jetzt endlich, Zähne putzen kannst du später auch noch.
– Kann ich nicht. Parodontose, Max, du glaubst ja nicht, wie schlimm das werden kann, wenn man seine Zähne nicht richtig pflegt.

- Es reicht, Baroni.
- Finde ich auch.
- Was ist los mit dir? Ich finde eine Leiche und dann das Foto, und du putzt Zähne.
- Ich finde wirklich, dass es reicht, Max, die Fickinger ist tot, der türkische Anton ist tot, die Polizei hat die Leichen, eigentlich ist jetzt alles gut.
- Spinnst du?
- Wir könnten jetzt einfach aufhören und nachhause gehen.
- Können wir nicht.
- Doch, Max.
- Willst du nicht wissen, was Leftera damit zu tun hat?
- Nein.
- Wir können jetzt nicht einfach so tun, als wäre nichts passiert.
- Doch, Max, können wir.
- Und Vadim?
- 
- Wir haben ihm versprochen, dass wir auf ihn aufpassen.
- 
- 
- Scheißdreck, verdammter.
- Sag ich ja.

Max zieht ihn mit sich und wirft die Tür ins Schloss. Zwei Männer in Bademänteln, zwei Männer, wie sie den Rosenhof verlassen und in einem Pritschenwagen davonfahren.

Im Vorübergehen hat Max Tilda gebeten, Lefteras Adresse herauszufinden. Sie wollte ihn aufhalten, doch Max ließ keinen Zweifel zu, er wollte zu ihr, zu Leftera, herausfinden, was sie mit den ausgeweideten Toten zu tun hat, was sie weiß, was sie nicht weiß.

Du musst das für mich tun, hat Max gesagt.

Ist gut, hat Tilda geantwortet.

Sie hat ihm noch nachgerufen, dass er auf sich aufpassen soll, dass er keinen Unsinn machen soll. Tilda. Sie schüttelte den Kopf und griff zum Telefon, während Max und Baroni am Parkplatz verschwanden.

Tilda konnte immer noch nicht glauben, dass sie jetzt außer Dienst war. Bald würden es alle wissen, auch die Kollegin am anderen Ende der Leitung. Auch sie würde es bald erfahren, dass der Innenminister sie pensioniert hat, dass sie nichts mehr zu tun hat, nichts mehr zu sagen hat. Dieser Anruf war ihr letzter, eine leichte Übung am Ende, eine Adresse ausforschen, ihrem Stiefsohn einen Gefallen tun. Für alles, was er für sie getan hat. Sie bedankte sich und rief Max an, noch bevor er und Baroni den Rosenhof verlassen hatten, wussten sie, wohin sie fahren mussten.

Baroni am Steuer. Max neben ihm.

Sie wohnt in der Stadt, im Villenviertel hinter der Altstadt, Max kennt die Gegend. Er wünscht sich, er könnte glauben, dass alles Zufall ist, dass nichts dahintersteckt. So gerne hätte er, dass Baroni recht hat, dass es vorbei ist. Alles. Dass sie sich keine Sorgen mehr machen müssen, dass sie keine Angst mehr haben müssen. Nicht davor, dass noch etwas passiert, und auch nicht davor, dass Vadim etwas zugestoßen sein könnte, dass irgendwo seine Leiche liegt. So gerne würde Max einfach Feierabend machen, den Bademantel an den Haken hängen und in der Friedhofssauna verschwinden. Nackt sein, allein. Schwitzen, alles loswerden, ihre Berührungen, ihre Haut. Er möchte sie abwaschen von sich, Leftera. Ihren Körper, die Spuren davon auf ihm.

Er möchte sie loswerden, er möchte, dass sie aus jeder Pore verschwindet, dass sie mit dem Schweiß an ihm hinunterrinnt. Er möchte, dass sie weggeht, dass sie aus seinem Kopf geht, dass sie ihn in Ruhe lässt, er möchte dieses Bild nicht mehr vor sich sehen, Wilma Fickinger, der türkische Anton und sie. Er will es nicht.

Leftera. Nie wieder.

Max will keine Frau in seiner Nähe, keine. Egal, was sie weiß, egal, was sie damit zu tun hat, auch wenn sie unschuldig ist. Max will sie nicht mehr spüren, ihre Gier, ihre Lust, nichts davon. Ihr Mund so nah, ihre Stimme, ihr Atmen, wenn er einschläft. Wenn er aufwacht. Keine Sekunde mehr. Egal was passieren wird. Was sie sagen wird. Egal was.

Max und Baroni auf der Landstraße.

In fünfzehn Minuten sind sie bei ihr, in fünfzehn Minuten wird sie die Tür aufmachen. Max wird sie einfach fragen, sie darauf ansprechen, auf das Foto, auf Anton, er wird sie fragen, woher sie sich kennen. Er wird sie fragen, ob sie etwas damit zu tun hat. Er wird sie einfach fragen. Und er wird wissen, ob sie lügt. Ob sie die Wahrheit sagt. Er wird es in ihrem Gesicht sehen. Er wird sehen, was er bereits vermutet, was ihn erschreckt und abstößt. Dass Leftera eine Mörderin ist. Dass sie verantwortlich ist für alles. Weil sie es kann. Weil sie weiß, wie man mit einem Skalpell umgeht, weil sie weiß, wo die Organe sind, wie man sie entnimmt. Weil sie Medizin studiert hat für einige Jahre, bevor sie Obduktionsassistentin wurde. Sie hat es ihm erzählt in der ersten Nacht. Max weiß, dass sie dazu fähig wäre, weil sie sich einfach nimmt, was sie will. Weil sie kälter ist als die anderen beiden auf diesem Foto. Weil ihr Lachen gespielt ist. Weil in ihrem Blick Wut ist, vielleicht sogar Hass. Max hat es gesehen.

Er ekelt sich, wenn er daran denkt, was sie mit ihm gemacht hat, was er mit ihr gemacht hat. Dass sie ineinander lagen, sich küssten, dass sie sich vermischten. Sie und er. Leftera und Max. Nicht Hanni. Leftera. Ihre Finger, ihre Schenkel, ihr Nabel, ihre Achseln, alles so fremd, ihr Geruch, so neu und unheilvoll. Als hätte er gewusst, was kommen würde. Er hat es gerochen, er wusste nicht, was es bedeutete, aber er hat es gespürt. Dass irgendetwas nicht stimmt mit ihr, dass sie noch verrückter ist als er selbst. Dass das Haus, vor dem sie stehenbleiben, nicht zu den anderen in der Straße passt.

Zwischen kleinen Villen steht ein Bauernhof. Mitten im Wohngebiet, groß und alt. Baroni überprüft die Adresse, sie stimmt. Laut Tilda wohnt sie hier. Leftera, die kleine Obduktionsgehilfin, ihr Name steht auf dem Tor neben der Einfahrt. Sie wohnt hier, ein unglaubliches Grundstück mitten in der Stadt, ein Anwesen, das ein Vermögen wert sein muss. Dass Leftera sich mit ihrem Gehalt nur ein Jahr lang die Miete für diesen Hof leisten könnte, ist ausgeschlossen. Dass sie unter normalen Umständen hier wohnen könnte. Max hat es gewittert. Dass etwas nicht stimmt. Das Foto. Das Haus.

Sie steigen aus. Staunend stehen sie vor dem uralten Hof, staunend gehen sie durch das Tor und den wild verwachsenen Garten.

Was für ein Grundstück, sagt Baroni.

Das bedeutet nichts Gutes, sagt Max.

Er klingelt. Erwartungsvoll stehen sie vor der geschnitzten Holztüre. Wieder und wieder drückt Max seinen Finger auf den Klingelknopf, doch nichts passiert.

Sie muss zuhause sein, sagt er.

Lass gut sein, sagt Baroni und zieht Max von der Tür weg.

Max will bleiben, weiterläuten, er will wissen, wie alles zusammenhängt, doch Baroni setzt sich durch.

Wir machen das anders, sagt er und zerrt Max durch den Garten hinter das Haus. Ohne zu zögern nimmt er einen Stein und schlägt ein kleines Kellerfenster ein.

Das ist jetzt auch schon egal, sagt er.

Max nickt nur und schaut zu, wie Baroni das zerbrochene Glas aus dem Rahmen schlägt, wie er sich bückt und seinen Körper durch das Loch in den Keller zwängt. Ohne zu zögern tut er es, Baroni will in dieses Haus, er will jetzt wissen, was wahr ist und was nicht, er will es zu Ende bringen, er will nicht mehr warten, bis noch etwas passiert, Baroni will endlich Ruhe, endlich zurück in seinen Stand. Dass er sich jemals danach sehnen würde, Würste zu sieden und den Bauerndeppen Bier zu verkaufen, das wäre ihm bis vor zwei Monaten keine Sekunde lang in den Sinn gekommen. Jetzt aber ist die Vorstellung eines normalen Alltags ohne Leichen etwas Wunderbares. Während er hinuntersteigt, redet er laut vor sich hin, er wünscht sich nichts mehr in diesem Moment, er wünscht sich Würste, er wünscht sich Senf, er wünscht sich Kren. Laut und wütend rezitiert er aus seiner Speisekarte, Wurst für Wurst zählt er auf, dazu schüttelt er ununterbrochen den Kopf.

Max hinter ihm. Er steigt ihm nach, hinunter in den Keller, ins Dunkel. In den Bauch von Leftera, in ihren Unterleib, wieder. Max setzt einfach einen Fuß vor den anderen, er lässt Baroni rudern, er folgt ihm, alles ist ihm recht, alles, das sie der Wahrheit näher bringt. Dankbar tut er das, was Baroni tut, kurz hat er Zeit zum Verschnaufen, kurz kann er einfach nur folgen, sich in Baronis Hände begeben, er kann sich ausruhen, einen kleinen Moment lang nichts entscheiden, nichts falsch machen. Baroni hat beschlossen, den nächsten Fehler zu machen, den nächsten Blödsinn, er hat das Fenster eingeschlagen, er ist nach unten gestiegen, er hat begonnen, laut ihren Namen zu rufen.

Leftera. Immer wieder, laut, eindringlich, langgezogen, kindlich fast, so als würde er nach einem Hund rufen, nach einer Katze.

Leftera, komm, Leftera, es gibt Fresschen, Leftera, sei artig und tu, was dein Herrchen dir sagt.

Baronis Stimme durch den Keller, die Stiegen nach oben. Die Beine von Max, kleine, leise Schritte, die Beine von Baroni, seine Füße poltern aggressiv über die Treppen, so als wäre es sein Haus, so als würde er eine alte Freundin besuchen, so als wäre nichts normaler als durch das Kellerfenster einzusteigen und nach oben zu stürmen.

Max hinter ihm. Er weiß, dass es sinnlos ist, seinen Freund zu bremsen, ihn zu stoppen, ihn dazu zu bringen, leiser zu sein. Baroni will es wissen, Baroni stürmt. Mit Gewalt, schnell und laut. Weil er weiß, dass Max keine Ruhe geben wird, bis endlich klar ist, was Leftera mit dem Ganzen zu tun hat. Baroni weiß es. Er kennt seinen Freund, er muss das jetzt tun. Volle Kraft, steht auf seiner Stirn.

Max denkt nicht. Er hört nur ihren Namen. Aus Baronis Mund. Aus seinem. Wie sich leise seine Lippen bewegen, wie auch er ihren Namen vor sich hin sagt, wie er ihn flüstert. Leftera, Leftera, Leftera, immer wieder ihren Namen, ihr Gesicht vor sich, wie sie ihn berührt, wie sie ihn küsst, wie sie auf ihm reitet. Laut und wild. Leftera. Und wie Baroni die Tür zum Erdgeschoss aufmacht. Wie Max ein letztes Mal ihren Namen hört. Und dann, wie das Licht ausgeht. Zuerst Baronis, dann seines. Wie er nur noch spürt, dass Baroni auf ihn fällt, dass Strom durch seinen Körper jagt. Dass auch er fällt. Tief und hart.

## Sechsundzwanzig

Nebeneinander im Keller.

Baroni und Max am Boden, niedergeschlagen, am Ende einer kurzen Einbruchstour.

Max hat Leftera noch gesehen, den Elektroschocker in ihrer Hand, sie hat gewartet, bis sie die Tür zum Erdgeschoss aufmachten, dann hat sie den Knopf gedrückt. Ein Stromschlag für Baroni, einer für Max. Durch Mark und Bein, alles im Körper schrie, tat weh, jaulte auf. Max wurde von Baroni begraben, er riss ihn mit sich nach unten, über die Stufen auf den harten Steinboden. Alles passierte innerhalb von Sekunden, das Fallen, der Schmerz. Ohne Bewusstsein blieben sie liegen.

Über fünfzehn Minuten war es still im Keller. Schürfwunden an Baronis Schläfe, Kopfweh. So als hätten sie wieder getrunken, so als wären sie aufgewacht nach einer langen, wilden Nacht.

Max schlägt als erster die Augen auf. Er versucht sich zu orientieren, er sieht Baroni neben sich, er sieht die Gitterstäbe, er will sich ausstrecken, aber er kann nicht. Entsetzt rüttelt er Baroni.

Aufwachen, flüstert er.

Auch Baroni kommt zu sich und sieht, wo sie sind, wohin Leftera sie gebracht hat, wo sie sie eingesperrt hat. Alle Versuche zu entkommen sind sinnlos, Max und Baroni sitzen in einem Tierkäfig, ein Käfig für Wildtiere, ein Käfig, aus dem man nicht entkommen kann, ein Käfig aus einem Horrorfilm. Kein Fenster. Nur eine Glühbirne an der Decke. Schreien ist sinnlos. Das Haus ist alt, die Mauern einen halben Meter dick, der Raum ist groß, vielleicht dreißig Quadratmeter, ein Erdkeller, früher wurden hier wahrscheinlich

Lebensmittel gelagert. Außer dem Käfig ist nichts im Raum, die Wände sind kahl, keine Regale, nichts. Überall am Boden liegt Stroh.

Sie hat hier ein Tier gehalten, sagt Max.

Was für eine Drecksau, deine Bumsmaus, sagt Baroni.

– Baroni?
– Was?
– Hast du die Kratzspuren an der Wand gesehen?
– Ja.
– Es muss ein großes Tier gewesen sein.
– Das ist abartig hier, Max.
– Glaubst du mir jetzt, dass sie etwas damit zu tun hat?
– Es ist doch egal, was ich glaube, Max, das ist jetzt sowieso nicht mehr wichtig.
– Was meinst du?
– Deine kleine Freundin scheint nicht ganz dicht zu sein.
– Sie ist nicht meine Freundin.
– Trotzdem, sie ist nicht ganz sauber, oder? Sie hat uns in einen Käfig gesperrt, sie hat einen Elektroschocker zuhause, und wenn wirklich stimmt, was du vermutest, dann schlitzt sie Leute auf, bei lebendigem Leib. Und das, mein Freund, macht mir Angst.
– Irgendeine Lösung gibt es immer.
– Welche?
– Uns fällt schon was ein.
– Schau uns an, sie ist eindeutig im Vorteil, Max.
– Tilda weiß, dass wir hier sind.
– Die lässt frühestens morgen nach uns suchen, und morgen sind wir wahrscheinlich schon tot.
– Blödsinn.

- Was dann? Glaubst du, sie hält uns hier ein paar Wochen wie Haustiere, oder was?
- Warum sollte sie uns umbringen?
- Denkst du, dass du Sonderstatus hast, nur weil du sie gebumst hast? Die Frau ist irre, die wird uns aufschneiden wie eine Burenwurst.
- Wir sind zu zweit.
- Wir sitzen in einem Käfig.
- Sie ist eine Frau. Zwei Männer werden es wohl schaffen, sie zu überwältigen.
- Wie blöd bist du eigentlich, Max? Jemand, der das mit den Leichen bringt, der schafft es auch, uns ein bisschen auszunehmen.
- Das wird nicht passieren.
- Leck mich, Max, dein Optimismus geht mir wirklich auf die Eier.
- Willst du lieber hier warten, bis du geschlachtet wirst?
- Was denn sonst, Max, sollen wir die Gitterstäbe durchknabbern, oder was?
-
-
- Wie konnte ich nur so blöd sein, Baroni.
- Du sagst immer, wir sind so.
- Ich hätte es wissen müssen. Sie ist völlig durchgeknallt, ich hätte es wissen müssen, sie hat es angedeutet, sie hat gewusst, dass ich etwas mit den Supermarktleichen zu tun habe, sie hat es gewusst.
- Du hörst jetzt sofort auf, dir Vorwürfe zu machen.
- Wir sind wirklich im Arsch.
- Schaut so aus.
- Tut mir leid, das ist alles meine Schuld.
- Ich habe das Fenster eingeschlagen, Max.
- Und ich wollte unbedingt hierher.

- Du wolltest am Strand in Thailand in Ruhe deinen Himmel anschauen.
- Hm.
- Eben.
- Was ist, wenn wir hier wirklich nicht mehr lebend rauskommen?
- Max?
- Was?
- Wir sind ganz schön dämlich.
- Warum?
- Wir haben ein Handy. Wir rufen Tilda an, und in zehn Minuten ist der Spuk vorbei.
- Leider, mein Freund, kein Empfang.
- Das kann nicht sein.
- Doch, Baroni, das ist absolute Endstation hier.
- Das geht so nicht, Max.
- Was?
- Dass uns ständig jemand umbringen will. Vor zwei Jahren der Saubauer, letztes Jahr Wagner, und jetzt deine Bumsmaus.
- Ich habe mir diese ganze Scheiße nicht ausgesucht, Baroni.
- Hauptsache, Sarah ist in Sicherheit.
- Ja.
- Wenn ihr etwas passiert wäre, hätte ich mich umgebracht.
- Blödsinn.
- Doch, Max.
- Ihr ist aber nichts passiert.
- Sie wird mich hassen.
- Weil du ihren Lover von der Straße gedrängt hast?
- Ich habe ihn nicht von der Straße gedrängt.
- War nur ein Scherz.
- Das wird sie mir nicht verzeihen, Max.

– So wie es aussieht, kann dir das egal sein, mein Freund, wir werden in diesem hübschen Keller vor die Hunde gehen.
– Irgendwie glaube ich das noch nicht.
– Wer ist hier der Optimist von uns beiden?
– Einer von uns beiden muss ja an uns glauben, oder?
– Wenn du meinst.
– Ja, das meine ich.
– Träumer.
– Überleg mal, was wir beide schon alles überstanden haben, dann schaffen wir das hier auch noch. Der Alten treten wir in den Arsch.
– Ich steh auf dich, Baroni.
– Weiß ich doch.
–
–

– Was würdest du tun, Baroni, wenn wir das hier überleben?
– Was meinst du?
– Was wünschst du dir? Was würdest du gern machen? Wovon träumst du?
– Ganz ehrlich?
– Unbedingt.
– Du darfst aber nicht lachen.
– Versprochen.
– Ich bräuchte etwas Startkapital dafür.
– Von mir aus.
– Wie meinst du das?
– Wir nehmen an, Geld wäre kein Problem, du hättest, was du brauchst.
– Das können wir nicht einfach annehmen, Max.
– Wir sitzen in einem Tierkäfig und eine irre Bumsmaus will uns gleich schlachten, also dürfen wir das.

– Na gut. Das klingt jetzt wirklich komisch, aber mir
würde das tatsächlich gefallen. Ich habe mir das in
den letzten Wochen ausgedacht.
– Was denn, mein lieber Baroni?
– Wie kannst du eigentlich so ruhig bleiben, Max, wir
stecken mitten in einem Albtraum.
– Ja, ich weiß, aber bevor dieser Albtraum zu Ende
geht, möchte ich gerne wissen, was du dir wünschst.
– Was wünschst du dir?
– Ich habe zuerst gefragt.
– Komm schon, sag es mir.
– Ich möchte auf meiner Terrasse sitzen und mit dir
ein Bier trinken.
– Was noch? Du hast es gesagt, Geld würde keine Rolle
spielen, du kannst alles haben, was du willst.
– Ich möchte einfach mein ruhiges Leben zurück.
– Wow.
– Und du?
– Ich möchte expandieren.
– Bitte was?
– Würstelstände in ganz Österreich, in jeder Landes-
hauptstadt mindestens einen.
– Du hasst es, Würstel zu kochen, Baroni.
– Nicht mehr. Ich finde die Idee großartig, das könnte
mein Comeback sein.
– Ein Comeback mit Würsten.
– Ja.
– Eine Würstelstandkette?
– Bitte mach dich nicht lustig darüber.
– Von mir aus.
– Das ist mein Ernst, Max.
– Und wie stellst du dir das vor?
– Franchise.
– Was soll das schon wieder heißen?

– Alle Stände sehen gleich aus, ein Stand in der Form eines Fußballs, es gibt überall dieselbe Karte, dasselbe Erscheinungsbild, derselbe Name.

– Welcher Name?

– Baronis.

– Das ist gut.

– Ganz Österreich kennt mich, Max, das kann ich nutzen, die werden mir die Bude einrennen, und die Medien werden sich darauf stürzen.

– Vielleicht ist das doch keine so blöde Idee.

– Sag ich doch.

– Und jeder, der einen Stand eröffnen will, kauft bei dir ein, oder wie?

– Korrekt.

– Den Stand und die Würste?

– Alles. Senf, Pappteller, Speisekarten, Gläser, Servietten, alles mit Baroni-Logo.

– Du bist ein Hund.

– Danke.

– Das könnte tatsächlich funktionieren, Baroni, du hast genügend Fans da draußen.

– Ich weiß, dass das funktioniert.

– Du hast aber ein Problem, Baroni.

– Welches?

– Du wirst höchstwahrscheinlich bald tot sein.

– Daran glaube ich nicht.

– Wie gesagt, sehr unwahrscheinlich, dass wir das hier überleben.

– Abwarten, Max, abwarten.

## Siebenundzwanzig

Hunde wie Kälber.

Nach acht Stunden in dem Käfig ging die Tür auf. Lautes Bellen riss Max und Baroni aus ihrem Gespräch. Stundenlang hatten sie über Baronis Idee nachgedacht, sie hatten alles bis ins kleinste Detail geplant, Ideen zu spinnen gab ihnen Hoffnung. An die Zukunft zu glauben. An ein Morgen. Eine Zeitlang glaubten beide daran, dass sie heil aus diesem Keller kommen würden.

Bis die Tür aufgeht und die beiden Pitbulls ihre Köpfe hindurchstecken. Terrier. Zwei. Groß, mit gierigen Mäulern, sprungbereit, knurrend, mächtig, angsteinflößend. Hinter ihnen Leftera. Sie grinst und befiehlt den beiden Kampfkälbern, sich zu setzen.

Max und Baroni starren mit offenem Mund zur Tür. Was sie sehen ist unfassbar, schüchtert sie ein, sie ziehen sich in die hinterste Ecke des Käfigs zurück. Plötzlich sind sie dankbar, dass sie eingesperrt sind, in Sicherheit, dass da Gitterstäbe sind zwischen ihnen und den Hunden, dass nicht sie es sind, die gebissen werden, sondern die zwei Hühner, die Leftera gackernd und flügelschlagend in die Luft wirft.

Zwei Hennen in Todesangst. Auch sie spüren, dass es zu Ende geht, dass der Moment, in dem Leftera sie loslässt, in dem sie die Finger von ihren Federn nimmt, ihr letzter sein wird. Laut gackern sie, stolpern und fliegen durch den Keller, sie wollen entkommen, sie wollen weg von diesen Hunden, von ihren Zähnen, von dem Sabbern und Bellen. Weg, weit, schnell, noch bevor sie es ausspricht, bevor sie ihren Kampfhunden den Befehl gibt, bevor sie zubeißen. Bevor alles zu Ende ist.

Fass, sagt sie.

Mit kühler Stimme beschließt sie den Tod der zwei Hühner. Innerhalb von Sekunden hören sie auf zu gackern, innerhalb von Sekunden sind sie tot, werden sie zerfetzt und in blutrünstigen Mäulern hin- und hergeschleudert.

Federn fliegen. Max und Baroni sprachlos. Mit allem haben sie gerechnet, aber nicht damit. Mit Waffen, mit Gewehren und Pistolen, mit Handgranaten und Armbrüsten, aber nicht mit Hunden, nicht mit Unterkiefern in dieser Größe, nicht mit dieser Beißkraft, nicht damit, dass die zwei Hühner innerhalb weniger Augenblicke verschwinden würden.

Was für eine Scheiße, sagt Baroni.

Mehr als das, sagt Max.

Platz, sagt Leftera.

Die Hunde setzen sich, knurrend, berauscht, bereit, weiter zu töten, weiter zu beißen, Baroni und Max in Stücke zu reißen. Keine Sekunden lassen sie die beiden aus den Augen, keine Sekunde lässt Leftera einen Zweifel, dass sie erneut einen Tötungsbefehl geben würde. Lächelnd kommt sie auf den Käfig zu und sperrt das Vorhängeschloss auf, lächelnd öffnet sie das Gitter und befiehlt ihnen herauszukommen. Langsam, ohne ruckartige Bewegungen, sie rät ihnen, die Hunde nicht zu reizen, sie nicht herauszufordern, sie schickt sie zur Tür, um das Werkzeug zu holen, das dort am Boden liegt. Zwei Schaufeln, ein Pickel.

Leftera dirigiert sie, sie weist sie an, die Werkzeuge mitten im Raum abzustellen, dann lässt sie sie auch den Liegestuhl, den Weißwein und die Obstschale hereintragen.

Mit einem Grinsen, das von Minute zu Minute größer wird, setzt sie sich in den Liegestuhl und befiehlt ihnen zu graben. Die Pitbulls neben ihr, die Schaufeln am Boden, Max und Baroni stehen ratlos vor ihr, angstzerfressen, mit dem Blick auf die Hunde. Keinen Augenblick lang lassen sie sie aus den Augen, keinen Augenblick mehr zweifeln sie daran, dass ihr Ende jetzt tatsächlich bevorsteht. Dass Leftera vor ihnen in einem Liegestuhl sitzt, sie zwingt, ein Loch zu graben, macht Max Angst. Große Angst. Mit welcher Selbstverständlichkeit sie sagt, was sie will, was sie ihnen antun will. Wie sie dasitzt in ihrem Sommerkleid, wie sie die Weinflasche öffnet und ihren Befehl wiederholt, lauter jetzt, bestimmter.

Max und Baroni stehen einfach nur da. Sie rühren sich nicht, wagen nicht, nur einen Finger zu bewegen. Die Hunde sind schlimmer als alles, was sie sich vorgestellt haben, der Gedanke daran, in ihren Mäulern zu enden, lässt sie stillstehen, lässt sie schaudern, zittern. Dass Leftera ihren Befehl zum dritten Mal wiederholt, ändert nichts daran, wie paralysiert starren sie die zwei mächtigen knurrenden Hunde an. Max und Baroni in Bademänteln. Max und Baroni ohne Zukunft in einem Keller, sprachlos, wehrlos. Vor ihnen die Bumsmaus. Leftera Ermopouli. Wie sie sich zurücklehnt, ihr Glas hebt und beginnt, mit Max zu reden. Ruhig, langsam, liebevoll fast.

– Komm schon, Max, jetzt stell dich nicht so an. Ist doch alles halb so schlimm, du gräbst jetzt dieses Loch, und dann bist du erlöst von deinem Elend.
– Sperr die Hunde in den Käfig, bitte.
– Ach Max, die sind doch froh, dass sie einmal Auslauf haben, ich kann sie jetzt nicht einfach wieder in den Käfig sperren. Sie haben Hunger, meine Kleinen.
– Warum tust du das?

- Warum seid ihr hier eingebrochen?
- Lass uns in Ruhe darüber reden.
- Aber der Fußballer hält sein Maul. Nur du redest, ist das klar? Ich ertrage es nicht, wenn dieser Idiot den Mund aufmacht, das dumme Arschloch hat alles versaut.
- Ist ja gut, Baroni ist still, wir finden für alles eine Lösung.
- Finden wir nicht.
- Bitte.
- Nein.
- Die Hunde, bring sie weg.
- Tut mir leid, Max, aber die Hunde bleiben genau da, wo sie sind, und solltet ihr jetzt nicht gleich anfangen zu graben, werden sie euch wohl auffressen.
- Du bist völlig durchgeknallt.
- Und du bist ein neugieriger kleiner Dummkopf.
- Lass uns damit aufhören, bitte, Leftera.
- Jammerlappen.
- Bitte.
- Wir hätten alle gut damit verdienen können, aber du und dieser dämliche Fußballer, ihr musstet ja unbedingt die Helden spielen.
- Was hast du mit der alten Fickinger zu tun?
- Ich bin die junge Fickinger.
- Was bist du?
- Die alte Schlampe war meine Mama.
- Wilma Fickinger war deine Mutter?
- Wie oft denn noch?
- Das musst du mir erklären.
- Ihr fangt jetzt an zu graben, sofort.
- Ja, ist ja schon gut.
- Er auch.

– Wozu soll das gut sein, Leftera?
– Zum letzten Mal, ihr grabt, oder ich lasse die Hunde auf euch los.
– Von mir aus.
– Gut so.
– Müssen wir jetzt strafschaufeln, oder was?
– Klappe halten und weitermachen.
– Du musst mir jetzt erklären, warum sie deine Mutter ist.
– War.
– Wie soll das gehen, du heißt Ermopouli?
– So hieß mein Vater.
– Und?
– Graben, Max, graben, tief und schnell.
– Und wozu soll das gut sein? Sollen wir uns zu Tode schaufeln, oder was?
– Du bist doch Totengräber, oder?
– Und?
– Du bist aber nicht wirklich so blöd, oder?
– Was meinst du?
– Du willst es nicht wahrhaben, stimmt's?
– Das bringst du nicht.
– Doch, Maxilein, ihr schaufelt euer eigenes Grab.
– Du hast sie ja nicht alle.
– Sag deinem Freund, er soll graben, sonst sage ich den Hunden, sie sollen seine Hoden abbeißen.
– Wir können uns bestimmt irgendwie einigen. Das ist doch alles nicht notwendig.
– Doch, doch, wir machen das jetzt genau so, wie ich es mir ausgedacht habe. Ihr grabt, ich trinke ein Glas Weißwein, und wenn ihr soweit seid, dann schütte ich das Loch zu.
– So einfach geht das nicht.

– Doch.
– Wir werden auf Stein stoßen, der Boden ist hart und felsig.
– Ist er nicht.
– Wir werden sicher nicht unser eigenes Grab ausheben.
– Es bleibt euch wohl nichts anderes übrig, die beiden Jungs hier sind die Alternative. Mittlerweile müsstest sogar du es verstanden haben.
– Das dauert Stunden.
– Zwei oder drei. Du hast mir doch erzählt, wie geschickt und schnell du bist. Also, mach mal.
– Du Sau. Du blöde Drecksau.
– Aber was ist denn los? Unser sensibler kleiner Max flucht, so kenn ich dich ja gar nicht.
– Ich mache dich fertig.
– Gar nichts machst du, eine Bewegung, und dein Bein ist weg, versprochen.
– Warum tust du das? Ich dachte, du magst mich.
– Du bist ein Mädchen, Max.
– Hör auf damit.
– Ein richtiges Mädchen, ein verschissenes kleines Mädchen. Deine Freundin ist jetzt seit einem Jahr tot, und du machst immer noch Theater. Das ist lächerlich, Max.
– Drecksau.
– Graben, Max, graben. Und Klappe halten.
–
– Ist besser so, vertrau mir.
–
– Bald bist du bei deiner Hanni, dann bist du endlich wieder glücklich.
– Du sollst damit aufhören.
– Stimmt doch, oder?

– Du sagst, ich soll graben, und ich grabe. Aber bitte, halt deine scheiß Fresse.

– Höflich bleiben, Max, sonst beißen dich die Hunde.

–

– So ist es brav.

– Ich hab's gespürt.

– Was?

– Dass mit dir etwas nicht stimmt.

– Hast du?

– Ja.

– Du hast aber nichts davon gesagt, als ich deinen Schwanz im Mund hatte.

– Ich mochte dich.

– Jetzt nicht mehr?

– Nein, jetzt mag ich dich nicht mehr.

– Spielverderber.

– Du hast uns die Leichen geschickt?

– Ich habe sie nur ausgenommen, ich habe sozusagen die Drecksarbeit gemacht für Frau Rose.

– Du hast die armen Schweine umgebracht.

– Ich habe nur die Organe entnommen.

– Bei lebendigem Leib.

– Und? Sie waren unter Narkose, sie haben nichts gemerkt, sie sind friedlich eingeschlafen.

– Das ist abartig.

– Die Organe müssen frisch sein, Max, sonst funktioniert das Spiel nicht.

– Du hast sie also ausgenommen, und die Fickinger hat die Organe weiterverarbeitet.

– Jetzt hast du's.

– Und was hat der Türke damit zu tun?

– Er hat die Tochter von deinem Freund gevögelt. Und er hat sie dazu gebracht, alles Nötige zu erzählen. Dass ihr Papa Geld braucht. Dass sein Freund Totengräber ist. Dass beide zusammen blöd genug sind mitzumachen.

– War er dein Freund?
– Ach, Max, du hast es immer noch nicht verstanden. Er war ihr Sohn.
– Was?
– Er war mein verdammter Halbbruder.
– Aber du bist Griechin.
– Zwei Väter, Max, zwei.
– Bitte?
– Hör auf zu fragen und grab lieber.
– Das ist gut, ein Grieche und ein Türke, sie hat es ganz schön krachen lassen, die alte Fickinger.
– Du solltest jetzt einfach dein Maul halten und dieses scheiß Loch graben.
– Griechen und Türken, die mögen sich nicht, korrekt?
– Er war ein Arschloch.
– Aber ihr hattet dieselbe Mutter.
– Sie war eine verdammte Schlampe.
– Ich weiß.
– Sie war im Urlaub in Zypern, über zehn Mal. Sie hat dort gefickt, was ihr unter den Rock kam. Und hier hat sie die Heilige gespielt.
– Zuerst einen Griechen. Und dann einen Türken.
– Anton war älter als ich.
– Also zuerst den Türken und dann den Griechen. Aber warum hat er als Hausmeister gearbeitet, wenn er ihr Sohn war?
– Weil sie sich geschämt hat für ihre Kinder.
– Hast du deshalb den Namen deines Vaters angenommen?
– Sie war der Teufel.
– Dann sind wir alle mal froh, dass sie jetzt tot ist, und gehen nachhause.

- Du sollst die Fresse halten und graben.
- Du bist bestimmt außerordentlich glücklich, dass sie sich umgebracht hat.
- Sie hat es verdient.
- Was?
- Sie wollte nicht mehr, sie wollte einfach ihren Schwanz einziehen, einfach aufhören, sie hat es nicht ganz verkraftet, dass ihr Liebling abgekratzt ist. Sie war eine verdammte Schlampe, eine geldgierige Fotze, ein Drecksstück, ein riesengroßer Scheißhaufen war sie.
- Und trotzdem war sie deine Mutter.
- Das heißt gar nichts, nichts, verstehst du. Alles in ihrem beschissenen Leben war wichtiger als wir, alles und jeder.
- Wer ist hier das Mädchen?
- Sie hat auf mich geschissen, Max.
- Arme kleine Leftera.
- Du spielst mit deinem Leben.
- Das ist ohnehin nichts mehr wert.
- Es war alles ihre Idee, Max, sie hat ihren Hals nicht voll bekommen, sie wollte immer noch mehr.
-
- Sie hat das richtig große Geld gemacht am Rosenhof, sie hat jeder Hausfrau Titten verkauft, sie hat jedem Vollidioten Botox gespritzt, sie hat alles operiert, was nur irgendwie Geld gebracht hat. Aber sie hatte nie genug, immer wollte sie mehr.
-
- Gut, dass du endlich deine Fresse hältst.
-
- Sie hat jedem reichen Arschloch von hier bis Moskau ein Herz versprochen, sie wollte immer etwas Besseres sein, immer mehr, als sie war, immer hei-

liger als alle anderen, schöner, tüchtiger, erfolgreicher, sauberer.

–

– Sie hat uns einfach unter den Tisch fallen lassen. Als der Bauch zu groß wurde, ist sie wieder nach Zypern, sie hat uns quasi im Urlaub ausgetragen und uns ohne mit der Wimper zu zucken in Zypern zurückgelassen. Anton auf der türkischen Seite, mich auf der griechischen, sie hat dafür bezahlt, dass sie uns loswird, für eine Abtreibung hatte sie nicht den Mut. Man treibt kein Kind ab in einem katholischen Haushalt.

– Aber man bringt Unschuldige um und verpflanzt ihre Organe.

– Sie war immer begeistert davon, wie einfach das alles geht. Sie ins Land zu bringen, sie auszunehmen, die Transplantationen. Wenn du wüsstest, wer im Rosenhof alles schon operiert wurde, dann würde dein Mund eine Woche lang nicht mehr zugehen. Alle waren sie da. Milliardäre, Rockstars, Staatspräsidenten. Alle hat sie operiert und dafür kräftig die Hand aufgehalten.

– Und was habt ihr mit den Leichen gemacht?

– Das weißt du doch.

– Bevor ihr auf die kranke Idee gekommen seid, sie uns mit der Post zu schicken.

– Das war Antons Idee, nicht meine. Und die Alte hat gar nichts davon gewusst. Sie dachte, sie gehen wie immer zurück nach Moldawien.

– Zurück nach Moldawien?

– In ein Krematorium ganz im Norden. Zwanzigtausend Euro sind dort sehr viel Geld, da verschwindet eine Leiche schneller als Schnee im Sommer.

– Ihr habt sie dort verbrennen lassen?

– In ihrer Heimat, das waren wir ihnen schuldig.

- Warum habt ihr die Leichen nicht weiterhin nach Moldawien gebracht?
- Weil dieser scheiß Türke lieber Baronis Tochter bumsen wollte, als seine Arbeit zu machen. Er hat gedacht, er spart sich die Fahrt. Er wollte das Risiko an der Grenze nicht mehr eingehen, hat er gesagt. Er dachte wirklich, er hätte die perfekte Entsorgungs-möglichkeit gefunden. Als ihr die erste Leiche ver-graben habt, ist er hier angetanzt und hat mir alles erzählt. Dieser verdammte Schwachkopf.
- Damit kommst du nicht durch.
- Doch, Max.
- Tilda weiß, dass wir hier sind, sie wird uns finden, sie weiß, warum wir hergekommen sind. Also, lass es bleiben.
- Das geht leider nicht. Und deshalb müssen wir das jetzt wohl anders lösen. Du wirst sie anrufen und ihr sagen, dass du bei mir warst, dass du mit mir gere-det hast, dass alles in bester Ordnung ist, dass du dich getäuscht hast. Und du wirst ihr sagen, dass du mit Baroni über das Wochenende nach Wien fährst. Dass du dich erholen musst von dem Wahnsinn, du wirst ihr sagen, dass du fertig bist mit dem Ganzen, dass es vorbei ist und sie sich keine Sorgen um dich machen soll. Das sagst du ihr auch noch.
- Das wird nicht funktionieren.
- Doch, wird es. Weil du nicht gefressen werden willst. Stückchen für Stückchen. Zuerst die Beine, dann die Arme, das Gesicht, erst ganz zum Schluss stirbst du, langsam, qualvoll. Ich weiß, dass du das nicht willst, mein lieber Max.
- Du bist wirklich nicht ganz dicht.
- Ich kann dir anbieten, euch mit dem Stromschläger zu betäuben, bevor ich euch beerdige. Ihr werdet

nichts spüren, ihr werdet einfach ersticken, wahrscheinlich werdet ihr nicht einmal mehr aufwachen. Alles schmerzfrei und unkompliziert, keine Sauerei in meinem Keller, quasi ein Happyend für alle.

– Das bringst du nicht.

– Doch, das bringe ich. Ich werde hier sitzen und an meinem Weißwein nippen, bis ihr bei zwei Meter fünfzig angekommen seid. Dann werde ich zuzuschaufeln beginnen. Zuschaufeln ist ja Gott sei Dank nicht ganz so anstrengend.

– Sie kriegen dich.

– Ach, Max, du bist reizend. Wie soll denn das gehen? Es gibt nicht den geringsten Verdacht gegen mich, ich bin so unschuldig wie ein Gänseblümchen, niemand denkt überhaupt an mich. Offiziell hat Wilma Rose sich umgebracht, und deine wahnwitzigen Vermutungen hat niemand wirklich ernst genommen.

– Was heißt, offiziell.

– Was meinst du?

– Du hast gesagt, offiziell hat Wilma Rose sich umgebracht. Was heißt das?

– Inoffiziell habe ich sie aufgeschnitten.

– Du hast was?

– Sie abkratzen lassen, sie aufgeschlitzt, sie angeritzt, sie aufgemacht, samtweich ist sie hinübergeschifft, sie hat nichts gespürt, das Liquid Ecstasy im Wein hat sie vom einen Moment zum anderen umgerissen, und dann ist sie verblutet, schön langsam auf dem Teppichboden.

– Warum hast du das getan?

– Weil sie meine verdammte Mutter war. Und jetzt kein Wort mehr. Ich muss mich entspannen, es war alles etwas viel in der letzten Zeit.

– Eins noch.

– Was?

– Was ist mit Vadim?

– Blöde Frage.

– Was ist mit ihm?

– Also sagen wir mal so: Er hat immer noch ein schlagendes Herz, Max. Und er hat eine Lunge, eine Leber und Nieren. Reicht dir das als Antwort?

– Ja.

– Dann schaufle weiter und halt jetzt endlich deine Klappe.

## Achtundzwanzig

Max und Baroni in Unterhosen.

Die Bademäntel hatten sie ausgezogen, überall war Schweiß und Erde, es war heiß, sie atmeten schwer, keiner sagte etwas, da war nur das ständige Knurren der Hunde, und Leftera, wie sie ihnen zuschaute und Wein schlürfte, wie sie jede Bewegung der beiden beobachtete. Wie sie grinste und darauf wartete, dass Max wieder etwas sagen würde. Doch Max schwieg. Auch Baroni, der sie am liebsten mit bloßen Händen erwürgt hätte, hatte sich im Griff. Sie gruben einfach. Sie warfen Erde nach oben, sie schaufelten ihr eigenes Grab. Eine Grube für zwei, Endstation Erdkeller. Tiefer und tiefer gruben sie. Wortlos, ohne Ausweg nach unten.

Max wusste nicht weiter. Auch Baroni nicht. Immer wieder kreuzten sich ihre Blicke, immer wieder spürten sie, dass auch der andere am Ende angekommen war, dass die Hoffnung mit jedem Zentimeter, den sie gruben, kleiner wurde. Da war keine Idee, kein Plan, nichts, das sie gerettet hätte. Leftera saß in ihrem Stuhl und signalisierte mit jedem Blick, dass es sinnlos war weiterzureden, dass es überflüssig war, sie davon zu überzeugen, dass sie ihren Plan noch einmal ändern konnte.

Leftera war entschlossen, Leftera wollte sie begraben, sie loswerden, Leftera und ihre Hunde. Wie sie über ihnen lauerten, bereit zuzuschlagen, ihre Zähne in unschuldiges Fleisch zu graben. Nur weil sie es befahl. Die Schöne auf dem Liegestuhl, eine Mörderin, eine Psychopathin, der nächste Albtraum, auf den sich Max eingelassen hatte. Fremde Haut, fremde Finger, ein fremder Geruch, fremde Gedanken, kranke Gedanken. Leftera Ermopouli in ihrem Sommerkleid. Wie sie Wein trank, wie sie sich ihre Sonnenbrille aufsetzte, wie sie ihr Kleid hochschob, wie friedlich ihre Oberschenkel dalagen. So als wäre alles in bester Ordnung, so als wären sie am Strand und sie würde ihnen beim Sandspielen zuschauen.

Immer noch gruben sie. Immer ihre Augen, immer ihr Mund, immer dieses Grinsen, und die Stille. Nur die Schaufeln und die Erde. Einen Meter tief, eineinhalb. Wie ihre Oberkörper langsam untertauchten, wie die Erdhügel am Grubenrand immer höher wurden. Wie überall nur noch Erde war, Erde und die Hunde, Erde und Leftera. Wie sie sich nach vorn beugte und zu ihnen hinunterschaute. Wie Max und Baroni immer tiefer gruben. In Unterhosen, über zwei Meter tief, zweieinhalb Meter. Ein grandioses Loch hatte sich aufgetan, ein Doppelgrab vom Feinsten. In weniger als zwei Stunden waren sie unten angelangt. An Entkommen war nicht mehr zu denken. Es war fast so, als wollten sie es schnell zu Ende bringen, als warteten sie darauf, dass Leftera den nächsten Schritt machte. Alles schien so, als hätten sie ihr Schicksal angenommen. Keine Überredungsversuche mehr, kein Betteln um Gnade, kein Winseln, kein Wimmern, nichts. Nur Schaufeln, Erde und Schweiß. So als könnten sie entkommen, wenn sie nur tief genug gruben. Durch einen Tunnel zurück an den Strand. Zurück in Baronis Wohnung, als sie noch möbliert war. Zurück, weg von ihr. Von Leftera, von ihrer Stimme, die ihnen befahl aufzuhören.

Das war's dann wohl, sagte sie.

Max schwieg. Auch Baroni schwieg. Als hätten sie alles abgesprochen, taten sie es einfach. Schnell und ohne Zögern griff Baroni zu.

Leftera wollte die Schaufeln. Sie stand einen halben Meter über ihnen, ihre Beine, ihr Fuß. Baroni sprang und griff nach ihm, packte ihn, zog ihn mit sich nach unten. Plötzlich, ohne Vorzeichen, ihr Fuß in seiner Hand, ihr Körper, wie er fiel, wie sie aufschrie, wie die Hunde bellten, auf- und niedersprangen. Wie sie sich nicht halten konnte und nach unten stürzte. Ihre Hände, die Halt suchten an den Erdwänden, ihr Mund, der schrie, und die Schaufel von Max, die in ihr Gesicht kam.

Max war nicht überrascht, dass Baroni gesprungen war. So lange war Baroni ganz ruhig geblieben, hatte sich nichts anmerken lassen, so lange hatte er sich beherrscht. Obwohl er gebrannt hatte neben ihm, obwohl er sich bei jedem Stich in die Erde danach gesehnt hatte, Leftera weh zu tun. Max wusste es. Es war nur eine Frage der Zeit gewesen, bis er sich nicht mehr halten konnte, bis sie so tief waren, dass die Hunde ihnen nichts mehr tun konnten.

Max sah sie fallen. Er wich zurück und holte aus. Ohne sie noch einmal zu Wort kommen zu lassen, machte er sie sprachlos.

Die Hunde rotierten.

Wild bellend standen sie am Grubenrand, zähnefletschend wollten sie springen, aber sie konnten nicht. Nicht den Boden unter den Füßen verlieren, sie wollten ihr helfen, sie wollten sie beschützen, die beiden zerbeißen, die ihr das angetan hatten. Aber es ging nicht. Sie wollten nicht in dieses Loch springen. Sie konnten nicht. Egal, wie laut sie bellten.

Zwei Hunde außer sich, Leftera am Boden. Max und Baroni, gefangen in zweieinhalb Metern Tiefe. Die Hunde, Leftera ohnmächtig, das Bellen. Ihre Blicke rasten zwischen den Hunden und ihr hin und her, in jeder Sekunde rechneten sie damit, dass die Bestien springen würden, dass Leftera aufstehen würde, dass noch etwas passieren würde, dass die Situation sich wieder verändern würde, dass ein erneuter Stromschlag sie treffen würde, dass Leftera explodieren würde, dass es Hundezähne hageln würde.

Kurz brauchten sie, um zu begreifen, dann kam das Lachen. Laut und befreit, ohne es zu erklären, sie lachten einfach und setzten sich auf sie. So als wäre es das Selbstverständlichste auf der Welt, ließen sie sich auf Leftera nieder und lachten. Nach einer langen Wanderung war da endlich eine Bank. Max und Baroni auf ihr, ihre Hintern. Die Hunde hörten sie nicht mehr. Da war nur dieses wunderbare Gefühl, da war nur das stumme Fleisch, auf dem sie saßen, und die Erleichterung, noch zu leben, noch da zu sein, noch zu atmen, keine Erde zu spüren im Gesicht. Da war nur dieses Lachen, für einen Moment. Kein Bellen. Keine wilden Hunde. Nur Mundwinkel, die nach oben zeigten.

Sonst nichts.

## Neunundzwanzig

– Das war ein Volltreffer, Max.

– Du warst aber auch nicht schlecht.

– Dass uns diese Irre hier einfach vergräbt, das war keine Option.

– Und was jetzt?

– Wir müssen hier raus, Max.

– Und die beiden Kläffer da oben?

– Keine Ahnung.

– Und Leftera?

– Wenn sie aufwacht, darfst du ihr noch eine mit der Schaufel überziehen.

– Wie lange ist sie wohl bewusstlos?

– Keine Ahnung. Ein paar Minuten vielleicht, wir sollten uns auf alle Fälle schnell etwas einfallen lassen.

– Aber was, Baroni, was? Die Jungs da oben sind sauer, weil wir auf ihrer Mami herumsitzen.

– Wir klettern hinauf.

– Tolle Idee, Baroni, wir lassen uns einfach zerfleischen, und dann gehen wir auf ein Bier.

– Die machen wir fertig.

– Wie denn? Sobald wir mit den Köpfen nach oben kommen, beißen die zu.

– Nicht, wenn wir auf dieser Seite hinaufsteigen.

– Da ist überall Erde.

– Eben, da kommen die kleinen Arschlöcher nicht hin, außer sie springen über die Grube, und das trauen sie sich nicht.

– Glaubst du?

– Ich bin davon überzeugt.

– Und wenn sie doch springen?

– Haben wir Pech gehabt.

– Bravo, Baroni.
– Willst du hier unten warten, bis sie einschlafen, oder was?
– Das wäre eine Option.
– Blödsinn, Max, die wollen Blut sehen, und außerdem können wir deiner kleinen Freundin nicht zu oft die Schaufel über den Kopf schlagen, sonst stirbt sie uns noch, und das wollen wir nicht, oder?
– Wollen wir nicht?
– Nein, Max, wollen wir nicht, wir wollen einfach nur in Ruhe ein paar Biere trinken.
– Und Vadim?
– Zuerst die Hunde, dann Vadim.
– Wenn du das sagst, dann werden wir das wohl so machen.
– Mir fällt nichts anderes ein, Max.
– Mir auch nicht.
– Na dann los.

Wieder fordern sie ihr Schicksal heraus. Wieder passiert alles so, als würden sie einem gut durchdachten Plan folgen, wieder handeln sie einfach, um die Angst nicht spüren zu müssen.

Wie Baroni auf Max' Schultern steigt, wie er sich nach oben zieht. Wie Max mit aller Kraft schiebt. Wie Baroni immer wieder abrutscht und Erde einbricht. Das Bellen der Hunde.

Mach schon, schreit Max.

Gib mir die Schaufel, schreit Baroni.

Max sieht einen Hund von unten, seine Hoden, den Penis, Max sieht, wie er sich auf Baroni stürzen will, egal, was unter ihm ist, egal, ob er fallen kann. Der Hund springt. Mit offenem Mund und ausgefahrenen Zähnen, bereit, Baroni in hundert Stücke zu zerlegen, bereit, ihm weh zu tun, ihn in die Knie zu zwingen, ihn zurück in das Loch zu stoßen, aus dem er gekrochen ist. Er wirft seine Läufe nach vorne, er will ihn umwerfen. Doch Baroni bückt sich. Blitzschnell zieht er die Schaufel nach oben, die ihm Max entgegenstreckt, blitzschnell holt er aus und sticht zu.

Der Bitbull, der eben noch Kriegsgebell von sich gegeben hat, schweigt jetzt. Was auch immer Baroni getroffen hat, es hat ihn umgebracht, noch im Flug beendet der Hund sein Leben und fällt nach unten. Max kann gerade noch ausweichen, dumpf prallt der Leib des Hundes auf ihren.

Max schreit, dass er nach oben will, dass Baroni ihn hochziehen soll, er will nicht in dem Loch bleiben mit der Verrückten und dem toten Hund, er will nach oben, er will Baroni helfen, die zweite Bestie zu erledigen, er will nach oben klettern, bevor auch der zweite Hund nach unten fällt, bevor er springt, bevor Baroni ihn verfehlt, bevor er verletzt wird, bevor etwas Schlimmes passiert.

Zieh, schreit er.

Ich mach ja schon, schreit Baroni.

Max krallt sich in der Erde fest, mit allerletzter Kraft stemmt er seinen Oberkörper nach oben, Baroni zerrt und zieht an ihm. Der Hund bellt. Der Hund hat Angst. Der Hund springt nicht. Während Max in dem Erdhaufen Stand sucht, zaudert der Bullterrier, über die Grube zu springen. Er ist wütend, er ist laut, der tote Hund unten und sein verletztes Frauchen machen ihn rasend, er ist außer sich, er ist wild, er versperrt den Weg nach draußen. Er verteidigt sein Revier, er will Max und Baroni bestrafen, ihnen ihre Eingeweide herausreißen, so lange in sie hineinbeißen, bis sie still vor ihm liegen. Er will sie kaputtmachen, bevor sie dasselbe mit ihm tun, bevor die beiden Männer in Unterhosen auch ihn mit einem Schaufelschlag nach unten befördern.

Eine Minute lang ist da nur das Bellen. Max und Baroni überlegen, sie warten ab, mit gehobenen Schaufeln sind sie bereit, auf das wilde Tier einzuschlagen. Aber nichts passiert. Da ist nur das Bellen, das ihnen sagt, dass sie nicht an ihm vorbeikommen werden, das Bellen, das ihnen sagt, dass sie in der Falle sitzen, egal, wie viele Schaufeln sie haben. Er ist schneller als sie. Er ist stärker als sie. Drei Tonnen Bisskraft. Und trotzdem fasst sich Max ein Herz.

Baroni will ihn zurückhalten, doch Max springt.

Aus dem Stand, die Schaufel lässt er fallen, seine Beine in der Luft. Sein Gesicht eine Fratze, er brüllt. Überall Adrenalin in ihm, er fühlt sich unbesiegbar, er wird die Bestie vernichten, er wird die Bisse nicht spüren, er wird auf den Hund einschlagen, mit bloßen Händen, mit Fäusten, er tut es einfach. Sein Fuß trifft den Hundekopf. Der Hund geht einen Moment lang benommen zu Boden, Max rafft sich blitzschnell auf und wirft sich auf ihn. Der Hund hat keine Zeit zu reagieren, der Tritt hat ihn aus der Bahn geworfen, noch bevor er wieder zu bellen beginnen kann, drückt Max ihn schon zu Boden, er hält mit beiden Händen sein Maul zu. Er tut es einfach, das Unfassbare, mit bloßen Händen, irrsinnig, kopflos.

Vor zehn Sekunden ist Max noch neben Baroni gestanden, jetzt pressen seine Hände die Hundeschnauze zusammen. Baroni jubelt. Auch er springt jetzt über die Grube und legt sich neben Max auf den Hund. Wieder beginnt er zu lachen, wieder mischt sich Erleichterung mit Angst.

– Hör auf zu lachen, Baroni, mach lieber etwas, ich kann ihn nicht mehr lange unten halten.
– Du bist echt eine Wildsau, Max.
– Verdammt noch mal, Baroni, du sollst dir etwas einfallen lassen. Wenn nicht gleich etwas passiert, frisst er meine Finger.
– Du bist gesprungen, du hast ihn getreten, du hast dich einfach auf ihn gesetzt, und du hältst ihm sein Maul zu. Du bist mein Held, Max.
– Wir müssen ihm das Maul zubinden.
– Bitte, was?
– Fällt dir etwas Besseres ein?
– Es zubinden?
– Ja, verdammt, gib mir irgendetwas, mit dem ich ihm die Kiefer zusammenbinden kann, dann ist er wehrlos.
– Da ist nichts, Max.
– Ich kann den Kopf nicht mehr halten, Baroni, schnell.
– Was soll ich denn tun, da ist nichts. Und wenn ich von diesem Monster heruntersteige, sind vermutlich deine Finger weg.
– Gib mir deine Unterhose.
– Was soll ich?
– Du sollst deine scheiß Unterhose ausziehen, sonst sind wir beide tot. Jetzt, Baroni.

Max schreit. Er ist panisch, in Gedanken sieht er bereits, wie seine rechte Hand in dem riesigen Maul verschwindet, wie Blut spritzt, wie das Tier Baronis Schenkel zerfleischt, wie Zähne Halsschlagadern durchtrennen. Das Ende ist nahe und Baronis Unterhose die letzte Rettung. Wenn er sich nicht beeilt, wird sich die Schnauze öffnen, wenn er nicht mit allerletzter Kraft das Kopfschütteln des Hundes austariert, werden sie endgültig untergehen.

Beeil dich, schreit Max, er treibt Baroni an, er bringt ihn dazu, seine hellblaue Unterhose um die Schnauze des Hundes zu wickeln. Max sagt ihm, was er tun muss, er schreit, er hat Angst, er hat die Hundeschnauze zwischen seinen Händen, er betet, dass Baroni schnell genug ist. Und seine Gebete werden erhört. Geschickt zieht Baroni den Knoten zu, schnell und souverän, so als würde er täglich Unterhosen um Hundeschnauzen binden.

– Und jetzt runter, Baroni.
– Wie abgefahren ist das denn?
– Runter, sag ich.
– Und dann?
– Er kann nicht mehr zubeißen, er ist jetzt harmlos, sozusagen.
– Harmlos?
– Fast.
– Der dreht durch, wenn wir ihn jetzt loslassen.
– Auf drei springen wir runter, packen ihn und werfen ihn in das Loch, er darf nicht zum Zug kommen, Baroni, verstehst du das. Runter und ab in die Grube mit ihm.
– Wie du meinst, mein Freund.
– Na dann los. Eins, zwei, drei.

Der Hund fällt. Gemeinsam haben sie angeschoben, gezerrt und getreten. Noch bevor der verstörte Hund sich orientieren kann, beginnt er zu fallen. Mit einem lauten Winseln kommt er unten an. Er schüttelt sich, wirft seinen Kopf hin und her, verzweifelt will er entkommen, nach oben springen, er will sein Maul aufreißen, zubeißen, sich wehren. Doch nichts hilft, der Hund bleibt unten, Max und Baroni oben, die Feinde erschlagen unter sich, das eigene Blut noch in Wallung, das Adrenalin laut durch die schwitzenden Körper. Lachend und erleichtert umarmen sie sich, hüpfen auf und nieder, Baronis Glied fliegt ausgelassen und schamlos durch den Erdkeller.

Game over, sagt er.

Noch nicht ganz, sagt Max und beginnt zu graben.

Während Baroni wieder in seinen Bademantel schlüpft, sticht Max ohne große Erklärungen in den Erdwall und lässt die Erde, die sie mühevoll nach oben geschaufelt haben, wieder nach unten fallen. Der Hund tobt, knurrt. Baroni steht neben Max und staunt. Der Hund springt. Immer mehr Erde fällt nach unten. Der Hund wirft mit aller Kraft seinen Körper nach oben. Baroni hört nicht auf zu staunen, Max hört nicht auf zu schaufeln.

Ich grabe sie jetzt ein, sagt Max und grinst.

Er schaufelt weiter. Gezielt bedeckt er Lefteras Körper mit Erde, ihre Beine verschwinden, der Oberkörper, nur den Kopf verschont er. Baroni greift zur Schaufel und hilft ihm.

– Ich weiß genau, was du vorhast, Max.
– Ist doch gut, oder?
– Gefällt mir. Ausgezeichnete Idee, mein Freund.
– Möchtest du vielleicht dieses Mal die Verhandlungen führen?
– Nein, nein, du redest und ich schaufle.
– Guter Bulle, böser Bulle?
– Genau, mir wird sie es eher abkaufen, dass ich es ernst meine, dir glaubt sie das nie.
– Kann sein.
– Also halte ich wieder die Klappe und schaufle. Sie wird sich in die Hosen scheißen, das verspreche ich dir.

- Guter Plan, Baroni, guter Plan.
- Sie wird Erde schlucken, das werde ich nicht verhindern können.
- Das ist mir klar, Baroni, was sein muss, muss sein.
- Sie wird schreien.
- Niemand wird sie hören.
- Sie wird winseln wie der Hund.
- Das wird sie wohl.
- Sie wird leiden.
- Unbedingt, mein Freund.
- Und dann wird sie uns sagen, wo Vadim ist.
- Davon gehe ich aus.
- Glaubst du, dass er noch lebt?
- Sie hat es gesagt, sie hatte keinen Grund zu lügen.
- Die hat uns ganz schön verarscht, Max.
- Dafür liegt sie jetzt da unten.
- Deine kleine Bumsmaus, wer hätte das gedacht.
- Vielleicht sollten wir einfach zuschaufeln.
- Verdient hätte sie es.
- Ein abartiges Miststück ist das.
- Ich bin dafür. Ein Mann sollte sich so etwas nicht gefallen lassen.
- Wie recht du hast, Baroni. Außerdem ist sie eine Serienmörderin, niemand wird sie vermissen, wir tun der Menschheit einen Gefallen.
- Wir schaufeln einfach zu.
- Ich bin dabei.
- Aber das wäre Mord, Max.
- Und?
- Sie werden sie suchen.
- Aber sie werden sie nicht finden.
- Bist du dir sicher?
- Nein. Sie würden uns wahrscheinlich dafür ins Gefängnis stecken.

– Meinst du?

– Wir könnten kein Bier mehr zusammen trinken. Auch keinen Schnaps mehr. Keine Wurst mehr zusammen essen.

– Dann bin ich dafür, dass sie am Leben bleibt.

– Wir sind keine Mörder, Baroni.

– Aber sie bekommt noch einmal die Schaufel über den Kopf.

– Von mir aus.

– Und Erde über Augen und Mund. Nur die Nase bleibt frei. Richtig anscheißen soll sie sich.

– Du hast freie Hand, mein Freund.

– Sie soll bluten.

– Soll sie.

– Max?

– Was?

– Wir haben da aber noch ein kleines Problem. Sie wird alles bestreiten, sie wird sagen, dass wir eingebrochen sind und sie überwältigt haben. Sie wird sagen, dass wir sie umbringen wollten, dass sie keine Ahnung hat, wovon wir reden, sie wird sagen, dass wir durchgeknallt sind, dass sie die beiden Verrückten im Bademantel einsperren sollen statt ihr.

– Schon möglich, dass sie das sagt.

– Und? Was machen wir dann?

– Du erinnerst dich doch daran, als wir letztes Jahr bei Wagner waren und er alles gestanden hat?

– Ja.

– Dann erinnerst du dich auch, dass ich damals mein Handy dabeihatte, aber vergessen hatte, das Diktiergerät einzuschalten, oder?

– Ja.

– Heute habe ich es eingeschaltet. Alles, was sie gesagt hat, ist auf meinem Handy.

– Echt? Du bist mein absoluter Lieblingsheld, Max.
– Und du meiner, Baroni.
– Dann lass es uns zu Ende bringen und Vadim finden.
– Dann weck sie mal auf, mein Lieber.

## Dreißig

Nebeneinander in Lefteras Bett.

Die Flasche geht hin und her, sie trinken, sie sind am Ende des Buches angekommen, zügellos, atemlos. Berauscht von dem, was war, zeigen ihre Mundwinkel steil nach oben, sie können kaum glauben, was passiert ist, dass sie leben, dass sie nicht blutend im Maul eines Hundes verendet sind. Dass überall Geld herumliegt, auf dem Boden, auf dem Bett, dass Baroni das Geld durch die Luft geworfen hat mit beiden Händen.

Entspannt liegen sie auf der rosaroten Bettwäsche, laut hallt Musik durch den Raum, sie wollen nicht mehr hören, was im Keller ist, kein Winseln und Wimmern mehr, das von unten zu ihnen kommt. Nichts, nur die Musik, das Geld und das Lachen in ihren Gesichtern. Es ist vorbei. Alles ist gut.

Sie hat geschrien. Sie hat geflucht, die Augen sind fast aus ihrem roten Gesicht gekommen, sie war außer sich. Schnell hat sie begriffen, was passiert war, dass ein Hund tot war, der andere außer Gefecht gesetzt. Sie konnte ihre Beine nicht bewegen, keinen Zentimeter, auch ihren Oberkörper nicht, mit Entsetzen in ihren Augen erkannte sie, dass sie selbst in der Grube gefangen war, die sie den anderen gegraben hatte.

Als sie die Augen aufschlug, hörte sie Max, wie er dieses Sprichwort immer wieder wiederholte. Sie wachte mit dem Grinsen in seiner Stimme auf, sie spürte die Erde auf sich, sie versuchte sich zu bewegen, sie riss ihren Kopf hin und her, sie wollte sich befreien, aber sie konnte es nicht. Sie hörte nur das Winseln des Hundes und Max. Mit entsetzten Augen sah sie ihn, wie er oben am Rand der Grube saß, und sie sah auch, wie der Fußballer begann, langsam Erde nach unten zu schaufeln. Dass sie vor Kurzem noch oben gesessen war und Wein getrunken hatte, dass sie alle Fäden in der Hand gehabt hatte, war weit weg in dem Moment, als Baroni einen Stein auf ihre Nase fallen ließ.

Da war nur noch ihr Schreien, eine verzweifelte Frau, die Angst hatte, die am liebsten Feuer gespuckt und ihre Zunge nach Baroni und Max geworfen hätte. Was sie ihnen angetan hatte, kam plötzlich zu ihr zurück, kam auf sie nieder, sie wusste, dass es keinen Ausweg gab, dass die einzige Chance zu überleben die war, zu reden, alles zu tun, was die beiden von ihr wollten. Kurz noch setzte sie sich zur Wehr, kurz noch schwieg sie, doch als sie begriffen hatte, dass kein Schreien und kein Strampeln, kein Fluchen und keine bösen Blicke sie aus diesem Loch befreien würden, begann sie einzulenken, zu bitten, zu flehen, zu winseln und die Wahrheit zu sagen. Mit jeder Schaufel Erde wurde ihre Stimme leiser, ihr Überlebenstrieb größer. Sie flehte die beiden Männer an, sie biss sich auf ihre Lippen, anstatt zu schreien, als Baronis Speichel auf ihrem Gesicht ankam. Er spuckte sie an.

Während Max in Ruhe noch einmal aufzählte, was sie alles getan hatte, während er die Anklageschrift vorlas, zeigte Baroni seinen harten Kern. Kein Lächeln war in seinem Gesicht, seine Miene war angsteinflößend, jeder, der in dieser Grube gelegen wäre, hätte geredet, jeder. Als Max sie zum dritten Mal nach Vadim fragte, antwortete sie. Da war kein Zweifel, dass sie die Wahrheit sagte, Leftera wollte einfach nur überleben und die Erde nicht mehr auf ihrem Mund spüren, auf ihren Haaren, in ihren Augen, der brennende Schmerz, das ununterbrochene Winseln des Hundes. Sie wollte, dass es aufhörte. Dass alles einfach aufhörte.

Zwei Minuten blieben sie noch, dann machten sie die Tür zu. Sie gingen nach oben und ließen alles hinter sich. Zwei stolze Männer in Bademänteln über Kellertreppen. Zwei Krieger nach der gewonnenen Schlacht, erschöpft und geschunden, immer noch schoss Adrenalin durch ihre Körper. Sie konnten es nicht glauben. Was passiert war. Was sie getan hatten. Wie Baroni den Hund geschlagen hatte. Wie sich Max auf den anderen geworfen hatte. Und dann Leftera. Wie sie gebrüllt hatte, wie Baroni immer noch Erde nach unten geworfen hatte, wie nur noch ihr Kopf unbedeckt gewesen war, wie dankbar und still sie gewesen war, als die Tür zuging, weil sie noch lebte, als die beiden aus dem Keller verschwanden.

Max und Baroni durch das Haus einer Mörderin, leise, auf der Hut vor noch einer Überraschung, lautlos schlichen sie in den ersten Stock, lautlos betraten sie Lefteras Schlafzimmer. Nackt lag er vor ihnen, schlafend mit zufriedenem Gesicht. So, wie sie es gesagt hatte, Vadim.

Er rührte sich keinen Millimeter. Sie hatte ihn betäubt, bevor sie nach unten in den Keller gegangen war. Sie hatte es ihnen mit einem allerletzten Grinsen erzählt, dass sie ihn aus dem Hotel geholt hatte, dass sie ihm gesagt hatte, Max hätte darauf bestanden.

Vadim auf dem Bett. Sie rannten zu ihm, sie beugten sich über ihn, und sie hörten ihn atmen. Erleichtert begannen sie durch das Haus zu streifen, sie schlossen jede weitere Gefahr aus, bevor sie sich Wein aus der Küche holten. Mit einem Siegerlachen warfen sie sich zu Vadim auf das Bett, gemeinsam schoben sie ihren moldawischen Freund zur Seite, richteten ihn auf und setzten sich neben ihn. Drei Männer nebeneinander, halbnackt, Wein in ihren Mündern, Max und Baroni.

- Max?
- Was?
- Das geht so nicht.
- Ist doch gemütlich, ich bewege mich keinen Zentimeter weg von hier. Ich will mich jetzt mit dir betrinken und sonst gar nichts.
- Ich will eine Unterhose.
- Ach, Baroni, ist doch scheißegal, unser Freund hier hat auch keine an.
- Ohne Unterhose kann ich nicht trinken.
- Bitte was?
- Wir rennen seit Tagen in diesen Bademänteln herum, meiner stinkt schon.
- Wir stinken, Baroni, nicht die Bademäntel, wir sind dreckig, wir schwitzen, und weißt du was? Es ist mir scheißegal.
- Hier gibt es bestimmt irgendwo etwas zum Anziehen. Und vorher werde ich duschen.
- Wenn du meinst. Ich warte hier auf dich, mein Freund. Prost.

Max nahm einen langen, tiefen Schluck. Der Wein war wie ein Sonnenuntergang am Strand, Max spürte den Sand unter seinen Füßen, er hörte wieder das Meer rauschen, er sah die Fischerboote am Horizont. Max wusste, dass es jetzt zu Ende war, dass da nur noch der Wein war, sein erschöpfter Körper auf der rosa Bettdecke, der schlafende Vadim, und Baroni, der aufsprang und sich auf die Suche nach einer Unterhose machte.

Max schüttelte nur den Kopf, er lehnte sich zurück und schaute sich um. Lefteras Schlafzimmer. Sie hatte ihn benutzt, sie wollte Vadims Herz aus seiner Brust schneiden, sie hatte ihre Mutter getötet. Und sie hatte ihn geküsst. Die Frau mit den pinken Polsterbezügen, mit den Hello-Kitty-Bildern an der Wand, die Frau mit den Killerhunden, die Frau, die Leichen aufschnitt und zunähte, die Frau, die unten im Keller unter der Erde lag, wimmernd, bereit, abgeholt und eingesperrt zu werden, Leftera.

Max trank. Baroni durchstreifte Zimmer für Zimmer, er durchwühlte Kästen und Schubladen, er fühlte sich wie zuhause. Auch Max tat das, er ließ sich fallen, er breitete sich aus. Sie waren in Sicherheit. Nichts konnte passieren. Niemand würde sie mit den Leichen in Verbindung bringen, niemand würde Leftera glauben, keiner. Ihr Wort stand gegen das von Baroni und Max, es gab keine Beweise, da war nichts, das sie belastet hätte, nichts außer den kranken Phantasien einer Mörderin. Das Einzige, wofür sie geradestehen mussten, war ein Fenster, das sie eingeschlagen hatten, mehr war es nicht. Im Gegenteil, sie hatten geholfen den Fall aufzuklären, Tilda würde alles in die richtigen Bahnen lenken, der Einbruch bei Leftera würde einfach unter den Tisch fallen.

Alles war gut. Baronis Tochter war in Sicherheit, Max konnte mit seinen unversehrten Fingern in der Nase bohren, Baroni hatte keine größeren Sorgen, als eine Unterhose zu finden, und Vadim war kurz davor, eine Aufenthaltsgenehmigung zu bekommen. Der Innenminister würde dafür sorgen.

Wein. Die Musik. Max wollte sich betrinken und dann sein Leben wieder weiterleben, er wollte zurück in seine Wohnung, zurück auf seinen Friedhof. Er wollte mit Tilda reden, sie umarmen, er freute sich auf seinen Alltag, er freute sich auf alles, was vor ihm lag. Was hinter ihm war, ließ er zurück.

Max streckte sich, er zog den Bademantel aus, er räkelte sich und begann seltsame Laute von sich zu geben, er jubelte, juchzte, Glück kam aus seinem Mund. Endlich wieder. Nach so langer Zeit. Da war nichts, das dieses Gefühl getrübt hätte, im Gegenteil.

Auch Baroni begann plötzlich zu schreien. Er war in irgendeinem Nebenzimmer, er war laut, er war außer sich, es hörte nicht auf, seine Freude, die laut durch die ganze Wohnung hallte, mischte sich mit der von Max, mit der Musik. Baronis Stimme war wie eine Sirene, er hüpfte auf und nieder, als er ins Zimmer kam, wie verrückt vor Freude. Er kam ohne Unterhose zurück, nackt. In seinen Armen trug er seinen Bademantel, und eingewickelt darin war Geld. Viel Geld.

Baroni außer Kontrolle. Es war ihm völlig egal, ob er angezogen war oder nicht, ob er stank, ob er dreckig war, ob er schwitzte, Baroni hatte Geld gefunden, eine Schublade voll Geld. Lachend warf er es auf das Bett, er riss die Gummibänder von den Bündeln und warf die Scheine durch den Raum. Überallhin. Fliegende Hundert-Euro-Scheine, Baroni tanzte. Er nahm Max die Flasche aus der Hand und trank. Immer wieder hob er die Scheine auf und warf sie in die Luft. Überall war Geld, überall war Baronis Lachen, und der Mund von Max, der weit offen stand. Ein paar Minuten lang war da nur Staunen.

Bis jetzt. Ein Meer aus grünen Scheinen.

Baroni hat sich hingelegt. Die Flasche geht hin und her, sie trinken, sie sind am Ende des Buches angekommen, zügellos, atemlos. Berauscht von dem, was war, zeigen ihre Mundwinkel steil nach oben. Vor dem, was kommt, haben sie keine Angst, vor Lefteras Beschuldigungen, vor den polizeilichen Vernehmungen. Max und Baroni sind sich sicher, alles, was jetzt kommt, ist nur noch der Abspann, die Kür, einige Stunden Theaterspielen und sie werden nie wieder darüber reden müssen. Alles, was sie sagen werden, wird die Wahrheit sein, an der es nichts zu rütteln gibt. Max und Baroni werden pflichtbewusst dazu beitragen, dass ein Verbrechen aufgeklärt wird, dass zumindest einer der drei Übeltäter für die schrecklichen Untaten bestraft wird. Sie werden lügen, dass sich die Balken biegen, sie werden alles schlüssig auf den Punkt bringen. Dass sie zufällig darin verstrickt wurden, dass sie nicht anders konnten, als zu helfen. Das werden sie sagen. Und Leftera wird man kein Wort glauben, ihre Anschuldigungen werden ungehört in ihrer Zelle verhallen. Die Aufnahme auf dem Handy wird sie überführen.

Max und Baroni. Sie werden noch eine Weile sitzen bleiben, dann werden sie austrinken und Tilda anrufen. Sie werden das Geld in eine Tasche packen und aus dem Haus spazieren. Und niemand wird sie aufhalten.

## Einunddreißig

Die Füße im Sand. Barfuß.

Bier durch ihre Hälse, Sonne auf ihrer Haut.

Zwei Männer in Liegestühlen, das Leben ist wieder gut zu ihnen, nichts ist bedrohlich, alles ist wieder an seinem Platz. Keine Angst, keine Verzweiflung. Nur Sonne, Baroni und Max. Neben ihnen eine Kühlbox mit Bier, daneben ein Planschbecken, und in ihren Gesichtern immer noch dieses Grinsen, das seit Tagen nicht verschwinden will.

– Max?
– Was?
– Fast so wie in Thailand, oder?
– Besser.
– Sag ich ja.
– Ich bin froh, dass ich wieder hier bin, das hier habe ich sehr vermisst.
– Ich auch, Max.
– Ich danke dir.
– Wofür?
– Dafür, dass du den Sand auf meine Terrasse gekarrt hast, und für das kleine Meer hier.
– Gern geschehen, mein Freund, das ist doch das Mindeste, was ich für dich tun kann.
– Ich möchte jetzt nirgendwo sonst sein.
– Das freut mich.
– Ich liebe meine Terrasse.
– Ich auch, besonders diesen Ausblick, die vielen Toten, die hübschen Blumen, die flackernden Kerzen, und diese Ruhe, das findest du in ganz Thailand nicht.

- Stimmt.
- Und noch etwas.
- Was denn, Baroni?
- Ich bin so froh, dass es dir besser geht.
- Ja, es fühlt sich wirklich so an.
- Ich hab ihr ein Bier runtergestellt.
- Was hast du?
- Es lehnt da unten am Kreuz. Ich dachte mir, Hanni würde gerne mit uns anstoßen auf die ganze Scheiße.
- Verrückter Kerl du.
- Sie wäre stolz auf uns.
- Ja, das wäre sie. Prost.
- Sarah hat sich auch wieder beruhigt.
- Die Arme. Die Liebe kann echt ein Schwein sein.
- Sie wird mir wohl verzeihen irgendwann.
- Aber sicher, du bist schließlich ihr Vater.
- Das ist nicht immer genug, Max.
- Du hast sie doch nur beschützt.
- Das hat sie zuerst anders gesehen.
- Sie ist wie du.
- Ist sie nicht.
- Doch, Baroni, ist sie. Sehr temperamentvoll, sehr impulsiv, sehr leidenschaftlich.
- Ich werde mir jetzt mehr Zeit für sie nehmen.
- Gut so.
- Ich liebe meine Kinder.
- Weiß ich doch.
- Ich war kein guter Vater, Max.
- Das Spiel ist ja noch nicht zu Ende, oder?
- Stimmt.
- Schau dir Tilda an, die blüht jetzt erst richtig auf.
- Von Tilda können wir uns beide eine Scheibe abschneiden.

- Sie hat nicht lange gebraucht, um sich umzustellen. Die Pension tut ihr gut, sie ist ein anderer Mensch seit drei Wochen.
- So hat uns die Sache allen etwas gebracht.
- Ich habe es ihr erzählt.
- Was?
- Alles, Baroni.
- Alles?
- Ja, alles.
- Auch das mit dem Geld?
- Ja, auch das mit dem Geld.
- Und?
- Sie ist meine Stiefmutter.
- Und sie behält es für sich?
- Saublöde Frage, Baroni.
- Und Vadim?
- Der bekommt eine Stelle beim österreichischen Rundfunk.
- Bitte was?
- Er startet durch, unser Vadim.
- Er kann kaum Deutsch, Max.
- Aber irgendwo muss er doch arbeiten, oder? Hausmeister im Rosenhof kann er nicht mehr werden, weil unser ehrenwerter Innenminister seine Anteile am Rosenhof verkauft. Er distanziert sich von allem, was passiert ist, er muss retten, was noch zu retten ist, und das geht nur, wenn er hier seine Zelte so schnell wie möglich abbricht.
- Und Vadim wird jetzt Moderator, oder was?
- Blödsinn. Er muss keinen Finger rühren, er kann spazieren gehen den ganzen Tag, wenn er will. Er steht einfach irgendwo auf einer Gehaltsliste und fällt nicht weiter auf. Das war anscheinend für unseren Minister die beste Lösung.

- Das kann doch nicht so einfach funktionieren.
- Wie ich gehört habe, ist das kein Einzelfall, Baroni, da werden einige fürs Spazierengehen bezahlt.
- Unser Vadim macht Karriere.
- So wie du.
- Wenn, dann wir beide.
- Ich bin nur stiller Teilhaber, du bist die Rampensau.
- Wir werden jedes Monat eine neue Filiale eröffnen, mein Lieber.
- Du wirst das machen. Ich bin froh, wenn ich in Ruhe hier am Strand sitzen kann.
- Der Totengräber, der im Hintergrund die Fäden zieht.
- Ist schon gut, Baroni, genieß lieber die Sonne und hör hin, wie das Meer rauscht.
- Ich höre nichts.
- Du musst die Flasche ans Ohr pressen, dann hörst du es.
- Das ist das Bier, Max.
- Es klingt aber wie das Meer in Thailand.
- Wenn dein Bier aufgehört hat zu rauschen, muss ich dich noch etwas fragen.
- Was denn?
- Glaubst du, dass unser Minister tatsächlich mit im Boot war? Ob er von den Transplantationen wusste? Ob er mitgeschnitten hat?
- Ja. Hätte er sonst getan, was ich ihm gesagt habe?
- Diese Sau.
- Mehr als das.
- Max?
- Was?
- Wir werden so viele Würste verkaufen, dass sie alle mit den Ohren schlackern.
- Es ist einen Versuch wert.
- Das ist mehr als ein Versuch, versprochen.

- Unser Geld ist auf alle Fälle gut angelegt.
- Sie werden uns fragen, wo wir es herhaben, das Finanzamt, die Kripo, die Medien, alle werden sie fragen.
- Sollen sie.
- Und wir sagen ihnen dann, dass wir es einer Serienmörderin gestohlen haben, oder was?
- Mein lieber Baroni, jetzt denk doch mal nach. Jeder weiß doch, dass du ein Spieler bist.
- Und?
- Wir beide gehen ins Casino, Baroni.
- Bist du blöd, oder was?
- In den nächsten Wochen gehen wir, so oft wir können.
- Ah, ich verstehe, wir haben das Geld also gewonnen.
- Genau so ist es, viele kleine Gewinne in vielen verschiedenen Casinos. Wir werden richtig Glück haben.
- Gut, dass wir das vorher schon wissen.
- Du wirst aber nicht wirklich spielen, mein Freund.
- Aber wo denkst du hin.
- Wir setzen uns einfach an die Bar, wir wechseln an der einen Kasse unser Geld in Jetons, und einige Stunden später tauschen wir es an der anderen wieder gegen Scheine.
- Guter Plan.
- Dann also auf deine Würste.
- Und auf deinen Strandabschnitt hier.
- Aber ich erwarte mir von dir, dass du regelmäßig hier auftauchst und Bier mit mir trinkst.
- Mit dir immer, Max.
- Na dann, Prost, mein Freund.

**Danke**

Georg Hasibeder
Petra Hatzer-Grubwieser
Christine Perlochner-Kügler
Hansjörg Mayr
Christof Heel
Elisabeth Zanon
Franz Lorbeg
Toni Walder
Markus Hatzer
Valerie Besl
Gerlinde Tamerl
Michael Weiß
Marcus Kiniger
Ferdinand Treffner
Bernhard Geiler
Peter Amhof
Tatjana Kruse
Henrik Eder
Florian King
Lukas Bildstein
James Blake
Ludovico Einaudi

**Und danke an meine wundervolle Frau.
Mein Herz für dich,
jeden Tag und immer.**

Max Broll dankt seinen Facebook-Freunden –
und freut sich außerordentlich über jede neue
Freundschaft:

 Max Broll

Lesetermine und weitere Infos unter:
*www.bernhard-aichner.at*

**Bernhard Aichner**
Die Schöne und der Tod
Krimi
HAYMONtaschenbuch 27
256 Seiten, € 9.95
ISBN 978-3-85218-827-0


Bernhard Aichners Krimi-Debüt – eine abgründige, schräge
und spannende Story rund um einen Totengräber, einen
Fußballstar im Ruhestand und eine verschwundene Leiche:
    Dass Emma, seine erste große Liebe, plötzlich wieder
in sein Leben platzt, und dass er ihre Schwester Marga, die
sich vom Hausdach gestürzt hat, auf dem Dorffriedhof
begraben muss – das würde der Totengräber Max Broll noch
hinnehmen. Aber dass jemand Margas Leiche aus dem noch
frischen Grab entführt, das geht entschieden zu weit. Als Max
Broll die Sache, gegen den Willen der Polizei, selbst in die
Hand nimmt, beginnt für ihn ein Wettlauf um Leben und Tod.


*„Was wie eine Dorfgroteske beginnt, entwickelt sich bald
zu einer packenden Abrechnung mit der Scheinwelt
der Fotomodelle, TV-Dodelsendungen und dunklen Seiten
des Hochglanzlebens."*
Die Presse, Erich Demmer


**www.haymonverlag.at**

**Bernhard Aichner**
Für immer tot
Ein Max-Broll-Krimi
HAYMONtaschenbuch 82
240 Seiten, € 12.95
ISBN 978-3-85218-882-9

Um sie herum ist alles dunkel, sie hat keine Ahnung, wo sie sich befindet, neben ihr nur zwei Flaschen Saft und ein Handy – ihre einzige Verbindung zur Außenwelt, zur Polizei und zu ihrem Stiefsohn, dem Totengräber Max Broll. Ihre letzte Erinnerung: Ein Mann ist in ihre Wohnung eingedrungen, hat sie überwältigt, in eine Kiste gesteckt und irgendwo im Wald vergraben. Und sie erinnert sich auch, wer der Mann war: Leopold Wagner, der „Kindermacher", den sie vor achtzehn Jahren ins Gefängnis gebracht hat.

Max Broll weiß: Er muss seine Stiefmutter Tilda finden, koste es, was es wolle. Und er weiß auch: Mehr als ein paar Tage wird Tilda unter der Erde nicht überleben.

In seinem zweiten Max-Broll-Krimi zieht Bernhard Aichner alle Register: atemlose Spannung und überraschende Wendungen, liebevoll gezeichnete Figuren, viel schwarzer Humor und das Lokalkolorit eines kleinen Dorfs in den Alpen.

*„Bei Bernhard Aichner balanciert das Lachen so nahe am Tode, dass es wie ein Heulen klingt, das gleich in Kichern umschlagen wird. Bei ihm ist es nie der Gärtner, sondern immer der Totengräber."*
Tobias Gohlis

*„ein aufregendes Buch"*
Kurier, Barbara Mader

**www.haymonverlag.at**

**Bernhard Aichner**
Nur Blau
Roman
HAYMONtaschenbuch 103
232 Seiten, € 9.95
ISBN 978-3-85218-903-1

Die faszinierenden Bilder von Yves Klein bestimmen das
Schicksal von Jo: Er ist besessen von dem strahlenden Blau
in Kleins Monochromen – und von der Idee, es ganz für
sich zu besitzen. In seinem Freund Mosca findet er einen
Begleiter, der bereit ist, mit ihm gemeinsam alle Grenzen
zu überschreiten. Doch der Weg, auf den ihn seine Obsession
gelenkt hat, führt geradewegs auf einen Abgrund zu.

In intensiven Bildern erzählt Bernhard Aichner die
packende Geschichte einer großen und ausweglosen Leidenschaft und zeichnet ein einfühlsames Porträt der Menschen,
die im Bann der großen Kunst von Yves Klein stehen.

*„Eine poetische Verbeugung vor dem Schönen, voller
Mitgefühl und ohne Sentiment."*
Buchkultur, Sylvia Treudl

*„Wie Aichner aus seinen so grundverschiedenen Zutaten einen
Roman macht, der ans Herz greift, das ist bemerkenswert
empathische, große Kunst."*
Die Furche, Julia Kospach

**www.haymonverlag.at**